孽海花與賽金花

胡　適等●著
蔡登山●編

拙　軒、金松岑、冒鶴亭、紀果庵、胡　適、郁達夫、商鴻逵、崔萬秋、曾孟樸、曾虛白、
瑜　壽、趙景深、劉文昭、劉半農、蔡元培、蔡登山、鄭君平、錢基博、魏如晦————著
（依姓氏筆畫排序）

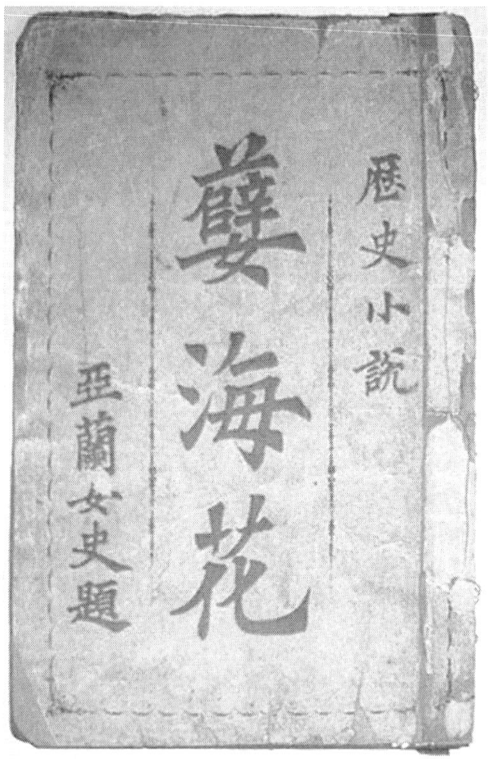

《孽海花》初版的書影

左上：曾孟樸15歲左右
右上：曾孟樸1914年照
左下：曾孟樸1932年照

金松岑

賽金花

輯一 《孽海花》作者

輯二 《孽海花》的創作

輯三　關於《孽海花》

輯四　《孽海花》閒話

輯五　關於《賽金花》

輯一

《孽海花》作者

曾孟樸先生年譜

曾虛白

曾先生名樸，初字太樸，後改字孟樸，又字小木，又字籀齋，筆名東亞病夫，江蘇省常熟縣人，生於公歷一八七一年。父之撰，字君表，為時文名手，著有登瀛社稿，為一時圭臬。

一八七一至一八八九

先生在祖母篤愛，父母慈撫，諸姑姊妹圍繞著的大家庭裏，由孩提以迄成年，很享受家庭的幸福。十三四歲時，經名儒潘子昭先生的指導，開始課藝的研討，然先生篤好文藝，每背人竊讀名家說部以及筆記雜集，當時目為斫喪性靈的書籍，雖師長叱責不顧焉。實則先生的文學基礎，就在這種偷偷摸摸的行動中打定的，可是師長都不知道。有一天，君表公在先生的抽屜中發現了一篇美麗到使他道貌嚴嚴的老先生也不能不拍案叫絕的駢文才驚叫道：「大大（先生乳名）竟通了！」這一次意外發現之後，先生才自己認識了自己的造就，於是與邑人張隱南、胡君修、蔣志範輩遊，文名漸噪於鄉里。同時，在這過程中，先生誠摯的熱情，已找到了一位戀愛的對象——是他一生最傾心愛慕的戀人，是他到六十多歲暮年時還惓惓需於懷的愛寵——不幸宗法的社會，不容許他那種奔放熱情的流露，結果，他是被斥為狂妄，為浮薄，而遭受了戀愛上沒世難忘的創痛，這個創痛。他永遠隱忍著，直到五十多歲創辦真美善書店的時候，才借著《魯男子》第一部「戀」，以小說的形態，盡情宣露了出來。所以這一部小說，可以算他青年時期的自傳，也可以算他晚年回憶的懺悔錄。這時期中他完成他的第一部詩集《未理集》，和駢散文集《推十合一室文存》二卷，讀書札記《執丹瑣語》二卷。

一八八九至一八九〇

這一年在表面上是孟樸先生最得意的一年，既進學做了秀才，又完婚娶了美婦，「金榜掛名時」、「洞房花燭夜」兩件快活事湊在一起，正是何等花團錦簇的生活。然而，孟樸先生這時候戀愛上所受的創痛實在太深了，表面上的得意怎填得平他心頭的缺陷。他初戀的某女士，這時候已完全絕了望，他日記裏自述的一段寫得最真切，他說：「我從此沒路走了，只有放蕩的一法來自解煩悶，凡是可以縱我肉慾的地方……我沒有一樣不做過……若不是父親把我弄到北京去，不知道還要鬧到什麼田地。」到底，北京住了幾個月，為了應縣試又南旋了，縣試的結果是考了第一，接著府試又得了第二，秀才是抱穩了，可是，結婚問題也就緊逼上來了。君表公跟汪柳門先生本是莫逆之交，這時候由吳清卿先生做著媒，把汪先生的女兒圓珊姑娘許配給孟樸先生，婚事談判已得了圓滿的結果。孟樸先生，為宗法觀念所束縛，既不願就範，可又不得不就範，於是在成婚之日，只能狂飲借酒醉為辭，竟未入洞房。然而，新婦是十分柔順的，禁不起她溫存的熨貼，真誠的撫慰，孟樸先生跟他到底沒有什麼仇恨，怎得不生憐惜的心思，不上半月，一對小夫妻竟異常要好了。婚後即赴蘇州應院試，獲第七名入學。

一八九〇至一八九一

這年上半年，孟樸先生又赴北京，與京中諸名士，如李石農、文芸閣、江建霞、洪文卿等相周旋，潛心研究元史西北地理及金石考古之學。那時先生雖只有廿歲，可是悟性敏捷，前輩都為折服，引為小友。夏季南旋，備應秋闈，時新夫人已懷孕數月了。抵家後，稍事摒擋，就跟著君表公，坐著一隻帆船，沿江直駛南京去應考。不料走至中途，忽然吐瀉交作，熱度驟增，船到南京，幾至病不能興。君表公本擅醫術，立投止瀉藥劑，勉強登岸入闈，然其頹疲可知矣。不料入場後到第三場對策題目紙發下時，先生見每題皆投所好，精神為之大振，頓時忘記了百度以上的寒熱，振筆疾書寫了一個滿卷。那時的主考是金保泰（忠甫）副考是李盛鐸

（木齋），這辛卯一榜所拔識的都是江南好古能文之士，與戊子榜同為中國文化由舊嬗新的名榜，人才輩出，先生與武進莊蘊寬（思緘）、吳縣蔣棶熙（奐斑）鎮洋姚柳屏（鵬國），當時都有榜花之目，李木齋先生曾告先生道：「你首場三藝，首篇是發皇典麗的雲間派制義，次藝是六朝江鮑的文章，末篇絕似蘇氏父子縱橫排奡的氣象，三藝面目截然不同。當拆彌封時，照例先拆籍貫年齡，金忠甫先生見卷填年歲，只有十七歲，驚呼道：這本卷子，定是槍手，三篇文字，變換三種體裁，豈是乳臭小兒做得到的！還是撤去的妥當。我當時力爭，當場斷定這本卷子是你的，力勸他不要珊網遺珠。失掉了一個好門生。金先生還是怕磨勘，雖答應不撤你卷子，卻把你從第十七名移到了第一百零一名。笑道：也算給他一個第一名吧。」先生年少才雄，登第後，文名籍甚，意氣凌轢一世，不料運神作弄，在他最得意的時候，給他一下當頭的悶棍。在九月裏他中式了舉人，十一月裏，圓珊夫人便產了一女。在產前四天，大小都很平安，那裏料到四天之後，突然變病，病不到半月，就演成死決的一折悲劇，所遺女嬰，沒有幾月，也就夭亡。先生是情感最濃郁的人，怎禁得了這樣的打擊，因此意懶心灰，又走入頹廢的途徑。在這時期中，先生的作品有第二部詩集《羌無集》及《雪曇夢院本》四卷。後者完全是紀念圓珊夫人的悼亡之作。

一八九一至一八九二

孟樸先生悼亡最沈痛的時期，卻也是他科名最得意的時期。兩年中接連著入學中舉，所以君表公和先生家中的親長，外面的父執都以為他翩翩年少，豪邁拔俗，今年去應春闈試，必可聯捷上第，成一時佳話，這機會萬萬不可錯過。然而，孟樸先生意志闌珊，那有心情去趕功名呢？不敢違拗君表公再四的催迫，才於春初勉強束裝赴滬；君表公放心不下，親自送到上海，監視他上了輪船，才算安心。這次闈試汪柳門（鳴鑾）侍郎本有總裁的希望，因為他跟孟樸先生有岳婿的關系，特意請假讓避。結果大總裁翁叔平（同龢）尚書，在場中暗中摸索，致誤認黃謙齋先生二藝，用了六朝文體，當做先生。在拆彌封的時候，翁尚書還自詡眼力，高喊：「這定是曾樸卷，這定是曾樸卷！」那裏料到先生早因試卷墨污被剔，登了藍榜了。先生試卷墨污的經過，據當時先生出場後的口述，是這樣的，進場時，突發咯血症，適有同號生雲南何某，獻殷勤，為先生煎了一碗參湯送過去，不料他的大袖口把號板帶翻了，一壺松煙墨汁端端正正全打翻在案卷上。何某惶急，代先生去換卷，卻給同鄉李部郎玉舟堅持無案可援，不許換給。先生也就不復堅持，提筆在卷子上提詩一首，揚長而出。然而先生自傳體的回憶錄〈象記〉中敘及這件事，卻說道：「那些污卷以後，如李部郎的堅持成案，啟秀的到號安慰，那自然是真事。若說什麼咯血症咧，雲南人何某送參湯咧，袖口帶翻墨壺咧，全個兒是屁話，是病夫先生的虛謊，是把來掩飾他一時的任性，無理由的情感衝動！」照這樣說，墨污試卷是先生自己故意做的，推想當時情景，先生懷著一肚子的悲哀情緒，給老太爺強迫登輪，事實上那有心情再做什麼試藝，所以就玩這一套把戲。先生春闈既受了挫折，君表公愛子心切，深知先生鎩羽歸來，又加以巾幗之悲，定多難堪，所以立刻斥資給先生捐了一個內閣中書，飛函囑先生不必南旋，就在京供職好了。時先生寄寓在汪柳門先生南池子的宅內，與趙劍秋（椿年）先生、翁又申（炯孫）先生等，都是裘馬翩翩，在長安道上，頗有顧盼自豪之概。先生到了下半年南旋返里。這時候沈梅孫（晉祥）先生的公子沈期仲（全）先生剛做著昭文縣，君表公央媒說項，請梅孫公的第八位女公子香生小姐為先生繼室，就在先生南旋的時候，舉行文定。在這時期中，他完成他第三集詩集《呴沫集》，並足成《補後漢書藝文志》一卷《考證》十卷。

一八九二至一八九五

這三年可算是孟樸先生做京官的時代，然而，雖說做京官，卻有一大部份的時間是在家裏的，換句話說，他是南北奔走，不大有長時期安住的機會。一八九二年的春季，他跟沈香生小姐完了婚，夫婦間的感情，異常融洽，可是香生夫人和先生的太夫人，婆媳間的感情，卻沒法子可以調和。這本是一般大家庭間通常的難問題，先生介乎兩者之間，感到了異常的痛苦，他易受刺激的天性，鬱勃難伸，發奮欲求跳出這大家庭另打出路，這就是他中年以後，從事政治活動和社會事業最初的動機。完婚不久，在一八九三年的春末，先生就束裝北上，希望稍有發展就可迎眷入都。這時候，日本兵入朝鮮宮，幽朝鮮王，並擊沉吾國兵艦，朝臣主戰主和的爭議一時風發雲湧。先生出入翁尚書之門，每以國難至此，寧可坐以待斃之說，勸說翁氏，力持正義。後主戰派占了先著，中日就正式開戰，不料海戰陸戰，均受敗挫。先生憤慨之辭，見於詩文者，全都是熱情磅礴，躍然有及鋒欲試之概。供職部曹，浮沉宦海，實不足以償其志也。這年冬適值先生的祖母八十歲大慶之期，先生就藉省親為名，請假南旋。蓋先生在北京住了這些時，所接近的都是四方的俊彥，所聞見的都是清庭腐敗的政秘，一腔熱血，滿腹牢騷，還有什麼心情再留戀這雞肋般的中書舍人呢？返家時，香生夫人懷孕已將分娩，及一八九四年春，一舉得男，這就是他長子虛白。君表公夫婦望孫心切固然是喜出望外，而先生得子歡情亦得稍解他衷懷的鬱結。時先生舅兄期仲先生已調任桃源縣，迎梅孫公夫婦赴任所，聞先生南旋，就派人到常，迎接新婿愛女，同到桃源，暢敘天倫之樂。因此，在國事蜩螗，喪師割地的這年頭，蘇北的桃源縣竟暫時變成了先生避世遁跡的「桃源」了。然而，北方戰事的失利，局勢日見嚴重，一件件痛心的消息，究竟不能盡作癡聾不聞不問，先生受不住刺激，到底又偕同香生夫人，買棹返常，跟君表公籌商北上的計劃。先生目覩外侮之日急，這時候就覺悟到中國文化需要一次除舊更新的大改革，更看透了故步自封的不足以救國，而研究西洋文化實為匡時治國的要圖。因與君表公商定這次赴京，決心學習外國語文，致力於西洋文化的研討，並認定外交官是為國宣勞的唯一捷徑。一八九四年冬，先生就懷抱著一腔奮鬥的熱誠，乘輪北上。時清庭受帝國主義者的壓迫，也知道注意到訓練「洋務」人才了，因此在總理衙門下面特設同文館，選聘曾赴外國的官員教授外國語言。先生到京的時候，即由俞又萊先生的介紹，報名入同文館就學。該館即設在總理衙門內，各國語言，分班教授。英文由總番譯官張在初（德彝）教授，法文則先由旗人世益三（增）教授，後世奉使出洋，改由德友軒教授。這時候學英文的有彭子嘉（穀孫），潘經士（盛年）、翁又申（炯孫）三人，而學法文的就只有先生和張隱南（鴻）二人。先生當時以為，英文只足為通商貿易之用，而法文卻是外交折衝必要的文字，故決意捨英取法。館課規定，每日獨三十三字，第二日背誦後再上新字。教授既無方法，學習倍覺困難，擔任教授的教官，大都官而不教只想弄一個差使，得一種資格，而一般就學的人，也只以入同文館是進總理衙門的敲門磚，誰也沒有研究學問的誠意。所以不到幾個月，先生學生都弄得意興闌珊，大家敷延塞責而已。惟獨先生，既具決心，安甘放棄，雖教授的講解不明，卻仍是孜孜兀兀晝夜勤獨，正類盲人摸索其苦難述，因此就學同文館的同學諸公，大半一無所得，而先生獨能打定他法文的根底，也是這一番苦功換來的。一八九五年春，香生夫人生次子耀仲，喜電到京，先生當然是十分高興，可是心懸兩地，想思之苦，也就非言可喻了。這時候，內閣的職務本自十分閒散，每月到值四五次，就算盡職，先生就抽空南旋了一次。可是要應考總理衙門的心未死，在家坐候了四五個月，直到夏末秋初的時候，考試有了定期，又復束裝入都。主考的是張樵野（蔭桓），本來是注意想羅致先生的人，可是先生平日出入於翁同龢之門，而這次應考也由翁同龢為之各處打招呼，翁張本不洽，因此張也就移恨到先生身上而先生竟落了第。落第之後張樵野卻招先生而告之曰：「你要進總理衙門，何必應試，我可以保舉你的。」這明明是牢寵的手腕，先生鄙之，憤然拂袖而去。連夜套車襆被出都，悻悻之情，不能自已也。出東便門，行若干里，適值永定河發水，田野漫溢，不辨軌跡，乃棄車乘馬，寧顛躓以前，不願迴轡再入都門矣，當時先生的憤懣如此。一日行程，時云暮矣，行抵楊村附近，先生實已困憊不堪，據鞍朦朧，不覺竟打起盹來，翻下馬鞍，跌在一二尺深的水淖裏。馬夫跟在後面，搶過來攙扶，先生已跌得臉青鼻腫。這時候，夜色已深，在蒼茫的星光底下，望出去只看見白茫茫的一片水光，既辨不清東西南北，更不知道何處是溝渠。馬夫一手攙扶著先生，一手牽著馬，在這茫茫大水中間迷了途徑，無目的躑躅而前。忍著寒冷、饑餓與傷處的疼痛，在二三尺深的泥淖裏蹣跚著，先生那時候的苦況可知。走了若干時，地勢漸高，泥水漸淺，隱約看見前面一個小崗上閃爍著一點燈光，先生那時真是喜出望外了。鼓著勇氣向前走，來到一座小小的茅屋面前，摸索著上去打門。出來應門的是一個蒼顏白髮的老翁，見狀，駭問所以，先生具實以告，老翁鞠躬款待入室，作餐造飯，備致殷勤。坐定，彼此互通家世，始悉老翁姓雷，以前竟是個名震冀北的綠林豪客，現在雖已洗手退隱，卻還受後輩的推崇，做著京津一帶綠林的盟主。先生與之談，豪爽脫略，的確是燕趙遊俠之流，所述綠林掌故，以及他們內部組織的秘密，盡是些聞所未聞的奇跡。飯後，雷翁呼其子出，二十許少年也，命拜先生為師，說：「我們見面不容易，這是天緣，請你收了這個門徒，以後加以提挈。」先生慨然承諾。後來先生的談話中，常常提起這一段浪漫的故事，每天不能遇見這個患難中收得的門徒為憾。在雷翁家寄宿一宵，天明即由雷翁派人指領途徑，直抵天津，乘輪南下。

一八九五至一八九七

孟樸先生自從應試總理衙門受了打擊，深切痛恨北京政局的腐敗，因此決心捨棄仕途，別尋發展的途徑。不料返家未久，君表公竟得中風疾，在經營粗具規模的虛霩園中，一病不起了。先生與君表公，父子之間，本有特殊的情感，君表公的性情既和藹，對於這才氣縱橫的獨子，更是十萬分的珍惜，平日間的噓寒問暖，既無異於慈母，而書室之中，切磋琢磨，早已淡忘了父子間的分際，變成了形影難分的良友了。孟樸先生遭此大故，撫棺慟哭，真不知道昏厥過了多少次，雖然是他至性的流露，實在也是君表公一生愛護他無微不至的感觸。這時候香生夫人，已有了幾個月的身孕，四月間臨盆，得一女，孟樸先生因連得二男尚未有女。今得女，歡喜欲狂。因命名曰得。當君表公未病時，適淞滬鐵路建築計劃已定大綱，吳淞商埠的發展可期，曾糾集親友，擬在吳淞購地，以為他日從事實業的基礎，不料，草創之時，遽爾物化，孟樸先生因繼承遺志，再赴上海，擬相度形勢，尋覓一個發展實業的機會。這時候，康梁入都，力倡新政，譚復生（嗣同）林暾谷（旭）唐佛塵（才常）楊漪邨（深秀）等一班力主改政的志士也都聚集在滬上，這班人本來都是先生的舊交，於是朝夕過從，計議著團結力量，從事維新的計劃，而最初從事實業之動機也就無形擱置了。當時政治活動尚在萌芽時代，這一班志士為要避人耳目計，不得不借妓院做他們集會議事之所。先生眷妓名花麗娟，應酬周到，房間舒適，所以不期然的譚林諸子都以花妓處做了個集會之所。不久康梁在京運動漸趨成熟，電約海上諸同志，入都共成大業。譚林得電，立刻就要動身，並約先生即日同行，時先生以父親喪葬尚未料理，而滬上事業更難立時擺脫，因約期數月後，必北上參加。當晚就在花麗娟寓處為譚林餞行，那一晚慷慨激昂的緊張論調，先生後日道之，每津津若有餘味。不料譚林入都，事機不密，為宵小所乘，政變未成，竟演成了身首異處的慘劇，可是先生的未罹此難，也是間不容髮的了。江靈鶼在滬時給先生介紹了一位深通法國文學的朋友，名叫陳季同，是福建造船廠學堂的老學生，在法僑居多年，與法國第一流的文學家，常相往還，故深得個中真諦，並且還用法文編過許多中國的戲曲，曾經哄動過巴黎。先生跟陳季同晤面時的一席談，真像發見了寶藏似的，窺見了真正法國文學的光輝，從此才像了迷似的研究法文起來了。說起先生研究法文的苦功，真是少有人及得到的。在同文館所學的那一點點，事實上連啟蒙的程度還沒有完成的，所以他的學法文可以說是壓根在那裏瞎摸。初步工作是翻字典，把讀本上的字，一字一字的翻出來，註上紅字，死命的強記，寫在書上記不牢，他用一塊黑板，把要記的生字寫在上面，掛在出入必經的地方，閒著時就望著它記。生字漸漸多了，然後讀文法，研究造句，可是這一切工作，他既沒有導師，更沒有同伴，只一個人孤獨地下苦功而已。這是先生性格中的一個特點，對事對人總是十萬分的專，十萬分的誠。憑著他一股熱情，凡是他愛好的，他可以捨棄一切，犧牲一切，非得到他自已的滿足，不肯罷休。在這一點上，他是勇敢邁進，絕對沒有妥洽性的。他起初學法文，原只想學一些應世的工具，直到遇到了陳季同先生之後，這才引起了他對法國文學的愛好，確認這是他靈魂所饑渴地期望的食糧，因此他就竭全力去追求了。

一八九七至一八九九

這兩年孟樸先生守孝家居，想在家鄉辦一些教育事業，不料受當地舊勢力的側目而遭排擠。在沒有著手辦教育之前，更有他跟沈鵬（北山）的一段事實也值得記載的。沈鵬是先生從小一起讀書的小朋友，他家境清寒而姿質敏慧，君表公在時就招他來撫養在家裏，讀書費生活費，全由君表公一力擔承。後來，沈鵬就跟蘇州費屺懷太史的女公子結了婚，不料床第間的糾紛，竟把這位有作有為的青年刺激而成了憤世嫉俗的怪皮氣。他決心要做一件轟轟烈烈的事情，因此送了性命，也是甘心的。這時候，他剛在北京做小京官，看著康梁失敗，西太后再出聽政，寵用皮硝李，大臣如剛毅、榮祿輩，壟斷朝政，炙手可熱，他以為機會來了，竟草就一篇奏稿，請太后歸政，殺榮祿、剛毅、李蓮英三兇。稿成，無人肯為代遞，同鄉怕他鬧亂子，派人押送他回南，不料他路過天津，竟把這篇奏稿，送到《國聞報》發表了。他回到常熟，仍住在先生的家裏，一字不提此事的經過。先生看他貧困得慌，就請他課讀他兩位堂弟的書。不料一天，常熟知縣忽登門造訪先生，袖出廷寄密電，令捕沈鵬，先生駭然，不知所以，方擬設法蔽護，不料沈鵬在堂後盡聞經過，挺身而出，侃侃自陳，於是遂入獄。先生為之設法張羅，幸在獄中不致受多大的苦楚，後來不知怎樣省裡知道了，移至蘇州監禁，直到辛丑年和議告成，大赦出獄，可惜那時候，他已瘋了。先生敦念舊交，仍為之維持生活，直到他的死。

先生在這個時期中，剛與邑中那時候比較前進些的仕紳，如丁芝孫（祖蔭）、徐念慈等輩，計劃著創辦小學，以為初步建樹民眾教育的基礎。然而邑中老輩，眼看著這班新進青年，開口科學，閉口科學的論調，以為背道非聖，流毒至深，於是群起反對，因此，由先生的策動，常熟教育界頓時激起了新舊兩派的鬥爭。先生領導著新派的一班仕紳，進行著有計劃的步驟，到底爭到了一部份的水利公產款項，開始創辦起塔前小學來。最初，先生自任校長與舊派作殊死的鬥爭，而爭奪修塔經費的一階段，形成鬥爭形勢最緊張的高潮。常熟素稱文風最盛的一邑，據父老傳說，文化的所以盛自有它風水的關系，因為在城東有一座方塔，這是激發文風綿綿不絕的建築，這座塔不壞，常熟的文人是不會斷的，一旦崩壞，文風歇絕，可以預卜，凡是老輩多確信之，所以修塔就有了指定的專款。孟樸先生當然不信這些迷信的讕言，以為辦學校才是真正振興文風的事業，這一筆無稽的浪費，正可移來補充經濟十分拮据的小學經費，於是據理力爭而引起了老輩們群起的排擊，甚至聯名電請省當局，驅逐先生出境，說先生是一個只會做小說的浮薄少年，怎可叫他擔當辦教育的重任。然而先生，沉著應付，不為稍動，恐怕大家注意攻擊自己，自己的被擠或將影響到學校的前途，因把小學校長讓給丁芝孫，自己專任應付各方的工作。在這時候，日本有個革命亡命者名叫金井雄，避難到滬，先生聞之，迎之到常，闢室虛霩園中，款以上賓之禮。同時，就在園中設日文班，邑中男女之就學者，數十人，先生亦參與執弟子禮，學習日文，不料先生正在這奮鬥最高潮的時候，突然得了一場大病，前後搭著三年，把他的生活整個兒由動變靜換了一個方式。

一八九九至一九〇二

這是八國聯軍威迫清廷、辛丑和約喪權辱國近代中國史上一個大變動的時期，先生卻為病魔所困輾轉床席，任何事業都無從著手。先生的病是急性的腸胃炎而轉成慢性的腸胃炎。在起病後的半年中，那簡直是不絕的呻吟，不絕的煩燥，虧得香生夫人日以繼夜的細心看護，和名醫吳子佩的對症發藥，才得把危急的病勢，漸漸挽救回來。可是，本原受損，恢復非易，所以前前後後的三年中，先生事實上沒有離過病榻。這一個轉變整個地改換了先生生活的方式，可以說是把先生前期的社會活動暫告一個小小的結束。可是由動入靜，先生已準備著以後幾年文學活動的基礎了。抱病家居，在普通人總是光陰的浪費，可是在不甘閒散的先生卻還能想方法利用這病中的光陰。在呻吟中，在掙扎中，他孟晉地開始他法國文學的研討，上面說過他讀法文的刻苦工作，就是在這抱病時期中進行著的。

一九〇二至一九〇三

這短短的一年有零的時期，大病初癒的先生卻又經過一番狂風驟浪的變遷。在一九〇二年的五月間，先生跟他的妹丈吳斯千，偶應友人之約，去參觀後橋的繭行，就有人慫恿先生說，如欲從事實業，絲業實最有前途。先生為所動，因搭輪到無錫調查絲繭市況，轉過蘇州，逕往上海，與絲商楊允之商，決心與之合作，開始經營絲業。事實上，計劃盈絀，窺度商情，先生既是外行，更非性之所近，然而，不畏艱鉅，不避危險的冒險精神，卻是先生獨具的特性，因此對於絲業的投資，規模越來越大，而營業的危險卻也越踏越深，最後因外絲大批傾銷，絲價一落千丈，而先生等的進貨，遂無重蘇之望，卒至虧累甚鉅，一蹶不振。在一九〇三年的夏秋之間，先生適以祖母病故，就結束帳目，重返常熟故里。

一九〇三至一九〇七

這一次經營絲業，雖嘗試失敗，卻使先生與上海市場有了直接接觸的經驗，因此就想利用這一點已得的經驗來開始他的文學活動。抱病時期中三個年頭研討法國文學的結果，先生真切地認識了小說在文學上的特殊地位，因此想要打破當時一般學者輕視小說的心理，糾集同志，創立一家書店，專以發行小說為目的，就命名叫「小說林」。邑中同志如丁芝孫、徐念慈、朱遠生等皆踴躍投資，於是再度赴滬，正式張開，初開張時規模很小，先生自任總理，由徐念慈任編輯，出版《小說林》月刊，並徵集創作小說及東西洋小說的譯本，而先生的不朽傑作《孽海花》也在這時候開始著筆。經營了一年之後，果然提高了社會上欣賞小說的興趣，於是重行集股，擴大組織，在棋盤街設發行所，收買派克路福海里吳斯千所創辦的東亞印書館為印刷所，並另於對門賃屋，闢為編輯部，廣羅人才，作大量小說的生產，舊型的章回小說那時候雖沒有打破，可是翻譯東西洋小說的風氣卻由先生開之。《小說林》的小說既風靡了一時，其他書局自然也從風而起，商務印書館的刊行林譯小說實亦受了它的刺激。時商務出小說復以教科書為營業中心，徐念慈見而起競爭之心，以為彼可以教科書為召號，我曷不以參考書為貢獻，於是在股東會提議擴大編輯部增出參考書，時先生尚慮此舉所含冒險性太大，然股東會一致贊成徐君的提議，於是其議遂決。在一九〇六年起，「小說林」外增設「宏文館」，專任發刊學校參考書，並設美術館，專任批售學校用具及兒童恩物。論理這種組織是近代書店應有的營業分配，不能說不合理，然而，在那時候，卻是趕過了時代的需要，因此大量資本所編印的博物辭典等鉅大參考書，都無法推銷，而「小說林」亦因資金不能流轉而告收歇。先生在從事出版事業的時候，同時也開始參加中國前期的民眾運動。那時候，清室的統制已到處呈現崩潰的劣痕，民間的政治團體紛紛成立，而改專制為立憲的呼聲已普遍了全國。在江浙一帶，以張謇、孟昭常、許鼎霖、雷奮、湯壽潛為中西的預備立憲公會，是全國憲政運動的首創，而先生實在就是這個團體的中堅份子。後來滬杭甬鐵路的興建，政府方面正在進行英國借款，先生等這個團體，通電反對，登高一呼，全國響應，於是在味蒓園開會，擬招集民股，以拒外資，那時候，先生與馬相伯、雷奮等，激昂慷慨的演說，轟動一時，給久伏於專制淫威下的民眾一股刺激性異常強烈的興奮劑。及一九〇六年，安徽巡撫恩銘給革命黨人徐錫麟所槍殺，浙撫張曾敭調到陝西，風潮才得平靜下來。這是清末民眾運動第一次戰勝清室，先生實是主動的人物。

一九〇七至一九一〇

先生的居滬，因「小說林」的歇閉而告終止。那時候，兩江總督端方，正羅致天下名士，熊希齡、宗子岱等皆為入幕之賓，慕先生名，屢次派人延聘，先生以端氏身雖滿族，頗知潮流趨向，也是力主新政大員之一，因思入他的幕中，未嘗不可以從內部策動政治的改革。入端幕先後計一年餘，後端方調到北洋，先生就以候補知府分發浙江，曾擔任過審詢嘉興某巨盜案的委任，並被委為寧波清理綠營官地局會辦。在寧波任上，革命暴發，先生就卸任返滬。在這時期中，先生納張彩鸞為妾，攜同赴杭，生三子光叔。

民國元年至民國二年

光復的時候，先生自浙返滬，常熟的家眷也都搬到上海來住了，時滬上舊交，如張謇、史量才、楊翼之輩，已經有了個政治團體，叫做息廬俱樂部，先生雖時往閒談，卻沒有正式的參加。民元年的四五月間，先生移眷返常，不久楊翼之特地趕到常熟，力勸先生參與選舉運動。時參議院選舉法是一半直接選舉，一半由省議員互選的。江蘇的名額是十名，故五名是直接的，五名是由省議會產生的。楊等主張先生應先應選為省議員，再以省議會為階梯而入參議院，得了先生的同意。於是黃謙齋等友人開始為先生作選舉的活動，到民國元年的年度以十五票當選為江蘇省議員。

民國二年至民國三年

民國二年春先生偕黃謙齋等同赴南京，繼續參議院的復選運動。時擁護先生的人頗眾，先生的當選大家知道已不成問題。可是仔細計算，張謇以共和黨的首領，票數卻感到缺乏之虞，因有南通商會會長等某某訪先生，以黨的立場，勸說先生犧牲自己的地位，勸告擁護先生者集中投選張謇。他們說：「張先生入參院，以資望論，必可得議長，為共和黨張目」。先生慨然允之，於是張謇被選為參議員，而先生則仍是省議員。這一個轉變，事實上根本決定了民國以來先生在政治上的路線。假使先生獲選為國會議員，先生的發展在中央，當然參與了全國政治的動蕩，現在做了省議員，其發展範圍在江蘇省裏，就變成了歷次省政變遷的中心人物了。先生在省議會中的黨籍雖屬共和黨，可是平日接近的卻是黃允之、陳大猷輩都是國民黨。事實上，以先生的才華和處事的坦白，早就打破了黨的界線而自成了一種江蘇環境所需要的結合，群奉先生為中心。及至民二年七月黃興在南京宣布獨立，程德全出走，應李中代理省長遷滬辦公，所謂江蘇十大黑幕之一的八厘公債案就在此時開始醞釀了。後韓國鈞調任江蘇省長，初以張壽齡為國稅廳，繼張升財次，以蔣奐珽繼任國稅廳，徹查八厘公債案的內幕，卒能揭破營私舞弊的真相，這中間實以先生之力為多。

民國三年至民國五年

這時候袁世凱被選總統，統一的野心日熾，因於民國三年春在北京召集全國各省財政會議，想要先從統一財政著手。先生被派為江蘇省的代表出席會議，在會議席上，先生侃侃陳辭，直斥馮國璋挾大批軍隊坐食於江蘇的不當，力爭江蘇軍事負擔的減縮，袁世凱為之動容。先生留京時，與蔡松坡常相往還，而先生的得識蔡松坡，卻還是小鳳仙的介紹，這中間有一段逸事，很值得記載。小鳳仙原本是杭州一個旗人姨太太的女兒，那旗人死了，姨太太不容於大婦，竟被趕了出來。那姨太太就帶著一個老媽子扶養著小鳳仙過苦日子，過了幾年她也死了，就把這孤女托給老媽子。老媽子領著小鳳仙就住在先生杭寓的對門，過著的日子當然越發難堪了。不知怎樣，給先生看見了。就商諸老媽子，把這小姑娘領到自己家裏，想好好把她撫養起來。不料那老媽子竟自居養母，屢次無風作浪，纏繞不休，先生可憐小鳳仙的境遇，因與她養母約每年貼她若干錢，叫她帶著小鳳仙到上海進學堂，不得讓她墮落，老嫗欣然承諾。不料民國元時先生赴南京，在友人席間突遇小鳳仙竟是裊裊婷婷的一個妓女了。先生痛心之餘，趕到她的寓所把老媼痛責了一頓，可是人在她的掌握中，也就無可奈何了。這次北上參與財政會議，又在北京遇見了小鳳仙，她已變成了紅極一時的紅姑娘了，可是對於先生到還有一些感恩知己的意思。蔡松坡那時正迷戀小鳳仙到了極度，可是金屋之議，因小鳳仙的不易就範，始終沒有辦法，蔡知先生跟小鳳仙夙有淵源，因設法與先生交，以撮合的重任相託。卒經先生從中勸解成立了這一段英雄美人結合，也可說是千古佳話了。這時候先生在京，從各方面的接觸，深切知道了軍閥擴張勢力的內幕，他覺悟防禦軍閥的侵略，先要自己有政治的組織，可是奠定政治組織的基礎，必得手裏面抓住幾個財政機關，他為免除江蘇沙田局總辦，以先生為會辦兼清理江蘇省官產事宜。事實上陶湘對於辦沙田是門外漢，一切由先生主持。後沙田以江蘇官產處處長兼辦沙田事宜，於民四年七月正式成立。在這時期中張姬彩鸞生四子叔懋，先生又納俞意珠為側室，並生五子季煬。

民國五年至民國六年

在先生積極籌備官產處的時候，正是袁世凱與高采烈準備登極大典的時候，這種運動由楊度等積極籌備為時已久，直到民國五年八月間籌安會的成立而真相大白，及十一月而袁氏就以各省推戴的形式成熟了他帝制的醞釀。於是十二月二十三日由蔡松坡的推動，雲南首先發難，不數日間，各省影響。這時候，先生剛在上海處分上海舊縣署基，莊蘊寬、鈕永建、冷御秋同由廣西趕到上海，謀江蘇方面響應反袁的運動，各處軍隊雖已有了接洽，可是沒有金錢的接濟，發難總感覺困難。於是鈕永建深夜驅車接先生，同赴其秘密場所，參加軍事會議，陳其美等領袖均在坐，先生慨然以籌款之責自任。翌日，囊括其私蓄盡以充軍實，不數日吳江、江陰兩處發生了兵變，馮國璋一看形勢不妙，才決定了他反袁的態度。及洪憲事平，先生復返南京。是年冬，應黎元洪召入北京，奉派兼辦淮南墾務事宜。

民國六年至民國十一年

在這五年中，先生表面上雖已脫離了省議員的生活從事於理財，實際上，正竭其全力，培植地方勢力，防止軍閥勢力的擴展。自從袁世凱開了威脅利誘來利用民意機關的先例之後，各省的省議會大半都成了軍閥的附屬機關，民意成了軍閥意，軍閥要通過什麼議案，只須一紙命令，任是怎樣的病國病民的惡政，也沒有不通過的，惟獨江蘇則不然，省議會還能始終保持它的尊嚴，在許多事件中，隨時可以發現省會與軍閥衝突的徵象，而軍閥的對於民意，直到奉軍挾張宗昌南下作大搗亂為止，還是保持著一個尊重的態度。這是江蘇在軍閥混亂的時期中始終能保全一些原氣的原因，而這個主因的造成，實在是先生和他的一班忠實同志努力的功效。現在講的五年中，先生表面上是安安靜靜做著他的官產處長，國內政治，由馮、段的交訌轉變而為直皖的戰爭，繼之以奉直的戰爭，江蘇始終未被捲進任何漩渦去。不知者以為這是江蘇偶然的幸運，事實上江蘇人士之不為軍閥利用卻是真原因。在私生活一方面，先生卜居南京，比從前安定多了。餘暇的時候，仍繼續他文藝的研討，民國十年遣其次子耀仲赴德留學之後，更令其在歐購買大批法國文學書籍，於是研究的興趣益濃，因此發奮要把法國文學作一次整個的介紹，開始編纂法國文學史大綱，努力讀書，努力著譯，不料因此就種了他心臟病的根。同時在這時期中，他又從歐陽竟無先生遊，每日赴他所辦的內學院，研究佛經，幾年用功的結果頗得此中精髓，這一點影響到他後期作風之處甚多。民十年先生的私生活中更遭遇了一個重大的損失，那就是，他的愛女忽得惡瘧，竟以不起。先生曾為文悼之，並廣徵名流的詩文以為紀念。

民國十一年至民國十三年

這時候先生告卸了官產處，任著禁米處的閒職，可是醞釀到這一階段時，江蘇地方勢力與軍閥的暗潮已高漲到了勢將破裂的程度了。剛在這時候，江蘇省議會議長到了改選之期，蘇督齊燮元早就不滿意省會的倔強，就想趁這機會，一網打盡，把省會改造成一個自己御用的機關。先生等預知其謀，因奔走布置，廣集同志一致擁戴蘇紳張仲仁為議長的候選人，然而對方有的是錢，準備以三十萬元廣結善緣，先生等有的只是良心，看看良心的力量有些敵不過金錢了，向來自認是同黨的，也紛紛投入敵黨的麾下了。可是直到最後投票的一日，到底還有幾個不甘屈辱的硬漢子，揭破黑幕，直詆這種投票為非法，於是會場秩序大亂，投票未成，紛紛四散。這消息傳布出去，激怒了南京的青年界，於是明天一早，南京的學生全體出動，先占遍了議場的座位，又組織跪哭團四出勸阻，於是形勢益成僵局。隔了幾天，忽有一位省議會的職員自殺留遺書，請以屍諫，於是把他的遺體陳列議場上，把他的遺書高懸在墻壁上，形勢益見嚴重了。對方看形勢糟到這樣地步，不得不讓步放棄他們操縱議會的野心，另由中立派的人出任議長，於是所謂議長潮者，才算平息下來。這一次運動的意義，是江蘇地方勢力對軍閥的一種警告，充份表現出雖無金錢的後盾，雖無槍桿的靠山，憑著良心，還可以作背城一的抵抗而得到最後的勝利。這年冬季先生因心臟病時發，擬易地療養，攜其次子耀仲，同行北上，在北平住了三個月。翌年八月先生又復任官產處長。

民國十三年至民國十五年

江蘇人在軍閥控制下努力築著自衛的防禦線，到上述的議長風潮時，已露出了崩裂的痕跡，及十三年直系皖系兩軍閥鬥爭尖銳化的當日，民眾團體的力量更成弩末，軍閥為爭奪地盤計，更不惜糜爛地方作孤注一擲，於是先生等對付軍閥的方策，不得不改消極的防禦而為積極的進攻了。這時候，直系的兩大勢力，齊燮元在蘇，孫傳芳在閩，把皖系僅餘碩果的盧永祥，包圍在浙江，旦夕有滅此朝食的軍事行動。盧永祥為自固計，北獻媚於奉系，南求救於廣東。於是蘇閩的夾擊浙盧，事實上就牽動了直奉的衝突，和開了國民軍命軍北伐之機。十三年九月初江浙軍隊在滬寧路安亭附近開火了，孫傳芳的軍隊也由閩向浙推進，九月中旬占領衢州，盧永祥受不住前後的夾攻，卒於十月十二日通電下野，轉道日本，投奔段祺瑞。跟著在北方就開始了直奉的戰爭，而馮玉祥的倒戈結束了吳佩孚直搗關外的迷夢。吳佩孚的失敗，齊燮元雖趕掉了盧永祥，地位勢力卻多發生了動搖。於是段祺瑞與奉張合作之下，於十二月十一日下令免齊燮元職，派盧永祥為蘇皖宣撫使，這當然是盧永祥的報仇作用。然而盧永祥是部下星散的下臺軍閥，他怎有膽量南下來拔齊燮元的虎鬚呢？他的後面有得意忘形的奉軍，更有野心勃勃的張宗昌。這時候的江蘇，處在齊盧積忿之下，處在奉軍垂涎之下，形勢是緊張到非糜爛不可的了。然而，先生等在這時候卻看做是一個機會，一個樹立蘇人自衛力量的機會。他們看到齊燮元困獸之鬥，最後決不能支持的，盧永祥托蔽在奉軍的威力下，頂著一個宣撫使的空銜，事實上只是一個傀儡，奉軍方面，張宗昌等既沒有深謀遠慮的人才，難在江蘇建立基礎，況且勞師遠征拉長了戰線，一旦遇到了挫折，簡直會顧了頭顧不到尾巴。所以在形勢上看江蘇省那時候是萬軍雲集，事實上，江蘇卻是空虛的，江蘇人為保衛江蘇計，這時候若能建樹起一種實力來，定能收排斥各方軍閥侵凌的實效。先生等看到這一點，就開始積極進行起來了。第一步計劃，設法使江蘇省長韓國鈞握到軍權，於是段政府十四日下令蘇省長兼理督軍，齊燮元服從交卸，一切都順利完成了。然而，張宗昌的部隊已抵浦口，盧永祥舊部已入南京，齊燮元赴滬與孫傳芳聯合，通電反對奉軍南下，戰機四伏，一觸即發。先生等看到時機已迫，江蘇省實力培養勢不可緩，養實力需財政，於是先生在這楚歌四面客軍遍境的烽火氛圍中，毅然出任江蘇財政處長。先生出任財政，減少軍閥困鬥的力量，第二是擴大省防軍，培植本省自衛的力量。這時候齊燮元駐守真茹，張宗昌準備率兵向上海東進。上海總商會等各團體，推先生為代表，向齊燮元請願息兵。先生漏夜渡吳松江，坐小車，由鄉間小道趕到真茹，竭力向齊燮元盡忠告，齊氏不聽，戰端遂啟。直到十四年一月二十八日齊氏不支潰退上海，逃往日本，二十九日，張宗昌率奉軍抵上海，齊盧戰爭，遂告結束。江蘇省去了一個齊燮元，卻來了一個張宗昌，雖明知張氏沒有盤據江蘇的實力，可是眼面前的糜爛，若沒有人與之死力爭持，也就不堪設想了。先生那時一方面對付張氏，一方面培植省軍，困苦艱難，實難罄述。及張宗昌退駐徐州，盧永祥督蘇正式發表，奉軍在蘇勢力漸固，先生財廳的地位也跟著韓國鈞省長於十四年四月同時去職。先生在財政廳長任內先後雖只四個月，雖朝夕在各方軍隊催迫餉糈中過生活，可是仍能達到擴大省防軍的目的，並指定屠宰稅等的收入，為教育經費專款，特設教育經費管理處，任何軍政長官不得動用。私德方面，絕不引用私人，嚴厲斥責納賄請託等弊病。最後臨卸任時，有請批准鹽斤加價菜，願以十萬元為壽者，先生厲色呵斥之。

民國十五年至民國十七年

先生卸任財廳後，即回常熟故里略事休養，可是這時候，浙江的孫傳芳跟南京的楊宇霆已漸入短兵相接的階段了。在十四年的雙十節孫傳芳調集大軍，分五路向江蘇進發，奉軍見勢不佳，紛紛撤兵北退，十月十六日孫傳芳不戰而占領了上海，十一月七日驅逐奉軍直到徐州，二十日返寧。孫傳芳不發一炮，不喪一卒，唾手得到了江蘇，倒很想修明政治，買服一些人心。聞先生與陳陶遺名，特派專使，分頭迎請二公到寧，請教治蘇的方策。時先生與孫氏初無一面緣，啟行前召集諸同志商出處。大家商議的結果，以為蘇省自衛的防線，經奉軍南下的蹂躪已毀滅無餘，武器解除後對付軍閥的手腕，只能利用他好名的心理，跟他在遂行賢明政治的條件下，重奠復興江蘇的基礎。於是先生與陳陶遺同赴南京，跟孫傳芳作開誠布公的談判。孫氏坦白表示，願以全力維護省政的獨立，不論用人行政他願督同所部絕對遵守不加干涉的諾言。於是陳陶遺為江蘇省長，先生為江蘇政務廳長的命令先後發表。先生任政務廳長職先後不到兩年，可是在軍閥控制下努力作復興江蘇的事業卻也不在少數，直到最後，國民革命軍北伐，孫傳芳入贛督師，因軍費的浩繁，要求省署加徵畝捐二角以應急，陳陶遺與先生，力持不可，要求孫氏遵守他以前不干涉的諾言，孫氏勢促力窮，不顧利害，強迫實行，於是陳陶遺掛冠而去，先生也稱病請辭了。

民國十七年至民國廿二年

自從十七年之後，先生就放棄了他政治的生涯，重又回復到他文藝的生活上來了。在十七年中，他就跟他的長子虛白計劃著設立一家私人資本小規模的書店。開書店的目的，一方面想借此發表一些自己的作品，一方面也可借此結納一些文藝界的朋友，朝夕盤桓，造成一種法國式沙龍的空氣。因於十八年開設真美善書店，並發行《真美善》雜誌。先生於著述之餘總喜歡邀集一班愛好文藝的朋友，作一種不拘形跡的談話會。那時候他的寓所中，常常是高朋滿座，一大半都是比他小上二十歲三十歲的青年，可是先生樂此不疲，自覺只對著青年人談話反可以精神百倍，所以一般友好，都取笑他是一個老少年。不幸，上海居大不易，先生雖作宦十多年，卻是毫無積儲，再加以連年荒歉，老家中接濟告竭，而真美善書店，根本就不希望它是一個生財之玩意，於是先生竟沒法子再在上海住下去了，遂於二十二年的秋季遷回常熟過著他晚年的種花生活了。

民國廿二年至民國廿五年

在這三年裏，先生雖住在風景佳麗的園庭裏——他自己的花園虛霩邨居——可是他外受經濟的壓迫，內心裏又抱著老年人枯寂的苦悶，精神上實受著不可言說的苦痛。同時他的體質也日就衰頹了，想提筆屬稿，心臟就會發生怔忡的現象，到後來，就是想拿本書用心讀一下，這種病象也會來了。做文章不能，看書又不能，簡直奪去了他半條性命，他的苦況可知。可是他的心卻還是熱烘烘的，他的熱情還是奔放地要找一件東西去寄託的，於是在無可奈何的環境中，他注全力在種花上。在園中闢出四五畝地的一角，他計劃著布置花壇，建造花棚，這裏掘個池，那邊開條徑，同時又買了許多園藝的書籍研究土肥，選擇品種，然後遍徵中外名園的名花種子，親自督同花匠，灌溉培植，這樣一來，他一天的時間，大半天消磨在園地裏了。然而，到最後兩年，他的體質更不行了，偶感風寒一病就是幾個月，直到二十三年的冬季，他的母親患痢疾作故，那時候他也臥病在床，受了這樣重大的刺激，當然病益加重，後來，幸虧調養得宜漸就康復，不料到了二十五年六月二十三日，小小的感冒，竟結束了這一位文學家又兼政治家的生命。

附註：此年譜係曾虛白先生於其父逝世後編纂，成稿於一九三五年九至十月間，最早出現在《曾樸先生紀念冊》中，並發表在《宇宙風》第二、三、四期中。由於成稿倉促在紀年上存在偏差，後經魏紹昌先生與譜主在滬親人核實後重新發表在《孽海花資料》一書中（上海古籍書店，一九八二年）。

金松岑生平事蹟

吳江市同里中學金松岑紀念室

金松岑先生（一八七三－一九四七），字松岑，一般以字稱呼。原名懋基，又名天翮、天羽，號壯遊、鶴望，筆名麒麟、愛自由者、金一、天放樓主人等。

他在《天放樓文言遺集·蔡治民傳》中有一段話：

天下興亡，匹夫有責。整套雖微賤，不得位，處亂世，猶將肩名教之任，延人道於一線，是吾志也。

道明了他要肩負起教育重任，從而矢志不渝實現救國救民之志。

在《天放樓文言遺集·論氣節不講足以亡中國（下）》中重述道：

大倡儒學，人人以天下興亡為責。

清末愛國志士、著名教育家、文學家金松岑出生在吳江同里一個書香門第，從小受氏族內金家浜詩社「學吟社」的影響，喜愛做詩吟對。

一八八四年，祖父讓他給自家的「後花園」命名，他起名笏園。不久，又受祖父之命作〈笏園桃杏海棠盛開觴詠連日王父命詩以寫之〉：

文章少年時，春華爛雲漢。
花葩問誰妒，流年暗中換，
觴詠倘繼夕，秉燭遊忘倦。

他借景抒發了自己要抓緊時間認真學習的決心。

一八八四年，十二歲的金松岑在同里鎮上拜師求學，同里鎮最有聲望的顧言先生和錢鍔先生是金松岑少年時期二位難忘的老師。他寫下〈二先生傳〉，詳細記錄了二位先生性格特點和他在二先生處學習的情況。

一八九七年，金松岑等人在同里成立了雪恥學會。

雪恥學會的活動地點在天放樓，天放樓的得名，起源於他正在翻譯的《摩哈麥德傳》。《摩哈麥德傳》講述了阿拉伯半島麥加孤兒穆罕默德興國史，穆罕默德從小由祖父伯父撫養大，生前英勇無畏成功地統一了阿拉伯半島，並創立了伊斯蘭教。創立伊斯蘭教的發源地——麥加或阿拉伯，被稱為「天方」。金松岑為了賦予「雪恥學會」更深刻的意義，就將雪恥學會活動地點取名天放樓，天放樓開始在自家書樓，後來易名原同川書院舊址。把「方」改為「放」，也寓意想用文章喚醒天下。

在學會裏，金松岑交流了與人合作的譯本《摩哈麥德傳》和自己收集整理的《三大儒學粹》，言高意旨，闡述了他當初的思想，激起了會員的共鳴。這兩本書實際都是金松岑為自己及雪恥學會的同仁所請的「師儒」，一為外國「師儒」摩哈麥德；一為中國「師儒」三大儒。他想以此和會員們共勉。

金松岑也從此把顧亭林（即顧炎武）「天下興亡，匹夫有責」的名句，作為處世立說的思想基礎，自勉一生。

一八九八年二月，金松岑被召南菁書院，因為遇上了江蘇督學瞿鴻禨先生，瞿鴻禨先生赴南菁書院，是為清廷廣選人才。瞿鴻禨看到金松岑所著的〈長江賦〉和〈西北輿地圖表〉兩文，手書召他到校，並命他擔任學長，相當於現代教育中班長之職。

五月二十三日，晚清政府向全國頒布開設經濟特科章程六條，大招經濟特科人才。金松岑受瞿鴻禨的推薦，準備進京赴考。此前，他正著手收集〈關東及西域兵事〉，準備補進顧祖禹《讀史方輿紀要》（摘自《天放樓文言•元史紀事本末補自序》卷三）。因準備赴考，只得將補書計劃擱下。

迎考之時，中國近代史上轟轟烈烈的戊戌變法從高峰跌入低谷，清政府又下令取消準備開考的經濟特科，仍舊沿用原八股文應試辦法。金松岑對清政府出爾反爾，再則殘酷地殺害「六君子」等諸事忿恨到極點。祖父有病，他返家，在家寫下〈暨陽秋感〉和〈政變〉。

金松岑隨即放棄了回南菁書院繼續深造的願望。返家給自己強加了兩個任務，一是作檄文交警省民眾，一是興教辦學救國救民。

一八九九年三月，金松岑在「大夫第」的西墻門慎修堂內辦起了私塾，這是創辦公學的前期準備。除此之外，他還擔任同里區的教育會會長，利用空暇時間檢查監督附近私塾的教育質量，這些都為金松岑日後創辦學校打下基礎。

一九〇〇年的義和團活動，資產階級民主革命的浪潮洶湧澎湃。六月，八國聯軍侵華。一九〇一年清政府訂立了喪權辱國的《辛丑條約》，金松岑一批愛國知識分子對腐敗的清政府喪失了信心，金松岑也從最初擁護維新變法到徹底的反帝反清。

金松岑決然要創辦正規學校，他已經不滿足辦小規模的私塾學堂。因為辦正規學校更利於組織革命團體，利於軍國民；再則學校的教育質量比私塾學堂更能得到保證。金松岑這一願望很快得到親朋好友的贊同和支持。

從辦私塾到正規學校，歷時三年。一九〇二年三月十八日（陽曆四月五日），三十歲的金松岑在家鄉同里創辦第一所學校——同川自治學社，校址設在同川書院舊址內。這是一項教育的改革，促使家鄉教育質量走上了一個臺階。

同川自治學社的創辦，金松岑被冠之「家鄉新式學校的鼻祖，開了家鄉辦學新模式的先河」。同川自治學社成立後，震撼了全縣，其影響迅速波及擴大，不久各地紛紛效仿，學校應運而生，至辛亥革命前夕，全縣已有新式學校五十五所。

同川學校的創辦，讓平靜的小鎮走出了像柳亞子、王紹鏊、范煙橋等一大批時代的弄潮兒。

一九〇二年四月十五日，中國教育學會在上海成立。上海是國內新思想、新觀念容納之地，此組織大有從學術團體擴大到政治團體的態勢，因此也將其稱之為「上海重要的革命機關」或「我國最早之革命團體」。由蔡元培（字孑民）、蔣觀雲（智由）、林少泉（獬）、葉浩吾（瀚）、王小徐（季同）、汪季宗（德淵）、黃宗仰（烏目山僧）等集議發起中國教育會，表面辦理教育，暗中鼓吹革命，即馳函各地同志赴滬，開成立大會。

同里人金松岑和陳去病參加成立大會。不久，同里成立了「中國教育會同里支部」，「中國教育會同里支部」的牌子掛在同川學校門外，金松岑任會長，會員有陳去病、薛鳳昌等幾十人。中國教育會同里支部的成立，團結了周圍一大批有志於革命的知識分子，結成了一個以學術團體為名譽的進步組織。

中國教育會附屬機構愛國學社，在一九〇二年十一月二十六日開學，一九〇三年三月蔡元培先生召金松岑到上海愛國學社工作，金松岑帶了柳亞子、蔡寅、陶亞魂三位作附課生。

在愛國學社裏，金松岑與章太炎一個辦公室，與鄒容一個宿舍。

鄒容出版《革命軍》，經費緊張，一直關心支持鄒容寫作的金松岑，主動承擔了《革命軍》捐贈籌款事宜，柳亞子、蔡寅、陶亞魂三位學生也隨之捐資，這樣使《革命軍》得以面世。

六月三十日，《蘇報》案發，愛國學社被封，章太炎、鄒容入獄。緊接著金松岑往返於上海和同里，籌集重金，在上海租界內聘請租界內很有名氣的英國辯護律師瓊斯。開庭期間，金松岑每次必到。

金松岑還冒著生命危險經常前去探監，一些書信通過金松岑之手傳出，又刊載於一些革命報刊上，繼續發揮愛國反清的戰鬥作用。

鄒容犧牲時，金松岑寫了〈哀鄒容〉祭文。

一九〇四年春柳亞子入同川自治學社，並在那裏讀了兩年書。就此成了金松岑的學生。

柳亞子曾在他的《南社紀略》中寫道：

一九〇四年，到同里，進鶴望先生所辦的自治學會念書，醉心革命更甚。

晚年還有詩贊：

少年慷慨記同川……同川依缽誰能負，心折堂堂天放翁。

金松岑遂把愛國學社未竟的事業移至同川學校。

金松岑認為辦小學教育，要注重：一、道德教育；二、軍國民教育；三、實利主義。

首先是道德教育：「蓋國家之強也峭以有形之武力為功，而以斯民人人具宏毅剛篤艱貞之德」。同川自治學社鮮明地舉起了反帝反清的大旗。

其次是軍國民教育：自治學社會教室緊張，但專闢一室放置「軍事器械」，這些假刀假槍做得比較清致，形狀和真的十分相像。目的是想造就一支能文能武的「新中國少年軍」，隨時隨地拉起來資助革命，推翻清王朝。這時候，金松岑常常以軍人的形象出現在學生和學員的面前，他全身武裝，高統靴、皮綁帶，身掛一把大刀，在他的床頭還常年累月掛著一把七星「雌雄劍」。

金松岑為了擴大革命志士的隊伍，吸引社會上進步力量，組織起「體育會」，金松岑自任會長，原愛國學社體操教師林立山任教員。這樣體育會由原來的自治學社社員，擴大到社會上老的少的，遠的近的，共來了二百多人。

再說實利主義：金松岑強調學生得多學點文化知識和實用知識，同川學校逐漸開設十多門課程，如國文、歷史、地理、理科、算術、英語、修身、經學、圖畫、手工、園藝、鄉土、生理衛生、法文、體操等。有些課程每周雖只有一二節，但對拓寬學生的視野，開發智力，收益很大。

金松岑的學生後來重視教育的很多，如金國寶、楊千里、金元憲、徐麟、薛天遊等，他的學生又培養了很多優秀的學生，結成了一個很大的承師譜師網。

一九〇四年三月，自治學社拆資創辦明華女校，這也是吳江縣內第一所女子學校，是金松岑繼自治學社後的又一次首創。

真可謂：力養成人，智養千人。金松岑辦學的成功，使同里走出了一大批愛國者，這裏成了藏龍臥虎之地。

《孽海花》被魯迅先生列為清末四部譴責小說之一，小說出版後不到一、二年，竟再版十五次，銷行五萬部之多，影響深廣。

《孽海花》作者署名是常熟人曾樸（曾孟樸），而事實上最初創意和創作者是金松岑。這部小說最初創作於一九〇三年四月，陳去病負責主編《江蘇》，來信約金松岑寫點論著或小說，金松岑就自己關注的中俄交涉、帕米爾界約事件、東三省事件為線索，寫了《孽海花》第一、二回。作品很快在《江蘇》上發表了，當時署名是「麒麟」。後來他續寫了六回，不久又把續寫任務交給了朋友曾樸。

一九〇三年到一九〇四年，是金松岑一生創作鼎盛時期，在這段時間他創作了大量有影響的作品。連續編著宣傳革命的三本小冊子：一是譯本，日本激進自由主義者宮崎寅藏著的《三十三年落花夢》；二是金松岑自己著的《女界鐘》；三是譯本，是歌頌外國虛無黨史料的《自由血》，三本書的編譯或編著的署名為金一，或KA（即「金一」筆名的英文名）。此外他還洋洋灑灑寫了長篇政論〈國民新靈魂〉等，很有力度。

一九一〇年仲夏，《文譜》的造句部分稿子完成，這是他為授課而編寫的教課本，署名「金城」。

對於辛亥革命前的吳江三詩人金松岑、陳去病、柳亞子，日後金松岑的學生范煙橋撰文說：

以吳江而論，在五十多年前，詩壇並不落寞，但當時一般詩人只是拘束於小天地中，沒有三講議人的開朗豪放，自從三詩人出，這才像在靜止的水裏投下了巨石，激起了波瀾，以文字鼓吹革命，給吳江詩壇增加了光彩。

一九一一年開始金松岑定居蘇州，但他心還牽掛「同川」，離校不離心。

一九一二年春，民國元年，也是同川學校校慶十周年。那年，金松岑將同川學校的辦學情況，向任南京臨時政府教育總長蔡元培先生和好友章太炎先生作介紹，得到兩先生的高度評價。兩先生特別讚賞金松岑致力於家鄉教育事業的熱情和實績，蔡元培先生為同川兩等小學十周年紀念撰文，其中提到同川學校「先後畢卒業禮所成就者五百四十人，其以學業殊異，貢入北京工科大學，上海復旦，南洋公學，暨直省陸軍、政法、商船，實業或師範中學校者八十一人」。章太炎送篆額「同川小學校十周年之碑」。

一九一九年，金松岑陪同江蘇省教育廳廳長江恒源視察同川小學，江恒源聽了金松岑對同川小學發展情況的介紹，對同川小學全體師生發表熱情洋溢的講話，對同川小學取得的成績給予肯定。江恒源在會上新授同川小學和震澤絲業小學為「江蘇省模範小學」獎牌，並書「樂育英才」匾額。之後縣長丁祖蔭書「松陵模範」；後任教育局長的金松岑本人書「毓德培賢」匾額。

一九二二年是同川二十周年校慶紀念，華表上刻有校董金松岑親撰的華表銘：

> 我同川承縣區之委，五湖環其周阹，川澤通靈。宜挺賢傑，我校起東南，以亭林博野之學先天下，天下向風，今二十周矣。宙合之內，潮湧雲崩，學風隨而於變，我同學諸子，澄觀遠照，然與道為徒，模聖範賢，肩天之職。是用不愧於先民，歲辛酉夏正三月十有八日，為我校創建之振，諸之相與鳩資樹表，刊文玄石，天翮為之銘。銘曰：維表之峨峨，堅貞孔多。倚天拔地，卓立無阿，幹爾邦爾家，我辭不磨。（《天放樓文言》卷六）

四月九日（農歷三月十三日），金松岑作為學校的校董，再次來到讓他牽腸掛肚藕斷絲連十載的學校，參加同川學校有史以來最大一次盛會。

一九三二年是同川學校三十周年校慶，金松岑同樣參加了校慶，寫了〈同川小學三十周年紀念碑〉文，其中云：

天翮主是校，終始十年有半。平生懷抱英才樂育之願，牽格未竟。……是以綱紀純粹，秀異輩作。……蓋自天翮離校之後，主是者類能保持素尚，益務縝密。惟是高掌遠遮，偉大精能，繼武鄉先哲，如日生曉庵青來淵甫之徒者，則尚有俟夫將來。獨立不懼，旋乾轉坤，革新大運，存乎其人……而族叔彬臺，盡瘁茲校，積二十有四春，適於其時損館，因名此亭曰彬，將以志哀榮而勸來者。與斯校並垂不泯……（《天放樓續文言》卷一）

金松岑文中還提到「前屏隆阜，植碑其巔，覆之以亭」的「彬亭」。是為了悼念已經去世的族叔金彬臺而建。金彬臺生前擔任同川學校的教導主任，在同川工作二十四年，嘔心瀝血，勤懇工作，直至突然病倒在學校的案桌前，臺上堆著學生的作業本，手中握著批改作業的筆……由於金松岑的影響，金家氏族內人事同川學校教學的人數很多，二〇年代，學校中有六位都是金氏族人，在同里金家氏族人對教育的貢獻是有口皆碑的。

一九二三年金松岑應邀擔任吳江縣教育局長，至一九二五年，共二年時間。

一九二七年，金松岑被任命為江南水利局局長，沒有多久，辭去水利局長之職。

辭職後金松岑的在蘇州大郎橋巷老友吳古庭家繼續教書授業。

蘇州在二十世紀二〇～三〇年代，海內耆宿雲集蘇州。

一九三二年，夏天，蘇州張一麟（仲仁）、李根源、陳石遺、金松岑先生發起成立中國國學會。首推張一麟為會長，李根源和陳石遺為副會長，金松岑為主講學者，李根源為主任幹事。

國學會初創，金松岑相邀章太炎來蘇州國學會講學，金松岑此時是國學會的「實際上是掌大旗者」。

章太炎接到金松岑的來信，欣然接受了邀請，立即動身前往。以後章太炎和金松岑共為國學會主講人，學員隊伍迅速壯大，增至四百多人。

在中國國學會期間，金松岑、章太炎、李根源三人締交金蘭之契，並一起合影留念。

金松岑具有超乎常人的才能與超乎常人的勤奮，寫了有關歷史考古、文學評論、人物傳記、詩詞歌賦、水利研究等大量著作，將自己的情感傳達給讀者。大部分著作集都用「天放樓」命之，「天放樓」隨金松岑人移名易，同里有，蘇州也有。

金松岑在天放樓內寫就的存世之作有以下幾種：

一、早年著譯，辛亥革命前著《女界鐘》、《孽海花》（前六回，及後六十回設想）、

《孤根集》（上下集）、《新中國歌唱集》（四冊，只印三冊），譯《自由血》、譯《三十三年落花夢》（恭公全俠口譯，金松岑筆述）、《妒之花》。

二、中年詩文（辛亥革命後）著《天放樓詩集》（正、續集）、《天放樓文言》（正、續集）、〈皖志列傳稿〉（隸屬《安徽通志》八冊，約三十萬字）。

三、晚年著述（包括抗戰期間及抗戰後）著《天放樓文言遺集》、《天放樓詩季集》、《鶴望中年論壇》（以上三書，是金松岑捐館後，由光華大學弟子集資刊行）。

另外還有一部分佚文，如《滇志》、《元史紀事本末補》十二卷、《日俄戰爭未來記》（薛公俠同譯）、《摩哈默德傳》、《清三大儒學粹》、《詞林擷雋》、《新中國唱歌集》（第四本）等。

金松岑的文集中曾有章太炎、費樹蔚、陳衍、李印泉、張一麟、李思慎等人分別作序，葉恭綽、鄧邦述、鹿城等人題寫的書名，早期章太炎先生稱：「其意風風發，為豪傑之文，其格上取季漢，下兼南北隋唐，而不主一格，詩尤傑出，先生亦以詩自負」，錢基博（錢鍾書之父）謂：「異軍突起，為詩壇樹赤幟者吳江金天羽松岑。天羽才所橫肆，極不喜所謂同光體，越世高談，自開戶牖」。錢仲聯先生稱：「民國以後，以講學終身，詩境每變益上，騷壇赤幟，俯視閩贛，捨金松岑其誰？……金天翮是詩界革命在江蘇的一面大纛。」

金松岑一生十分崇拜《史記》，他不僅自己多次通讀，還勸他的學生認真通讀，費孝通先生曾寫一篇題目是〈《史記》的書生私見〉，敘述他拜金松岑為師的經過：

我和《史記》的相識出於父命，年未及冠，尚在中學裏上學，有個暑假，我父親不知為什麼要我跟他一起去走訪一位他的老朋友。進門坐定，我父親叫我站起來向這位老友鞠躬行禮，口稱「老師」。這種已經大為簡化的傳統儀式，在二〇代也是少見的。禮畢，那位教師向我父親帶一點商榷的口氣說，「那麼，就讓他從《史記》圈起吧」，這是他定下的入門規矩，先得圈幾部書……

費孝通先生一生可謂讀萬卷書，但他說：常掛在心頭的「沒有幾本」，其中之一就是《史記》。

抗日戰爭開始後，金松岑斷斷續續寫了六十多首樂府詩，內容都是抗日救亡，十分精彩。如〈前七夕〉、〈後七夕〉、〈蜻蜓〉、〈蠅虎〉、〈蜾蠃〉、〈雪山乳獅〉、〈螺螄吞大象〉、〈牽牛花〉、〈蚱蜢〉、〈蜘蛛〉、〈萬歲樂〉、〈赤精子〉、〈中牟堤〉、〈長沙炬〉等。這一時期他湧現了大量的詠物寓志詩，過去他極少涉及這類詩，這時他意識到這是他處在特殊時期所要用的特殊武器，如通過醜化蜻蜓、螺螄、蜘蛛等小動物，來醜化日本帝國主義窮兇極惡霸道行徑。抗戰時期的金松岑身心受煎熬，但他大筆如椽，字字珠璣，抒發自己傲骨之情，他的學生稱他此時的作品：「一代悲歌成國詩」。

一九三九年江蘇省偽府官員陳則民、楊翰西，了解金松岑家道中落經濟拮据，便親自走上門，以高薪引誘，力勸金松岑出使省偽政府財政廳長、偽政府教育廳長、江蘇史志辦職員之職，金松岑托病相辭。

為避擾亂，也為了有病在身的愛孫同翰，一九三九年，他和同翰一起潛走上海。此時他任光華大學文學教授，每周十八課時，爭取到月薪二百大洋，同翰就讀於光華，邊讀書，邊治病。

一九四一年太平洋事變後，日寇入租界，光華散學或轉學。當時有人勸金松岑仍舊留上海，但他認為上海已經淪陷，留此沒意思，他和同翰返回蘇州，同翰肄業。

金松岑晚年生活十分淒涼，斷了經濟來源的生活，除了變賣同里章家浜「大夫第」的房產外，別無長物。物價的不穩定，使他糠豆不贍，每月靠幾位親近的學生接濟一點食物勉強度日，作詩〈艱食嘆〉，但他卻錚錚鐵骨，寧死不肯屈從於日偽。

金松岑原來的好友現任偽省長的任援道，此時上門勸金松岑出任偽國立社教學院院長，地方就在蘇州拙政園內。金松岑還是相拒不受，他認為為偽政府效力有損人格，「寧可沒錢使，不可沒行止」。

一次金松岑路過公園，他借景抒懷，詠了兩句詩：「落日攀高柳，涼風戰敗荷」。預指日寇作垂死掙扎，最終改變不了他們失敗的命運。

可惜二十五歲的愛孫金同翰一九四五年不幸病故，他寫〈雲路攀花圖書〉和〈燭影搖紅〉詞，痛悼愛孫。

一九四五年十月他奮筆疾書，對抗戰後蔣介石政府和軍隊的腐敗現象直陳利弊。實際上蔣介石當局最終的失敗，還在於他喪失民心，民不堪命，世風日下，不是靠金松岑一二封信開得了藥方，治得了病根的。

使金松岑這位倔強的老人無疾而終的，還有一樁鮮為人知的事情。

一九四六年十二月二十四日，北平發生了美國海軍陸戰隊士兵皮爾遜強姦北平大學女學生沈崇的暴行，激起了中國人民無比的憤怒。十二月三十日起至一九四七年一月上旬，北平、上海、南京等地的學生相繼罷課和示威遊行，抗議美軍的暴行，要求美軍撤出中國。金松岑看到這個消息後，越想越淒愴，入夜，轉側不安。

一九四七年一月一日的早晨，天很冷，風很大，金松岑在家待不住，到東吳大學找駐校的美國傳教士文乃史論理。

金松岑來到文乃史府邸，對懂中文的文乃史責問道：「你知道嗎？美國軍隊裏的人，在我們中國北平強姦我們大學裏的女學生，做盡壞事，喪盡天良。我希望你聯合在華美國神職人員致函美國政府，將我們中國人的意見帶過去，我們中國人強烈抗議！要求美國人從我們領土上撤走軍隊及一切機構。」

聽了這一席話，文乃史不明白眼前這位中國老人為何敢如此放肆！文乃史用英語問陪同人：「Who is he?（他是誰）」

陪同者不知如何回答：「He is…」（他是……）

「Is he a soldier or a tail of the Chinese communist party?（他是戰士，還是中國共產黨的追隨者？）」文乃史問。

「First, firt, firt，（第一種，第一種，第一種）」陪同者忙重複三遍。

文乃史雖然對金松岑的「造訪」很惱怒，但他對這位連走路都得靠拐杖的老頭不感興趣，他輕描淡寫地用中文回答金松岑：「這是我們美國的年輕人幹的。」

金松岑絲毫不相讓：「你們美國的年輕人代表你們美國人的形象，你們美國軍隊和機構理應從中國撤去。」

金松岑畢竟已到桑榆晚景，經過一折騰，第二天生起病來。十天後，不治而亡。臨死前，他還想把呼聲和要求寫下來，但他終於力不從心，無能為力了，他帶著內心壓抑和遺憾走了。

追悼曾孟樸先生

蔡元培

我是四十多年前，就知道曾君表先生了，那時候我正在李蒓客先生京寓中，課其子，而李先生於甲午年去世，他的幾位老友與我商量搜集李先生遺著的事，曾說李先生駢文，曾君表先生有輯錄本，我所以知道君表先生。最近兩年，我在筆會裏常見到虛白先生。然而我始終未曾拜見孟樸先生。今所以參加追悼的緣故，完全爲先生所著的「孽海花」。

我是最喜歡索隱的人，曾發表過「石頭記索隱」一小册，但我所用心的並不止「石頭記」，如舊小說「兒女英雄傳」、「品花寶鑑」以至於最近出版的「轟天雷」、「海上花列傳」等，都是因爲有影事在後面，以所讀起來有趣一點。「孽海花」出版後，覺得最配我的胃口了，他不但影射的人物與軼事的多，爲從前小說所沒有，就是可疑的故事，可笑的迷信，也都根據當時一種傳說，並非作者揑造的。加以書中的人物，半是我所見過的，書中的事實，大半是我所習聞的，所以讀起來更有趣。

我對於此書，有不解的一點。就是這部書借傅彩雲作線索，而所描寫的傅彩雲，除了美貌與色情狂以外，一點沒有別的。在第二十一囘中敍彩雲對雯青說：「你們看着姨娘，本來不過是個玩意兒，好的時候抱在懷裏，放在膝上，寶呀貝呀的捧。一不好，趕出的，發配的，送人的，道兒多着呢。就講我，算你待得好點兒，我的性情，你該知道了，我的出身，你該明白了，當初討我時候，就沒有指望我什麼三從四德三貞九烈，這會兒做出點兒不如你意的事情，也沒什麼稀罕。」似乎有點透澈的話，可以叫納妾的男子寒心，然而他前面說：「我是正妻，今天出了你的醜，壞了你的門風，叫你從此做不成人，說不響話，那沒有別的，就請你賜一把刀，賞一條繩，殺呀，勒呀，但憑老爺處置，我死不緺眉。」可見他的見地，還是在妻妾間的計較，並沒有從男女各自有人格的方面着想。所說「出醜」，「壞門風」，「做不成人，說不響話」，完全以男子對於女子的所有權爲標準，沒有什麼價值。彩雲的舉動，比較有一點關係的，還是拳匪之禍她在瓦德西面前，勸不妄殺人，勸勿擾亂琉璃廠，算是差強人意，後來劉半農、張競生等要替她做年譜，謀生計還是這個緣故。觀孟樸先生「修改後要說的幾句話」稱：初稿是光緒三十二年一時興到之作，是起草時已在拳匪事變後七年，爲什麼不敍到庚子，而絕筆於「青陽港好鳥離籠」的一囘？是否如西施沼吳以後（彩雲替梁新燕報仇）「一舸逐鴟夷」算是「神龍見首不見尾」的文法？但是第二十九囘爲什麼又把燕慶里掛牌子的曹夢蘭先洩露了？讀卷端臺城路一闋，有「神虎營荒，鸞儀殿闢，輸爾外交纖腕」等語，似是指彩雲與瓦德里的關係，後來又說：「天眼愁胡，人心思漢，自由花神，付東風拘管。」似指辛亥革命。是否先生初定的輪廓，預備寫到辛亥，或至少寫到辛丑，而後來有別種原因，寫到甲午，就戛然而止？可惜我平日太疏懶！竟不曾早謁先生，問個明白，今先生去世了，我的懷疑，恐永不能析了。這就是我追悼先生的緣故！

附：虛白附識代答

曾虛白

蔡先生的疑問，噯，可憐先父是沒有機會可以答復的了。那麼，讓我儘我所知道的來答復一下吧。第一點，蔡先生舉出彩雲的兩段說話，懷疑「孽海花」作者表現彩雲的性格有不足當書主人之處。其實，這並不足疵。彩雲在「孽海花」的組織上是一個重要的人物，最少，像蔡先生所說的，是一個重要的線索，這是不錯的。可是，組織上重要的人物不一定是一個必須有特點的人，卽平凡得像阿Q之類的人也還足勝此任，何況彩雲還有她的「美貌」與「色情狂」；「美貌」與「色情狂」的女人做小說中心人物者，歐美名家小說中固然是舉不勝舉，卽中國的舊小說中，也自不乏例證，所以我想這倒不是值得懷疑之點。「孽海花」創作的動機是想表現清末數十年政治社會的動態，所以作者在「修改後要說的幾句話」中說道：「這書主幹的意義，祇爲我看着這三十年，是我中國由舊到新的一個大轉關，一方面文化的推移，一方面政治的變動，可驚可喜的現象，都在一時期內飛也似的進行，我就想把這些現象，合攏了他的側影或遠景和相連繫的一些細事，收攝在我筆頭的攝影機上，叫他自然地一幕一幕的展現，印象上不啻目擊了這大事的全景一般。」這是作者動筆的本意。所以彩雲這個人，在組織的技巧上，她是一個重要的工具——因爲作者利用她來聯絡許多絕不相干的事件而完成整個作品的統一性的——可是，在孽海花本身的中心意義上說，她是一個無關文化的推移，無關政治的變動的絕不相干的人物。至於蔡先生所引的那段對白，說她前半段話沒有價值，後半段話可以叫納妾的男子寒心，彷彿希望在彩雲談吐中得到一種警世的教訓，這就失掉了作者當時寫這段對白時的本意了。作者當時的本意是要表現彩雲的刁惡，和她挾持雯青的手段，純粹是設身處地客觀地描寫彩雲應付這樣難題的巧妙，並不是在表現彩雲處世的人生觀。這幾句話，也許都是彩雲的謊話，祇可見她的狡，不能信她的誠。

關於第二點，蔡先生以爲「孽海花」做到「青陽港好鳥離籠」就戛然而止，懷疑作者別有原因。咳，提到這點，先父在天有靈，恐怕也將認作是身後不能補償的一大遺憾哩！「孽海花」最初的動機是想寫辛丑年的，可是後來重出修改本的時候，覺得庚子之後，傅彩雲就失掉了她做線索的作用，若把她跟瓦德西的一段浪漫史做全書的總結，倒是一個有力量的高潮結法，所以當時決心做到庚子就收束。咳，誰想到他日就衰頹的精力，不讓他完成這最後的努力，他常說：「從前看着江郎才盡的典故，總不認爲有這回事，現在自已親身經驗到了，才知道這境界的痛苦。」所以「孽海花」是一部先父再度努力而仍未完成的稿子，是先父的遺憾，是文壇的一幕慘劇！

（原載民國二十四年十月一日「宇宙風」第二期「曾孟樸先生紀念專號」。）

追憶曾孟樸先生

胡適

我在上海做學生的時代，正是東亞病夫的「孽海花」在「小說林」上陸續刊登的時候，我的哥哥紹之曾對我說這位作者就是曾孟樸先生。

隔了近二十年，我才有認識曾先生的機會，我那時在上海住家，曾先生正在發願努力翻譯法國文學大家嚣俄的戲劇全集。我們見面的次數很少，但他的謙遜虛心，他的獎掖後進的熱心，他的勤奮工作，都使我永永不能忘記。

我在民國六年七年之間，曾在「新青年」上和錢玄同先生通訊討論中國新舊的小說，在那些討論裏我們當然提到「孽海花」，但我曾很老實的批評「孽海花」的短處。十年後我見着曾孟樸先生，他從不曾向我辯護此書，也不曾因此減少他待我的好意。

他對我的好意，和他對於我的文學革命主張的熱烈的同情，都曾使我十分感動。他給我的信裏曾有這樣的話：「您本是……國故田園裏培養成熟的強苗，在根本上，環境上，看透了文學有改革的必要。獨能不顧一切，在遺傳的重重羅網裏殺出一條血路來，終究得到了多數的同情，引起了青年的狂熱。我不佩服你別的，我祇佩服你當初這種勇決的精神，比着托爾斯泰棄爵放農身殉主義的精神，有何多讓！」這樣熱烈的同情，從一位自稱「時代消磨了色彩的老文人」坦白的表述出來，如何能不使我又感動又感謝呢！

我們知道他這樣的熱情一部分是因爲他要鼓勵一個年輕的後輩，大部分是因爲他自己也曾發過「文學狂」，也曾發下宏願要把外國文學的重要作品翻譯成中國文，也曾有過「擴大我們文學的舊領域」的雄心。正因爲他自己是一個夢想改革中國文學的老文人，所以他對我們一班少年人都抱着熱烈的同情，存着絕大的期望。

我最感謝的一件事是我們的短短交誼居然引起了他寫給我的那封六千字的自敍傳的長信（「胡適文存」三集，頁一一二五——一一三八，見附錄二）。在那信裏，他敍述他自己從光緒乙未（一八九五）開始學法文，到戊戌（一八九八）認識了陳季同將軍，方才知道西洋文學的源流派別和重要作家的傑作。後來他開辦了小說林和宏文館書店，——我那時候每次走過棋盤街，總感覺這個書店的雙名有點奇怪，——他告訴我們，他的原意是要「先就小說上做成個有統系的譯述，逐漸推廣範圍，所以店名定了兩個」。他又告訴我們，他曾勸林琴南先生用白話翻譯外國的「重要名作」，但林先生聽不懂他的勸告，他說：「我在畏廬先生（林紓）身上不能滿足我的希望後，從此便不願和人再談文學了。」他對於我們的文學革命論十分同情，正是因爲我們的主張是比較能夠「滿足他的希望」的。

但是他的冷眼觀察使他對於那個開創時期的新文學「總覺得不十分滿足」，他說：「我們在這新闢的文藝之園裏巡遊了一週，敢說一句話：精緻的作品是發現了，祇缺少了偉大。」這真是他的老眼無花，一針見血！他指出中國新文藝所以缺乏偉大，不外兩個原因：一是懶惰，一是欲速。因爲懶惰，所以多數少年作家只肯做那些「用力少而成功易」的小品文和短篇小說。因爲欲速，所以他們「一開手便輕蔑了翻譯，全力提倡創作」。他很嚴厲的對我們說：「現在要完成新文學的事業，非力防這兩樣毛病不可，欲除這兩樣毛病，非注重翻譯事業不可。」他自己創辦真美善書店，用意只是要替中國新文藝補偏救弊，要替它醫病，要我們少年人看看他老人家的榜樣，不可輕蔑翻譯事業，應該努力「把世界已造成的作品，做培養我們創造的源泉」。

我們今日追悼這一位中國新文壇的老先覺，不要忘了他留給我們的遺訓！

一九三五，九，十一夜半，在上海新亞飯店。

（原載民國二十四年十月一日「宇宙風」第二期「曾孟樸先生紀念專號」。）

記曾孟樸先生

郁達夫

當孟樸先生作故的時候，《東南日報》的記者黃萍蓀先生，曾來訪問過我，已經將先生的身世，約略講過一遍了；後來看見邵洵美先生在《人言》上，鄭君平先生在《新小說》上，各做過一篇關於曾先生的文字；現在在林語堂、陶亢德兩先生合編的《宇宙風》上，並且還登載了哲嗣虛白先生自己編撰的一部很詳盡的孟樸先生的年譜，要想知道曾先生的一生經過，和著作學問以及任事履歷的人，但須去翻讀第二三四期的《宇宙風》就對，這裏我只想寫一點先生和我個人的交誼。

當我遷上杭州來住之先，因為時勢與環境的關系，不得不在洋場的上海寄寓，前後計算起來，自民國十五年年底起，一直到二十一年春天止，一共也整整住上了七八年的光景。這一段時間，是中國新書出版業的黃金時代；上海的新書店開得特別的多，而一般愛文學，寫稿子的人，也會聚在上海的租界上。本來是商業中心的這一角海港，居然變成了中國新文化的中心地。洵美他們的金屋書店，開幕了不久，後來又聽見說，曾先生父子，也拉集了兒多股子，開起真美善書店來了；我當時因為在生病，所以他們開幕的時候請客，終於沒有去成。那時候洵美的老家，還在金屋書店對門的花園裏；我們空下來，要想找幾個人談談天，只須上洵美的書齋就成，因為他那裏是座上客常滿，樽中酒不空的。在洵美他們的座上，我方才認識了圍繞在老曾先生左右的一群少壯文學者，像傅彥長、張若谷諸先生。從他們的口裏，我於聽到了些曾先生的日常起居，與他的老而益壯的從事創作精神之餘，還接到了一個口頭招請，說曾老先生也很想和我談談，教我有空，務必上他家裏去走走。這時候，他住在法界的馬斯南路，我住在靜安寺的近旁，心裏雖則也時常在向往，但終因懶惰不過，容易發不起上法界去的心，所以當真美善開後的一年之中，還沒有和他見一面的緣分。

後來，書業衰落了，金屋書店因蝕本而關了門。真美善也岌岌乎有不可終日之勢，曾老先生把家遷移了，遷住到了離我的寓舍不遠的靜安寺路猶太花園對面的一處松壽里中。

記得是一天初冬的晚上，天氣很寒冷，洵美他們在我們家裏吃飯。吃過飯後，沒地方去走，洵美就提出了去看曾先生的建議。上了洵美的車一拐彎，不到三分鐘的時光，就到了曾先生的住宅了，他們還正在那裏吃晚飯。

孟樸先生的風度，實在清麗得可愛；雖則年齡和我相差二十多歲，雖則嘴上的一排鬍子也有點灰了，但談話的精神的矍鑠，目光神采的奐奕，軀幹的高而不曲，真令我這一個未老先衰的中年小子，感到了滿面的羞慚。先生的體格，原是清瀟的，那時候據說還在害胃病，但是他的那一種手采，卻毫沒有一點病後的衰容。

我們有時躺著，有時坐起，一面談，一面也抽煙，吃水果，喝釅茶。從法國浪漫主義各作家談起，談到了《孽海花》的本事，談到了先生少年時候的放浪的經歷，談到了陳季同將軍，談到了錢蒙叟與楊愛的身世以及虞山的紅豆樹；更談到了中國人的生活習慣，和個人的享樂的程度與限界。先生的那一種常熟口音的普通話，那一種流水似的語調，那一種對於無論哪一件事情的豐富的知識與判斷，真教人聽一輩子也不會聽厭；我們在那一天晚上，簡直忘記了時間；忘記了窗外的寒風，忘記了各人還想去幹的事情，一直坐下來坐到了夜半，才走下他的那一間廂樓，走上了回家的歸路。

自從這一次見面之後，曾先生的印象，便永遠新鮮活潑地印入了我的腦裏；後來他與虛白先生合譯的那本《肉與死》出版了，當印出的那一天，我就得到了一冊贈送本；這一本三百多頁的大著，因為是曾先生所竭力推薦的作品，書到的晚上，我一晚不睡，直讀到了早晨的八點。

先生的懺悔錄的《魯男子》，因為全書的計劃很大，到現在也仍還是一部未完的大作品；我在當時正想翻讀的當兒，又因一轉念，等出完了之後再讀不遲，終於擱了下來。事後追想起來，何以那時候會偷懶到這一個地步，不於曾先生的生前，精讀一下他這部晚年的巨著，當面去和他討論討論？現在雖則悔恨到了萬分，可已經是驢鳴空吊，無補於實際了。

曾先生所特有的一種愛嬌，是當人在他面前談起他自己的譯著的時候的那一臉歡笑。臉上的線條，當他微笑的時候，表現得十分的溫和，十分的柔熱，使在他面前的人，都能夠從他的笑裏，感受到一種說不出的像春風似的慰撫。有一次記得是張若谷先生，提起了他的《魯男子》裏的某一節記敘，先生就露現了這一種笑容；當時在他左右的人，大約都不曾注意及此，我從側面，看見了他的這一臉笑，覺得立時就掉入了別一個世界，覺得他的笑眼裏的光芒，是能於夏日發放清風，暗夜散播光明似的；這一種感想，我不知道別人的是不是和我的一樣。

二十年的春天，是老太夫人八十，曾先生六十的壽辰，同時也是他第三位公子新婚的日子；上海的一批朋友，大家是約好去常熟拜壽道喜的，我因為不在上海，終於錯過了這一次遊常熟的機會。等洵美他們回來之後，大家說起這一次常熟之遊，還是談得津津有味，對我說：「可惜只缺少了你們夫婦的同行，曾老先生是十分希望你們去的。」這一回喜事過後，曾先生的身體，似乎就不十分康健了；其後真美善也閉了店，先生的蹤跡，只在蘇州常熟的兩處養病閒居，不常到上海來了，這中間我並且又遷到了杭州；嗣後一直到接先生的訃報為止，終於沒有第二次再見先生一次面的機遇。不過現在雖和先生的靈櫬遠隔千里，我只教閉上眼睛，一想起先生，先生的柔和的丰貌，還很鮮明地印在我的眼簾之上。中國新舊文學交替時代的這一道大橋樑，中國二十世紀所產生的諸新文學家中的這一位最大的先驅者，我想他的形象，將長留在後世的文學愛好者的腦裏，和在生前見過他的我的腦裏一樣。

原載《越風》第一期，一九三五年出版

悼念《孽海花》的作者曾孟樸先生

鄭君平

《孽海花》的作者曾孟樸先生不幸於炎暑的六月中溘然長逝了。曾先生是清末一群維新作家的一顆燦爛的巨星，《孽海花》是清末無數說部中一部偉大的傑作，近年來，孟樸先生又和哲嗣虛白先生主持《真美善月刊》，從事譯著生活，今次突然長逝，真是值得哀悼的。

自己和《孽海花》的作者並無一面之緣，《孽海花》一書還是在很小的時候讀了一遍；可是《孽海花》所給的影響和作者所給的好感，至今還是夠回味的。

哀悼曾孟樸的文字在報章雜誌上已經不少了，筆者在這裡只能談一些片段的感想。

介紹我讀《孽海花》的是已故的胡笠僧先生。笠僧當時雖已參加革命運動，還肯熱心接近一群年輕小弟弟。他常常拿些新書給我們看。他的新書很多也很雜，但現在回想起來，畢竟是文學的書比較多點。他決不是文學青年，因為他所交結的人，除過一些青年學生以外，大多數是革命黨人和哥老會的弟兄。他後來屢次參加革命戰爭，組織國民軍，完全是他青年時代所奠定的基礎。

自己當時年紀太小，根本不懂什麼叫做文學。舊小說雖然老早已經偷著讀了不少，這些新的小說卻全是他借給我看的。我因此讀了幾本林琴南的翻譯小說（大約是《滑鐵盧血戰餘腥記》之類，現在卻一點影子也沒有了），還讀過《二十年目睹之怪現狀》，也讀了曾孟樸先生的《孽海花》。

我讀《孽海花》，記得是在學校鬧風潮大家合住在一個古廟時候的事。我躺在廟廊下十幾人合睡的草鋪上一氣把這兩本書讀完的。小孩子固然沒有鑑賞藝術的能力，可是作者那種寫實的筆力很打動人。我覺得書中人物的生活行動和自己雖隔著一重雲霧，可是在我弱小的心中也引起了不少的情感。

劈頭，美女錯愛上狀元的虛名，誤嫁了一個麻醜的莽漢而自殺的一段楔子，便在少年的心中引起了對於科舉制度的反感。書中那些名士的乖僻寒酸，和維新人物的激昂慷慨，更喚起讀者變革現實的熱情。而洪鈞的身後蕭條也使人感到淒涼。

當時所讀的維新小說，只有一部寫徽、欽北狩的中篇和這部《孽海花》最使我感動。到如今，故事雖模糊了，卻還留著深刻的印象。

《孽海花》續集出世的時候，因為以前的印象太好，我很快地買了來，可惜自己還沒有讀，就送給一位朋友了，但《孽海花》前集所給的陶醉還夠我回味的。

時間很快地過去，《孽海花》的作者現在是已經去世了。

在孟樸先生去世的不久以前，自己曾受過先生的哲嗣虛白先生的招宴。這是《大晚報》懸賞小說選者的會合。客人是葉聖陶、傅東華、陳望道諸先生和自己，主人方面除虛白先生外，有崔萬秋、邵宗漢、傅紅蓼、金摩雲、周木齋幾位《大晚報》的少壯記者。談話集中在文藝，大家自然談到了《孽海花》。據說，《孽海花》的銷路很好，當時不知道重版了多少次，虛白先生並且說：「《孽海花》在當時能夠那樣風行一時，完全因為題材現實的原故；假使作者當時要避開現實，決不會那樣受人歡迎了。」這話的確是很對的。這又使人回想到孟樸先生所處的時代了。

原載《新小說》第二卷第一期，一九三五年七月出版

輯二

《孽海花》的創作

東亞病夫自述與賽金花之關係[1]

崔萬秋

目前《申報》曾載北平通訊一則[2]，記清末名妓賽金花之印象及談話，文中涉及代賽傳名之《孽海花》，而賽金花則謂曾樸因情場失敗而作是書，是誠文壇一異常動聽之插話，所幸賽氏與曾樸先生均尚健在，真相如何，不難辨明。尤幸記者與曾樸先生有忘年交之誼，故於月明星稀寒風料峭的初冬之夜，驅車至上海福熙路福熙坊某號投刺往謁焉。曾樸先生字孟樸，江蘇常熟人，壯年浮沉宦海，於政界頗多建樹，近年引退，休養園林，於故鄉常熟之虛霏園以藝花自娛，更於其暇翻譯法文豪囂俄名作，以樂晚年。每年秋冬之暇，來滬小駐，訪候舊友，兼以清理瑣事，記者此次得以拜會先生，即乘先生小駐滬濱之便也。先生年已六十三，身體雖不甚康健，而精神矍鑠，議論風發，其熱情不亞於青年人。先生面龐瘦長，口髯下垂，衣藍粗布長

1 原載一九三四年十一月二十五、二十六日，上海《時事新報》。

2 見一九三四年十一月十七日，上海《申報》，標題為〈賽金花之一生〉。

袍，戴白頂瓜皮小帽，履白鞋，以服老太夫人喪也。記者與先生稍事寒暄後，即以《申報》通訊出示，問先生對此事之批評與感想，先生笑曰：此殆記者誤聽賽氏之言，不然則係有意捏造。以余揣度，賽氏決不能言余與之有愛情關係，因兩人間決無此事實也。今為解除外間誤解計，余姑略述余與賽氏之關係及《孽海花》創作之動機。

賽金花之生平及與余之關係

賽金花原籍鹽城，伊自稱蘇州。十六歲歸洪鈞，洪字文卿，為吾父之義兄，同時又為余闈師之師，誼屬「太老師」，故余當時每稱賽金花為「小太師母」。賽嫁洪文卿時年十六歲，時余僅十三歲，焉解戀愛為何物？此非余信口亂說，現有文獻足徵。余手頭現有袁爽秋先生昶《安般簃詩集》，按丁集即作於光緒丁亥，此集中在「送黎蒓齋觀察重使日本」之前，有詩題〈送洪文卿閣學奉使俄德諸國〉詩，即《孽海花》中所載「詔持龍節度西溟，又捧天書向北廷……」云云四律詩。文卿本與黎蒓齋、薛福成等同年出使，據此則文卿出使的年分，確為丁亥（一八八七），是年我正十六歲，而賽金花的歸文卿，在出使前兩年或三年，為光緒甲申（一八八四）或乙酉（一八八五）。《樊山詩集》中〈彩雲曲〉稱彩雲嫁文卿時為十六歲，那年余僅十三歲，即使再推下一年，至多十四歲，如何會有與賽認識且發生愛情的事？余初識賽於北京，時余任內閣中書，常出入洪宅，故常相見。彼時賽丰度好，眼睛靈活，縱不說話，而眼目中傳出像是一種說話的神氣。譬如同席吃飯，一桌有十人，賽可以用手、用眼、用口，使十人俱極愉快而滿意。換言之，伊決不冷落任何人。賽並非具洛神之姿的美人，惟面貌端正而已。為人落拓，不拘小節，見人極易相熟。余與賽識時，伊年約二十七八，著水腳繡花衣，梳當時流行之髻，已在隨洪出使西歐歸來之後也。《安般簃詩集》癸集為癸巳年作，中有一題云：「葱嶺雪山間，界務未定，楊萸裳侍御宜治，奮然請行，戲作詩趣之。」所謂葱嶺雪山間界務即因文卿《中俄交界圖》發生了國界的問題，楊御史即揭參文卿的人，奉使勘界，後來文卿的事，還仗他斡旋，然文卿不久即因此案鬱鬱致死，推算大約在是年秋冬間。因甲午洪眷南返，賽金花就在此時從船上脫逃，與洪家脫離關係，在上海掛牌子做生意，名曹夢蘭。蘇州仕紳因賽失蘇州人的面子，陸潤庠及其他仕紳迫之離滬，於是賽乃北走天津，又掛牌子名賽金花。賽於隨洪出使德國時，與瓦德西將軍有染[3]，故八國聯軍入北京時，瓦德西尋之。賽應瓦

---

3 對此楊雲史（圻）在一九三六年十二月八日給張次溪的信說：「文人至不足恃，《孽海花》為余表兄所撰，初屬稿時，余曾問賽與瓦帥在柏林私通，兄何知之？孟樸曰：彼兩人實不相識，余因苦於不知其此番（指庚子年事）在北京相遇之由，又不能虛構，因其在柏林確有碧眼情人，我故借來張冠李戴，虛構事蹟，則事有線索，文有來龍，具有可鋪張數回也。言已大笑。」這是曾樸自己也承認他寫賽金花早年和瓦德西在柏林的一段戀情，全屬虛構。

德西之召到北京去仍掛牌子，日夜陪伴瓦德西，騎馬招搖過市，紅極一時，北京市民號之為「賽二爺」。瓦德西返德，賽因打死一丫頭，入刑部獄，——同牢者有革命黨沈某（上海《蘇報》案主角）[4]有老官僚蘇元春（法越之戰，彼在鎮南關親與其役。），號稱「三名獄」。——後來由刑部發至蘇州。長洲、元和、吳縣三堂會審，有人從中幫忙，乃得釋放。到上海再掛牌子，仍名賽金花。後嫁與津浦路小職員曹某[5]，感情甚好。直至曹死，三度到上海掛牌子，在大舞台隔壁，仍名賽金花。遇國會議員魏某[6]，與之結婚，時已五十歲左右，約在民國二、三年之間也。余最後晤賽，即在此時，賽神氣尚好，惟塗粉甚厚，細看可見其皮已皺，喜著男裝。關於《孽海花》，賽曾提出二點抗議：一、不承認是轎夫的女兒；二、不承認渡歐與船主發生關係。其它均未提及。賽確懂外國語，至少會說英、法、德三國語，文字則不識。至《申報》記者說她不懂一句外國語，言之過火。試思賽與瓦德西前後有兩度密切關係，時日又非三天二日，焉有不懂一句德國語之理乎？

4 沈某乃指沈藎，與上海《蘇報》案無關，乃是因在報端揭發中俄密約獲罪，一九〇三年七月三十一日在慈禧太后授意之下被刑部處以杖笞之刑，後被絞死。

5 一九一一年賽金花嫁給滬寧鐵路段稽查曹瑞忠為妾。次年曹死，再為娼。

6 一九一三年賽金花與曾任參議院議員、江西民政廳長的魏斯炅相識。一九一六年兩人同到北京，住在北京前門外的櫻桃斜街。一九一八年六月二十日賽金花與魏斯炅在上海正式結婚，改名魏趙靈飛。一九二一年七月，魏斯炅因病去世。

《孽海花》創作之動機及過程

《申報》記者責余在《孽海花》中，描寫賽金花過於美麗、聰明而偉大，以為言過其實，實則該記者腦筋欠清楚，竟分不出文學作品與歷史之區別。《孽海花》乃小說而非傳記，小說家對於其所描寫之人物有自由想像之權利，該記者不此之察，以為書中之賽金花，即今日之賽金花，無怪其大失所望也。賽金花謂余因情場失敗而作《孽海花》，余於上述談話中已指摘其謬。今再略述余著《孽海花》之動機。光緒三十年（一九〇四），余因病休養滬上，創小說林書局於上海，蘇州金一（字松岑）投來一稿，題名《孽海花》，計六回。余為之修改，且函商以賽金花為經，以清末三十年朝野軼事為緯，編成一部長篇小說，金一覆函謂無此魄力，乃全委之於余，故第一版的《孽海花》第一回尚係金一手筆。余作《孽海花》第一冊既竟，岳父沈梅孫見之，因內容俱係先輩及友人軼事，恐余開罪親友，乃藏之不允出版，但余因此乃余心血之結晶，不甘使之埋沒，乃乘隙偷出印行，時光緒三十二年也[7]。《孽海花》初署東亞病夫

[7] 當為光緒三十一年，與〈修改後要說的幾句話〉中同樣記錯一年。《孽海花》初集一至十回、二集十一至二十回兩冊，在光緒三十一年正月出版，日本東京翔鸞社印刷，上海小說林社發行。

著，無人知東亞病夫為誰氏，但友人林琴南在《賊史》序上揭明《孽海花》為曾樸所著，一時向余打交涉者甚多。至於《孽海花》之內容，誠如林琴南在《紅礁畫槳錄》序上所說：「《孽海花》非小說也，乃三十年之歷史也。」惟小說著筆時，雖不免有相當對象，然遽認為信史，斤斤相持，則太不了解文藝作品為何物矣。

附：東亞病夫日記（摘）

曾孟樸

十七年五月二十二日

今天，我開始想記日記了。從前我也曾經做過這種工作，但記的都是些晴雨、客來、訪友，以及日常不相干的表面事情，從沒有記內心的感想，這為什麼呢？（一）是文字的關系，一下筆總要用文言，文言不是能達感情適當的工具。（二）是習慣的關系，我們的社會是虛偽的，文字也一大半是虛偽，絕不肯把感情上的印象忠忠實實的寫在紙上。你看最出名的翁文恭日記，和李蒓客日記，記下的也不過是些朝政和學問罷了，要在那裏去找他的人生，簡直一片模糊。只為這些日記，都是名臣名士，搭足架子，預備天下後世人看的。我現在要寫的卻不是這樣。全是沒有秩序，不成文章，亂七八糟隨便寫寫，也不按定每日，有便寫，沒有便不寫，在我最後的生活史上，留些子痕跡罷了。

《真美善》半年第一卷的彙編，訂好了，燾兒拿了來給我看，是布脊，金字，灰色紙面的裝訂，紅色的書頭，共一千多頁，居然成一巨冊。這是我們到上海來後一點小成績，一千多頁裏面，我們父子倆的作品，差不多要居十之六七，也算努力了。好不好另是個問題，然在半年間精神的跡像，無論如何不易消滅，世間那一件事，不是同泡幻一般。回想我近數年的經過，有議會的議長潮是一幕，驅齊擁韓蘇人治蘇的夢想是一幕，輔助陳陶遺想恢復蘇省財政的元氣，又是一幕，當時何嘗不焦心積慮，竭力奮鬥，如今在那裏呢？一古腦兒煙消雲滅，如夢影一般的散了。留在這裏一點兒可把玩的東西，還是歸滬後一些文藝的紙上空談。這麼說起來秀才人情紙半張，到底是我們的本事，只好空談空談，倒可以自己留些生活的痕跡。

黃謙齋來，帶了萃青送我許多糖果。萃青用三千塊錢盤了稻香村茶食店。這回謙齋來，是替陳夢餘的姨太太來尋夢餘的。據謙齋說：夢餘討了兩個小，因為太太利害，一個都不敢進房，天天伺候太太吃雅片煙，太太倒變了左擁右抱。去年一個跟了太太的兄弟跑了，現在只剩一個。夢餘和太太逃難搬住上海，叫沒跑的姨娘看家，好幾個月，不通信，也不寄一個錢，那姨太太發了急，託謙齋來尋夢餘說話，謙齋竟打抱不平，特地奔到上海來，問夢餘，竟尋了一天，謙齋真是孩子氣，也真算得沒事忙了。

五月二十三日

昨天把《孽海花》第三十一回的稿子，做到天亮，總算做完了。想同意珠出去看五點鐘卡爾登的影戲。因為它的戲題：《孽海花》，其實名目雖同，另是一齣外國戲，不過被它動了興致罷了，正要想走，傅彥長同了金屋書店主人，邵洵美來了。

邵洵美，現在也算一個詩家，是邵筱邨的孫，悅如的兒子，我卻從沒有見過。他的面孔，清瘦而長，又帶些凹形，差不多是瓦爿餅式，和他的父親很相像，若不是先曉得，我會叫出悅如來的。

開首講了些出版界的事情。後來講到文藝界太沒有聯合的組織，何不仿法國的客廳或咖啡館，大家鼓些興會起來。傅彥長道：——這是只怕是法國的特長，他國模仿不來，尤其是我們的中國。客廳的主角，總要女性，而且要有魔力的女性；我們現在可以說一個也沒有；即使有，照目下我們的環境、習尚，也沒有人肯來。

洵美道：從前本想把郁達夫的王女士，來做個犧牲品，那裏曉得這位王女士，也只歡喜和情人對面談心，覺得很好，社交稍微廣大一點，也是不行。

我　說：那麼陸小曼何如？

彥長道：叫他碰碰和，唱唱戲是高興的；即使組織成了客廳，結果還是被蝴蝶派占優勝，我們意中的客廳，只怕不會實現。

後來，洵美又講起了法國有個囂俄學會，裏面有關囂俄信仰者格來氏，曾做過一部囂俄文學研究，極有價值。

五月二十四日

陳季同是我法文的導師，我在《真美善》雜誌上已經提過多次了，這回因張若谷來，又提起了他。若谷提議像這種世界文學的先驅者，我們應當替他做一篇文章，表揚一下。這日，張若谷又介紹我到法國圖書館去（Alliance Francaise）燾兒翻閱書目，恰發現了陳季同的作品四種。真是恰遇，今將他的書名，寫在下面：

《一個支那人描繪的巴黎》（*Les Parisiens Peinte Parun Chinois 1 vol.*）

《黃衫客傳奇》（*Le Romande Phomme Janne 1 vol.*）

《祖國》（*Mon Pays 1 vol.*）

《支那人的劇壇》（*Le Theatre des Chinois 1 vol.*）

尚有一種名：*Les Plaisiresen Chinois*《支那人的享樂》沒有看見。

MonPays的內容，計文十篇，目錄如下：

1. 〈支那社會組織〉（*L'organisation sociale de da Chinois*）
2. 〈支那的一個貞德〉（*Une Jeanned'Arc Chinois*）
3. 〈支那學生〉（*L'eoslier Chinois*）
4. 〈嚴公夫人的歷史〉（*L'Histoire dela Duchesse Nien*）
5. 〈支那遊歷〉（*Voyageen Chine*）
6. 〈支那益蟲〉（*Les Insects Utiles dela Chine*）
7. 〈支那商的教育〉（*L'Education Commercialeen Chine*）
8. 〈支那的猶太人〉（*Les Juifsen Chine*）
9. 〈支那水利〉（*Del'utilisation des Eauxen Chine*）
10. 〈世界的議會〉（*Les Parlementsdu Monde*）
11. 〈支那亭子〉（*Les Pavillon Chinois*）

《支那戲劇》，計六卷，卷頭獻給MmeMarieTalabot，自敘，一卷，戲劇，二卷，著作人，三卷，曲，四卷，類，五卷，腳色與風俗，六卷，幕閉。

五月二十五日

我又全夜沒有睡，譯了一段莫利愛的青年事跡，又看了PierreLouys一節論文，題目是：莫利愛傑作的著作人，是不是高耐一這個奇僻的問題，他的意思，是不信是莫利愛自己做的，是高耐一代作的；他的證據，就是兩點，一是莫利愛沒有受過高深教育，二莫利愛沒一些遺留的手稿，有的，只有兩張收據，綴字多錯誤，便斷定做不出假面人、厭世人等諸作品，真算得奇論了。

有人問我道：

——魯男子的戀，是不是事實？

——當然是事實。但情節有變換或顛倒，時間不盡同真事吻合，這是各小說家自序體的小說的常例，只為所重的在情感，所以寫情感處全是真的，幾乎沒些子虛偽。

——齊宛中不用說是實有其人，難道附屬人物如丫鬟阿林，也是真人，事情也是真的嗎？

——是，但不是本鄉人，也不是本鄉的事，是我浪漫史中一段最疚心的事。

唉！這件事，一提到，我心裏總覺得怦怦不安。我良心上過不去的事，當然不願面告別人，記在這裏，當我的懺悔吧！

我幼年時，感情極豐富，性慾也極強烈，我和T的戀愛，只為尊重她，始終保守著醇潔，沒有犯她的童貞，這是真的，但我的受苦是大了。記得每早晚相會後，經過一番偎依纏綿的親匿，沒有不弄到神智迷離的程度。你想，像我那時情慾正盛的時候，受了這種刺激，全身如火一般燃燒，如何過得去呢？在先只好學著西廂記上指頭兒告了消乏的法子，發洩一下。心裏終究不滿足。慢慢兒，就會真的試驗了。第一個，是年輕的僕婦，相貌並不好，是胖胖的圓臉，兩頰常是緋紅，像兩顆桃子一般。年紀約十九歲。——我那時只有十六歲，我略略的引誘一二次，竟把她弄得狂了，竟色膽如天的早上到了我床上，這是我第一次性試驗。不多幾日，被母親覺察，把她轟走了。第二回是個鄰女，姿色比較的好，卻是她來誘惑我的，我也就來者不拒了。這種行為，當時很自知不對，一做後，無不悔恨，不過一到不可遏抑的時候，不知不覺的又犯了，為了這種事，被T知道，不曉得暗暗吵鬧多少次，常常弄得我遍體鱗傷，然她卻能了解我，體諒我，知道是胡鬧，並不動真情。然習慣卻養成了，我一生的浪漫行為，未始不伏根於此。

後來我和T婚姻問題，已絕了望，我病了一場，精神頹唐到萬分。這種舉動，也不發生了。不過終日唉聲嘆氣，過著愁夢光陰。父親那時在京，怕我弄出真禍來，叫我到北京去，應順天鄉試。我一進京，住在常昭館裏。有一天，臨晚出門閒步，忽見斜對門一個大宅子裏，門上貼著都察院徐的門條。走出一個十五六歲垂髫的女子，手裏拿了一個信封似的交給門公，便站在門階上閒看。

我看她長得眉目如畫，膚色雪白，尤其一雙水汪汪的眼睛，竟有幾分像T，不覺呆看住了。我那時T的影像，還印刻在腦裏，一見相貌好些的女子，總覺得像T。她被我看得長久也覺得了，頓時把眼光瞟過來，正碰上了，一點不避我，彼此對看了好久，大家笑了一笑。

從此，每天臨晚，我總到門口，她常常出來。記得到第三天晚上，我和她說了話了。等到第二次進京，我還去訪問，長班告訴我：她在去年上害癆病死了。我聽見這消息，哭了她幾天。我疑心她的病，是不是因憂鬱而起，也沒處去問，直到如今，還是我良心上一件最難過的事呀。她姓林，小名叫杏春，《戀》裏面的阿林，實在是影射著她。

修改後要說的幾句話

曾孟樸

我把「孽海花」的初二兩編修改完了，付印時候，我心裏有幾句要說的話，把他寫在這裏。

我要說的話是些什麼呢？（一）這書發起的經過；（二）這書內容的組織和他的意義；（三）此次修改的理由。

這書發起的經過怎麼的呢？這書造意的動機，並不是我，是「愛自由者」。愛自由者，在本書的楔子裏就出現，但一般讀者，往往認爲虛搆的，其實不是虛搆，是事實。現在東亞病夫已宣布了他的真姓名，愛自由者，何妨在讀者前，顯他的真相呢？他非別人，就是吾友金君松岑，名天翮。他發起這書，曾做過四五回。我那時正創辦小說林書社，提倡譯著小說，他把稿子寄給我看。我看了認是一個好題材。但是金君的原稿過於注重主人公，不過描寫一個奇突的妓女，略映帶些相關的時事，充其量，能做成了李香君的「桃花扇」，陳圓圓的「滄桑豔」，已算頂好的成績了。而且照此寫來，祇怕筆法上仍跳不出「海上花列傳」的蹊徑。在我的意思却不然，想借用主人公做全書的線索，盡量容納近三十年來的歷史，避去正面，專把些有趣的瑣聞逸事，來烘託出大事的背景，格局比較的廓大。當時就把我的意見，告訴了金君。誰知金君竟順水推舟，把繼續這書的責任，全卸到我身上來。我也就老實不客氣的把金君四五回的原稿，一面點竄塗改，一面進行不息，三個月工夫，一氣呵成了二十回。這二十回裏的前四局，雜糅着金君的原稿不少，卽如第一回的引首詞和一篇駢文，都是照着原稿，一字未改；其餘部分，也是觸處都有，連我自己也弄不淸楚誰是誰的。就是現在已修改本裏，也還存着一半金君原稿的成分。從第六回起，纔完全是我的作品哩！這是我要說的第一件。

這書內容的組織和他的意義是怎麼樣的呢？我說這書實在是個倖運兒，一出版後，意外的得了社會上大多數的歡迎，再版至十五次，行銷不下五萬部，讚揚的讚揚，考證的考證，模仿的，繼續的，不知糟了多少筆墨，禍了多少棗梨。而尤以老友畏廬先生，最先爲逾量的推許。——他先並不知道是我做的——我真是慚愧得很；但因現在我先要說明組織，我却記到了「新青年」雜誌裏錢玄同和胡適之兩先生對於「孽海花」辯論的兩封信來，記得錢先生曾謬以第一流小說見許，而胡先生反對，以爲祇好算第二流。——原文不記得，這是概括的大意。——他反對的理由有二：（一）因爲這書是集合了許多短篇故事，聯綴而成的長篇小說，和「儒林外史」、「官場現形記」是一樣的格局，並無預定的結構。（二）又爲了書中敍及煙台孽報一段，含有迷信意味，仍是老新黨口吻。這兩點，胡先生批評得很合理，也很忠實。對於第一點，恰正搔着我癢處，我的碻把數十年來所見所聞的零星掌故，集中了拉扯着穿在女主人公的一條線上，表現我的想像被胡先生瞥眼捉住，不容你躲閃，這足見他老人家讀書和別人不同，焉得不佩服！但他說我的結構和「儒林外史」等一樣，這句話，我却不敢承認，祇爲雖然同是聯綴多數短篇成長篇的方式，然組織法彼此截然不同。譬如穿珠，「儒林外史」等是直穿的，拿着一根線，穿一顆算一顆，一直穿到底，是一根珠練；我是蟠曲回旋着穿的，時收時放，東交西錯，不離中心，是一朵珠花。譬如植物學裏說的花序，「儒林外史」等是上昇花序或下降花序，從頭開去，謝了一朵，再開一朵，開到末一朵爲止。我是纖形花序，從中心幹部一層一層的推展出各種形色來，互相連結，開成一朵球一般的大花。「儒林外史」等是談話式，談乙事不管甲事，就渡到丙事，又把乙事丟了，可以隨便進止；我是波瀾有起伏，前後有照應，有擒縱，有順逆，不過不是整個不可分的組織，却不能說他沒有複雜的結構。至第二點，是對於金君原稿一篇駢文而發的，我以爲小說中對於這種含有神秘的事是常有的。希臘的三部曲，末一部完全講的是報應固不必說，浪漫派中，如梅黎曼的短篇，尤多不可思議的想像。如「婥尼斯銅像」一篇，因誤放指環於銅像指端，至惹起銅像的戀妬，捹死新郎於結婚床上。近代象徵主義的作品，迷離神怪的描寫，更數見不鮮，似不能概斥他做迷信。祇要作品的精神上，並非真有引起此種觀念的印感就是了。所以當時我也沒有改去，不想因此倒賺得了胡先生一個「老新黨」的封號。大概那時胡先生正在高唱新文化的當兒，很興奮地自命爲新黨，還沒想到後來有新新黨出來，自己也做了老新黨，受國故派的歡迎他同去呢！若說我這書的意義，畏廬先生說：「孽海花非小說也，」又道：「彩雲是此書主中之賓，但就彩雲定爲書中主人翁，誤矣。」這幾句話，開門見山，不能說他不是我書的知言者！但是「非小說也」一語，意在極力推許，可惜倒暴露了林先生祇囚在中國古文家的腦殼裏，不曾曉得小說在世界文學裏的價值和地位。他一生非常的努力，卓絕的天才，是我一向傾服的，結果僅成了個古文式的大繙譯家，吃虧也就在此。其實我這書的成功，稱他做小說，還有些自慚形穢呢！他說到這書的內容，也祇提出了鼓盪民氣和描寫名士狂態兩點。這兩點，在這書裏固然曾注意到，然不過附帶的意義，並不是他的主榦。這書主榦的意義，祇爲我看着這三十年，是我中國由舊到新的一個大轉關，一方面文化的推移，一方面政治的變動，可驚可喜的現象，都在這一時期內飛也似的進行。我就想把這些現象，合攏了他的側影或遠景和相連繫的一些細事，收攝在我筆頭的攝影機上，叫他自然地一幕一幕的展現，印象上不啻目擊了大事的全景一般。例如：這書寫政治，寫到清室的亡，全注重在德宗和太后的失和，所以寫皇家的婚姻史，寫魚陽伯、余敏的買官，東西宮爭權的事，都是後來戊戌政變、庚子拳亂的根原。寫雅聚園、含英社、談瀛會、臥雲園、強學會、蘇報社，都是一時文化過程中的足印。全書敍寫的精神裏，都自勉的含蓄着這兩種意義。我的才力太不彀，能否達到這個目的，我也不敢自詡，祇好待讀者的評判了。這是我要說的第二件。

此次修改的理由怎麼的呢？第一，是爲了把孫中山先生革命的事業，時期提得太早了。興中會的組織，大約在光緒庚寅、辛卯間，而廣州第一次的舉事，事實却在乙未年十月，這書敍金雯青中了狀元，請假回南，過滬時就遇見陳千秋，以後便接敍青年黨興中會的事。雯青中狀元，書中說明是同治戊辰年，與乙未相差幾至三十年，誰說小說非歷史，時期可以作者隨意伸縮，然亦不宜違背過甚，所以不得不把他按照事實移到中日戰爭以後。旣抽去了這麼一件大事，篇幅上要缺少兩回的地位，好在這書裏對於法越戰爭，敍得本來太略，補敍進去，並非蛇足。第二，原書第一回是楔子，完全是憑空結撰；第二回發端還是一篇議論，又接敍了一段美人誤嫁醜狀元的故事，仍是楔子的意味，不免有疊床架屋之嫌，所以把他全刪了。其餘自覺不滿意的地方，趁這再版的機會，也刪改了不少。看起來，第一編幾乎大部是新產品了，這是我要說的第三件。

這書還是我二十二年前——時在光緒三十二年——一時興到之作，那時社會的思潮，個人的觀念，完全和現時不同，我不自量的奮勇繼續，想完成自己未了的工作。停隔已久，不要說已搜集的材料，差不多十忘八九，便是要勉力保存時代的色彩，筆墨的格調，也覺得異常困難。矛盾拙澁，恐在所不免。讀者如能忠實的加以糾正，便是我的非常寵幸了！

東亞病夫 自識
民國年十七年一月

曾孟樸先生復胡適之先生的信

曾孟樸

適之先生：

兩次捧讀示敎，遲延了兩三個月，還沒答復；並不是我的不經意或倨慢，實在近來太費精神太不濟了，忙了這件，便顧不到那件；這要請您特別的容恕。費了您寶貴的光陰，看完我幾部冗長拙劣的譯品，又承指示譯品印刷上的錯誤和糾正誤解囂俄「呂克蘭斯鮑夏」原敍裏 Bilogie 的字義，這是我該向您表示感謝的。祇是蒙您逾量的奬借，我真不敢當；也許您對我這時代消磨了色彩的老文人，還想蹣跚地攀登嶄新的文壇，格外加些恕辭罷！

若說到您勉厲我們父子努力繙譯的事業，而且希望我們去發揮光大；我們既站在這世界文壇的戰線上，努力是當然遵敎，所怕的是您這個希望，終究要失望！我們倆脆弱的肩頭，如何挑得這副重擔？

煦伯大兒，不過是個聖約翰大學的學生，沒到歐美留過學，我是連學校都沒進過，更說不到出洋了。我的學法蘭西語和稍懂一點世界文學門徑，這一段歷史，說來雖有些婆婆媽媽白頭宮女談天寶似的，其實倒很有點趣味。

我的開始學法語，是在光緒乙未年——中日戰局剛了的時候——的秋天。那時張樵野在總理衙門，主張在同文館裏設一特班，專選各部院的員司，有國學根底的，學習外國語，分了英、法、德、日四班，我恰分在法文班裏。這個辦法，原是很好的，雖然目的祇在養成幾個高等繙譯官。那裏曉得這些中選的特班生，不是紅司官，就是名下士，事情又忙，意氣又盛，那裏肯低頭伏案做小學生呢。每天到館，和上衙門一樣，來坐一會兒，喝一杯茶，談談閒天，就算敷衍了上官作育人才的盛意。弄得外國教授，沒有辦法，獨自個在講座上每天來演一折獨語劇，自管自走了。後來實在演得厭煩，索性不大來了，學生來得也參差錯落了。這個特班，也就無形的消滅，前後共支撐了八個月。

這八個月的光陰，在別人呢，我敢說一句話，完全是虛擲的，却單做成了我一個人法文的基礎。我的資質是很鈍的，不過自始至終，學一點是一點，沒有拋棄，拼音是熟了，文法是略懂些了。於是離了師傅，硬讀文法，強記字典，這種枯燥無味的工作，足足做了三年。一到第三年上，居然有了一線光明了。那時在舊書店裏，買得了一部阿那都爾・佛朗士的「笑史」（*Histoire Comique*），拼命的逐字去譯讀，等到讀完，再看別的書，就覺得容易得多了。

然那時候的讀，完全是沒有秩序的讀，哲學的，科學的，文學的，隨手亂抓，一點系統都不明瞭。直到戊戌變法的那年，我和江靈鶼先生在上海浪游。有一天，他替譚復生先生餞行北上，請我作陪，座客中有個陳季同將軍，是福建船廠學堂的老學生，精熟法國文學，他替我們介紹了。我們第一次的談話，彼此就十分契合，從此便成了朋友，成了我法國文學的導師。

陳季同將軍在法國最久，他的夫人便是法國人。他的中國舊文學也是很好，但尤其精通法國文學；他的法文著作，如「支那童話」(*Contes Chinois*)，「黃衫客悲劇」(*L'homme de la Robe Jaune*) 等，都很受巴黎人士的歡迎；他晚年的生活費，還靠他作品的版稅和劇場的酬金；他和佛朗士彷彿很有交誼的。

我自從認識了他，天天不斷的去請教，他也娓娓不倦的指示我；他指示我文藝復興的關係，古典和浪漫的區別，自然派，象徵派，和近代各派自由進展的趨勢；古典派中，他教我讀拉勃來的巨人傳，龍沙爾的詩，拉星和莫理哀的悲喜劇，白羅瓦的詩法，巴斯卡的思想，孟丹尼的小論；浪漫派中，他教我讀服爾德的歷史，盧梭的論文，囂俄的小說，威尼的詩，大仲馬的戲劇，米顯雷的歷史；自然派裏，他教我讀弗勞貝、佐拉、莫泊三的小說，李爾的詩；小仲馬的戲劇，泰恩的批評；一直到近代的白倫內甸文學史，和杜丹、蒲爾善、佛朗士、陸悌的作品；又指點我法譯本的意、西、英、德各國的作家名著；我因此溝通了巴黎幾家書店，在三四年裏，讀了不少法國的文哲學書，我因此發了文學狂，晝夜不眠，弄成了一場大病，一病就病了五年。

我文學狂的主因，固然是我的一種嗜好，大半還是被陳季同先生的幾句話挑激起來。他常和我說：

「我們在這個時代，不但科學，非奮力前進，不能競存，就是文學，也不可妄自尊大，自命爲獨一無二的文學之邦，殊不知人家的進步，和別的學問一樣的一日千里，論到文學的系統來，就沒有拿我們算在數內，比日本都不如哩。我在法國最久，法國人也接觸得最多，往往聽到他們對中國的論調，活活把你氣死。除外幾個特別的：如阿培爾・婁密沙 (Abel Remusat)，是專門研究中國文字的學者，他做的支那語言及文學論，態度還公平；瞿亞姆・波底愛(M. Guillaume Pauthier)，是崇拜中國哲學的，繙譯了『四字書』(*Confucius et Menfucius*)和『詩經』(*Chiking*)、老子(*Lao Tsez*)；他認孔孟是政治道德的哲學家，老子是最高理性的書。又瞿約・大西 (Guillard d'Arcy)，是譯『中國神話』(*Contes Chinois*) 的；司塔尼斯拉・許連 (Stanislus Julien) 譯了『兩女才子』(*Les Deux Jeune Filles Lettrée*)、『玉嬌李』(*Les Deux Cousines*)；唐德雷・古爾 (P. d'Entre-Colles) 譯了『搧墳』(*Histoire de la Dame a L'eventail blane*)；都是繙譯中國小說的，議論是半讚賞半玩笑；其餘大部分，不是輕蔑，便是厭惡。就是和中國最表同情的服爾德 (Voltaire)，他在四十世紀哈爾達編的『支那悲劇集』(*La Tragédie Chinoise, Par le Père du Halde*) 裏，採取元紀君祥的『趙氏孤兒』，創造了『支那孤兒五折悲劇』(*L'orphelin de la Chine*)，他在卷頭獻給李希騮公爵的書翰中，贊嘆我們發明詩劇藝術的早，差不多在三千年前，（此語有誤，怕是誤會劇中事實的年代，當做作劇的年代。）却怪詫我們進步的遲，至今還守着三千年前的態度；至於現代文豪佛朗士就老實不客氣的謾罵了。他批評我們的小說，說：不論散文或是韵文，總歸是滿面禮文滿腹凶惡一種可惡民族的思想；批評神話文又道：大半叫人讀了不喜歡，笨重而不像真，描寫悲慘，使我們覺到是一種扮鬼臉；總而言之，支那的文學是不堪的。這種話，都是在報紙上公表的。我想弄成這種現狀，實出於兩種原因：一是我們太不注重宣傳，文學的作品，譯出去的很少，譯的又未必是好的，好的或譯得不好，因此生出重重隔膜；二是我們文學注重的範圍，和他們不同，我們祇守定詩、古文、詞幾種體格，做發抒思想情緒的正鵠，領域很狹，而他們重視的如小說戲曲，我們又鄙夷不屑，所以彼此易生誤會。我們現在要勉力的，第一不要局於一國的文學，囂然自足，該推廣而參加世界的文學；既要參加世界的文學，入手方法，先要去隔膜，免誤會。要去隔膜，非提倡大規模的繙譯不可，不但他們的名作要多譯進來，我們的重要作品，也須全譯出去。要免誤會，非把我們文學上相傳的習慣改革不可，不但成見要破除，連方式都要變換，以求一致。然要實現這兩種主意的總關鍵，却全在乎多讀他們的書。」

我祇爲迷信了這一篇話，不僅害我生了一場大病，而且好多年感着孤寂的苦悶，人類的普遍性，凡是得了一件新智識，總希望有個同情者，互相析疑欣賞，纔覺得滿足愉快。我辛辛苦苦讀了許多書，知道了許多向來不知道的事情，却祇好學着李太白的賞月喝酒，對影成三，自問自答，竟找不到一個同調的朋友，那時候大家很興奮的崇拜西洋人，但祇崇拜他們的聲光化電，船堅砲利；我有時談到外國詩，大家無不瞠目矯舌，以爲詩是中國的專有品，蟹行蚓書，如何扶輪大雅，認爲說神話罷了；有時講到小說戲劇的地位，大家另有一種見解，以爲西洋人的程度底，沒有別種文章好推崇，祇好推崇小說戲劇；講到聖西門和孚利愛的社會學，以爲擾亂治安；講到尼米的超人哲理，以爲離經叛道。最好笑有一次，我爲辦學校和本地老紳士發生衝突，他們要禁止我干預學務，聯名上書督撫，說「某某不過一造作小說淫辭之浮薄少年耳，安知教育」！竟把研究小說，當作一種罪案。

不久，「新民叢報」出來了，刊行了一種「新小說」雜誌，又發表了一篇小說有關羣治的論文，似乎小說的地位，全仗了梁先生的大力，增高了一點。繙譯的小說，如「茶花女遺事」等，漸漸的出現了。那時社會上一般的心理，輕蔑小說的態度確是減了，對着外國文學整個的統系，依然一片模糊。我就糾合了幾個朋友，合資創辦了「小說林」和宏文館書店；在初意原想順理應潮流，先或就小說上做成個有統系的譯述，逐漸推廣範圍，所以店名定了兩個，誰知後來爲了各人的意見，推銷的關係，自己又捲入社會活動的潮渦裏，無暇動筆，竟未達到目的，事業就失敗了。他的結果，僅僅激起了一般繙譯和瀏覽外國小說的興味，促進了商務印書館小說叢書的刊行罷了。（小說林書店開辦時，繙譯外國的小說，還不滿十種，可惜當時全爲推銷起見，倒注重了柯南道爾的偵探案。）

於是，畏廬先生拿古文筆法來譯歐美小說的古裝新劇出幕了。我看見初出的幾本英國司各脫的作品，都是數十萬言的鉅製，不到幾個月聯翩的譯成，非常的喜歡，以爲從此吾道不孤，中國有統系的繙譯事業，定可在他身上實現了。每出一種，我總去買來看看，慢慢覺得他還是沒標準，即如哈葛德的作品，實在譯得太多了，並且有些毫無文學價值作家的作品，也一樣在那裏鈎心鬪角的做，我很替他可惜。有一回，我到北京特地去訪他，和他一談之下，方知道畏廬先生雖是中國的文豪，外國文是絲毫不懂的，外國文學源流，更是茫然，譯品全靠別人口述，連選擇之權，也在他人手裏。我却承他好意，極力贊許我的文字，我也很熱心的想幫助他一點，把歐洲文學的原委派別，曾大概和他談過幾次，並且告訴他，如照他這樣的做下去，允其量，不過增多若干篇外國材料的模仿唐宋小說罷了，於中國文學前途，不生什麼影響；我們繙譯的主旨，是要擴大我們文學的舊領域，不是要表顯我們個人的文章。我就貢獻了兩個意見：一是用白話，固然希望普遍的了解，而且可以保存原著人的作風，叫人認識外國文學的真面目，真精神；二是應預定譯品的標準，擇各時代，各國，各派的重要名作，必須逐譯的次第譯出。他對於第一點，完全反對，說用違所長，不願步「孽海花」的後塵；第二點，怕事實做不到，祇因他自己不懂西文，無從選擇預定，人家選擇，那麼和現在一樣，人家都是拿着名作來和他合譯的，何必先定目錄，到受拘束。我覺得他理解很含糊，成見很深固，還時時露出些化朽腐爲神奇的自尊心，我的話當然要刺他老人家的耳，也就索性罷了。他一生譯的小說，不下二百餘種，世界偉大的名著，經他譯出的，不在少數，對着譯界，也稱得起豐富的貢獻了。如果能把沒價值的除去，一家屢譯的減去，填補了各大家的代表作品，就算他意譯過甚，近於不忠，也要比現在的成績圓滿得多呢。

我在畏廬先生身上，不能滿足我的希望後，從此便不願和人再談文學了。一直到您的文學革命論在「新青年」雜誌上嶄然露了頭角，我國沉沉死氣的舊文學界，覺得震動了一下。接着便是文言白話的論戰，在北方軒然起了大波。那時，在舊文學裏，第一個抵死對抗者是畏廬先生；在新文學裏，揚着三色旗，奮勇直前，大聲疾呼，做第一個敢死隊的急先鋒就是您。您本是我國禮學傳統裏學問的貴冑，國故田園裏培養成熟的強苗，在根本上，環境上，看透文學有改革的必要，獨能不顧一切，在遺傳的重重羅網裏殺出一條血路來。終究得到了多數的同情票，引起了青年的狂熱；我不佩服你別的，我祇佩服你當初這種勇決的精神；比着托爾斯泰棄爵放農身殉主義的精神，有何多讓！因此，新文化運動的潮流，瀰漫了全國，外國文藝的光華，也照耀了一般。未幾，普通白話不滿足，進求歐化；譯述不滿足，共謀創造；共學社、創造社、北大的刋物，次第發展了；「小說月報」改成了宣傳新文學的機關了；各省新文學的社團，也紛紛的共鳴了；雜誌和書店，也前仆後繼的陳列在市場上了；有幾個新成名的作家，已掂着脚向世界文壇上偷遞眼波了。照這樣的說，這五六年間，我們新文學的成績，已弄得十色五光，絢爛奪目，祇應該恭敬歎讚，共唱凱歌，爲什麼我們的感覺上雖然掃除了從前的苦悶，却總覺得不十分滿足，便是最先提倡新文學的您，也在那裏慨乎言之，希望些救荒的糧食，似乎還未得到豐饒的收穫呢？這真是近來文學界裏最可注意的一點了。

我對於現代的出版物，雖未能遍讀，然大概也涉獵過。覺得這幾年文學界的努力，很值得贊頌的，確有不可埋沒的成績。祇就我所見的概括說起來，第一是小品文字，含諷刺的，析心理的，寫自然的，往往着墨不多，而餘味曲包。第二是短篇小說，很有能脫去模仿的痕跡，表現自我的精神，將來或可自造成中國的短篇小說。第三是詩，比較新創時期，進步得多了；雖然敍事詩還不多見，然抒情詩，却能把外來的格調，折中了可諧的音節，來刷新遺傳的舊式，情緒的抒寫，格外自由，熱烈，也漸少詰屈聱牙之病，決有成功的希望。這三件，我們憑良心說，不能不說是良好的新產品，除此外，長篇小說——現在的名爲長篇，實不過是中篇——沒有見過，詩劇、散文劇、敍事詩、批評、書翰、游記等，很少成功之作。

我們在這新闢的文藝之園裏巡游了一週，敢說一句話：精緻的作品是發見了，祇缺少了偉大。譬如我們久餓的胃口，正想狼吞虎嚥，却擺在你面前的，祇有些精巧的點心，玲瓏的糖果，酸辣的小食，不要說山珍海味的華筵沒有你的分兒，便是家常的全桌飯菜，也到不了口，這如何能鼓腹而嬉呢？

這個現象，很值得我們注意。爲什麼成這個現象？我想不外乎兩種原因。一種是懶惰，一種是欲速。我們來做文學事業的，大半是聰明的青年人。聰明人總歡喜做點乖巧的勾當，決不肯去下笨重的工夫。他們見這些小品文和短篇小說，用力少而成功易，又適應潮流，自然羣趨一途，何必載石串戲？等到這個試驗，得了些效果，成了些小名，已經有人如天如帝來捧場，自覺在這新國土裏已操了威權，新信仰中已成了偶像，祇想保持尊嚴，享用香火，誰還肯冒險圖功，自尋煩惱？這便是懶惰。我們人的普通性，任做什麼事，總喜歡越級，政治是如此，文學上也是如此。文學的最終目的，自然要創造，但創造不是天上掉下石裏迸出的，必然有個來源。我們既要參加在世界的文學裏，就該把世界已造成的作品，做培養我們創造的源泉。歐洲文藝復興的成功，得力全在繙譯希、羅的名著。我們却不然，一開手，便輕蔑了繙譯，全力提倡創作。所以從新文化運動後，譯事反不如了舊文學時期，無怪您要詫怪重要些作品，都被老一輩人譯了。其實這現實很不好，自己不注意繙譯，連帶便也少研讀別國的作品，作風上也少新進益，而且文學的事業，該和全國人——不論懂外國文和不懂外國文的——共同工作，譯品一寥落，叫不懂外國文的人，無從加入合作，豈不自己減削了一大部分人的力量呢？這便是欲速。

現在要完成新文學的事業，非力防這兩樣毛病不可；欲除這兩樣毛病，非注重繙譯事業不可。你的勉勵我們努力譯繙名著真是一劑救時良藥。我們雖力不能勝，却也想盡一分」的義務。

我們現定的方法，想先從調查入手，把已譯成的各國作家重要作品，調查清楚，列成一表。譯得好的不好的，詳加討論，然後再將各國，各時代，各派別裏的代表作品，有必須介紹的，另定一表，加以說明，便在雜誌上逐期公表，和大家商榷，總希望定出一文學上繙譯的總標準。至於我們的譯事，也就在這個總標準裏，選出若干，看着我們能力上辦得到的擔任，勉副您殷摯的期望。

因您幾句話，引起了我三十多年的回想，不覺絮絮叨叨了數千言，這也是神經衰弱人的常態，請您恕我的嚕囌，並祝您的健康。

您的忠懇的友，病夫謹復。

一七，三，一六，天明時。

（原載亞東版「胡適文存」第三集，頁一一二五—一一三八）

金松岑談《孽海花》

金松岑

答訪問者[1]

金一先生為《孽海花》說部之造意者，住蘇州濂溪坊，記者以事往訪，語及《孽海花》，有下列之問答：

問：滬報所記曾孟樸談關於《孽海花》與賽金花之事，先生曾見過否？

答：見過。孟樸所說創作《孽海花》之動機一點，亦非盡然，此書乃余為江蘇留日學生所編之《江蘇》[2]而作。當時各省留日學生頗有刊物，如《浙江潮》等，而《江蘇》所

---

1 刊於一九三四年十一月三十日蘇州《明報》〈明晶〉副刊，原題為〈孽海花造意者金一先生訪問記〉，作者署名含凉生（范煙橋）。

2 《江蘇》雜誌係江蘇同鄉會編輯，在日本東京發行。創刊於光緒二十九年四月，《孽海花》刊於第八

需余之作品，乃論著與小說，余以中國方注意於俄羅斯之外交，各地有對俄同志會之組織，故以使俄之洪文卿為主角，以賽金花為配角，蓋有時代為背景，非隨意拉湊也。余作六回而輟，常熟丁芝孫、徐念慈、曾孟樸創小說林書社，商之余，以小說非余所喜，故任孟樸續之，第一、第二兩回原文保存者較多，其預定之六十回目，乃余與孟樸共同酌定之。

問：賽金花是否鹽城人？

答：據李仲瑜云：其父名阿松，在過駕橋老虎灶執役，似非轎夫。阿松是否鹽城人，不得而知，賽金花則蘇州之成分較多，可斷言也。

問：賽金花能說外國話否？

答：確能說幾句，大約是英語，惟字則不識耳。

問：先生曾見過其人否？

答：未見過。民國某年以水利事入京，勾留既畢，束裝言旋，有客邀去訪賽金花，余以恐誤行期，却之，故始終未見其人也。惟據陳石遺云：其人極娟好，且甚端莊有福澤相，惟口腔太大，殊無櫻唇之致耳。

期，僅登第一、二兩回。

致友人書[3]

為賽金花撰墓碣，遠近以此相訊者不少。此事由北京張先生次溪倡首，次溪書來，弟覆之曰：作墓碣可也，弟我有我之身分，不能為老妓諛墓。且言賽之身世，晚年所自述者，亦不足信，如云曾孟樸欲暱之，渠不可，乃於《孽海花》虛構事實是也。賽之父為顧家橋挑水夫，曰阿松，前傳其父為大郎橋巷轎夫，亦誤也。賽之前生為煙臺名妓，洪文卿遊幕煙臺，眷之，洪欲入都試春官而無資，妓助之五百金，既貴而棄之，妓縊。閱十七年而洪為星使，是時為星使者，其夫人以出國將與洋人握手並席飲，多不往，而納妾攝夫人職。洪納一小家碧玉於蘇，入門則貌固儼然一煙臺之妓也。弟於《孽海花》開宗，即隱射此事。弟之創為《孽海花》也，非為賽也，作此書之歲，帝俄適以暴力壓中國，留日學生及國內志士，多組對俄同志會，（而洪氏前使俄，以重金購俄人所製中俄交界圖，誤將帕米爾之一部分界線劃入俄國，俄人遂據之，為言官所劾。）賽金花於是歲方虐雛妓致死，繫獄。同時繫獄者，有名將蘇元春、名士沈藎，

3 刊於一九三七年一月出版的江蘇國學會編輯的《衛星》月刊一卷一期，原題為〈為賽金花墓碣事答高二適書〉。

得名妓而三。賽於八國聯軍入京時，因與瓦德西暱，賴一言而保全地方不少，故以賽為骨，而作五十年來之政治小說。弟究非小說家，作六回而輟筆，孟樸得弟之同意而續之。賽之淫蕩，余不屑污筆墨。光福有顧衡如為京官，最為賽所歡，一日飲滄浪亭美專，言之使人傾聽，名畫家吳子深連飲數觥，忽發病仆地，座客驚散，衡如不盡其辭。今秋飲海上酒樓，客瑣瑣談賽金花，弟厭之曰：一老媼耳，何足供談助：一客挽言曰：子非老翁耶？弟曰：不然，名士以老為貴，妓以色悅人者也，青裙白髮，安足供描寫耶？然賽金花在駐俄公使館，晨披緋色白狐斗蓬，與洪氏並俯樓窗而語，容光秀髮，一隨員方入館，佇立仰視片刻，明日，公使下手諭，某人著給資開缺回國。劉楨平視，一朝得罪。初入平康，傾倒裙屐，其人格不如秦淮八艷，亦女中之怪傑也。弟函中又告以如齊白石翁命作生傳，或生壙志，皆所樂為。次溪書來言，知弟之不願為賽金花諛墓，而樂為翁作文，感而出涕，然則賽之必恨我九泉也決矣！以閣下相訊，不覺書之過長，亦欲並以此言答他人也，唯照不備。

天翮頓首，一月七日

輯三

關於《孽海花》

《孽海花》考信錄

錢基博

余好讀書而怕見人；常熟曾孟樸先生亦不能例外，孽海花〔閱〕不下十過，而先生則未見一面！不意先生歸道山，而余亦得一訃；秀才人情，輓以一聯曰：「孽海花成傳史外。」「虞山翠落黯人間！」頗有賞其穩稱。或問史外何義？余應之曰：「史外者，謂其外於史以成小說也。」史以傳信；而小說以傳奇；傳奇者，固無事乎傳信；然而憑空結構以傳奇，可也；依託事實以使人誤為信史，不可也！孽海花，則依託事實，此中有人，呼之欲出，而好為捕風捉影之談！其中涉龔定庵父子事，則尤投合青年淺薄之心理以談家庭革命，男女媟瀆，傳誦一時；而莫知其為誣！

龔定庵之子孝拱，傳乃翁雜博之家學，而亦傳乃翁詭僻之性行，具體而微，遂多傳說！獨長洲王韜仲弢撰淞濱瑣話，中第五卷龔蔣兩君軼事一篇，記龔孝拱蔣劍人，為近情實，足備儒林掌故，不同捕風捉影！孽海花第三四兩回敍孝拱生平，與王記互有詳略。獨孽海花敍孝拱不慊乃父之學問文章，扑其木主以示儆；則為王記之所無，而恐出於好事之已甚！余讀仁和譚獻復堂日記，謂：「閱定庵文集七卷畢。定公文，舊見於孝拱所及魏默深刺史案次者，稿本盈尺。遊閩，識林薌溪教授；教授客杭，假讀全集，刺取若干篇；孝拱令寫人錄贈，即此本也。予借教授本傳寫一通。時江浙陷賊，孝拱蹤跡不相聞；恐全集遂散失，既存其略。德清戴子高來福州，又錄一本去。會稽趙益甫避亂至，亦錄一本；因各有寃討之約。亂定，知孝拱流寓上海，楹書無恙；寫本置行篋，循誦而已。林鈔本無目錄；予從定庵初集刻本目錄，補其未刻諸篇，佚者尚多；其他略仿初集義類次第之。戊辰五月出都，重見孝拱，則杭州有刻龔文者曹老人籀云！孝拱言：『曹老人者，曾賣墨京師，爲先君子食客，粗識字而已！謬託知交，所刻不知何本，貽繆可想！』屬余歸訪之。蓋曹老人前自益甫得此本，懵不知流傳端緒，寫工又簡略，慫吳曉帆方伯刻之，謬謂龔先生手定。刻既成，觸手譌敓！龔先生一世班揚，傳人有子，全書繁重，傳世有待！刻百十篇以饜學子先睹之心，未始非盛舉；而曹老人譎觚熒眩，出自意外；要當備逑以告讀者！孝拱既懟此舉，拮据料量，刻布此書；則曹老人實激成之，亦功臣矣！定庵先生收食客之報，在彼不在此！」然則孝拱放誕任情則有之；而觀其惓惓先集，珍護傳布；寧有懟其死父，扑作敎刑之理！

孽海花敍孝拱，又說：「他祇爲學問上和老太爺鬧翻了，輕易不大同家！有一哥哥，向來音信不通！」王氏瑣話則稱：「有弟曰念匏，以縣令候補江蘇，亦不相睦！」則是孝拱有弟而無兄，與孽海花不合！而按之仁和吳昌綬倉石所撰定庵年譜，末云：「先生二子，曰橙，曰陶。橙，字昌匏，更名公襄，字孝拱。陶後更名寶琦，字念匏，官江蘇金山知縣。」則與王氏瑣話合。而孽海花謂孝拱以學問與乃翁鬧翻，其說尤爲悠謬不根！按定庵續集已亥雜詩自注：「兒子昌匏書來，以四詩答之。」其詩曰：

「艱危門戶要人持，孝出貧家諺有之！葆汝心光淳悶在，皇天竺胙總無私！」一

「雖然大器晚年成，卓犖全憑弱冠爭！多識前言畜其德，莫拋心力貿才名！」二

「儉腹高談我用憂，肯肩樸學勝封侯！五經爛熟家常飯，莫似而翁歠九流！」三

「圖籍移從肺腑家，而翁學本段金沙。丹黃字字皆珍重，爲裹青氈載一車！」四

又「兒子昌匏書來，問公羊及史記疑義，答以二十八字」一；其詞曰：

「欲從太史窺春秋，勿向有字句處求！抱微言者太史氏，大義顯顯則予休！」

觀其能讀父書，商量舊學，一脈相傳！不同西漢劉氏向歆之父子異學。而定庵且以「孝出貧家」，「皇天竺胙」爲言，寗有以學問與乃翁鬧翻之理！已亥爲道光十九年，是年定庵四十八歲。定庵以道光二十一年七月卒，年五十，答昌匏詩之作，當在已亥十月以後，以其詩之排次而知之：距其卒不足二年，其間定庵往來吳越，席不暇暖，旋丁父艱，更不容有父子參商，孝拱出走之暇！

孽海花又敍定庵之死，謂：「由暱太清西林春事洩，連夜回南；過了幾年，倒也平安無事；戒備漸忘，爲明善主人遺人所毒！」其事亦不可信！明善主人爲清高宗曾孫奕繪，自號太素道人，又號幼園居士；嘉慶中，襲爵貝勒，累官正白旂漢軍副都統；風雅好事，有明善堂集。太清西林春，則奕繪側福晉，顧氏，蘇州人；才色雙絕，有天游閣集；所作詞名東海漁歌。近人如臯冒廣生有記太清遺事六絕句，首絕云：

「如此佳人信莫愁，出身嫁得富平侯！九年占盡專房寵，四十文君儻白頭！」

注云：「太清與貝勒同生於嘉慶己未；明善堂詩編至戊戌；則太清之寡，恰四十齊頭矣！」言其盛年已過，紅顏將凋也。戊戌爲道光十八年，實己亥之前一年；是年定庵官禮部，安然在都；明善已死，而太清亦已美人遲暮；安有眷愛事洩，倉皇出走之事！明年己亥，定庵回南；不及兩年，遂遭父憂，

旋亦身死；亦並非如孽海花所云「囘南過了幾年，倒也平安無事」，有若千年之久也！捕風捉影之談，重誣古人；而傳者乃以爲信史，傎已！

人以孟樸先生與常熟師傅翁同龢同鄉世好，中朝故事，耳熟能詳，言必有據；而不知其中涉常熟師傅，卽有不可信者！如第十三囘「誤下第遷怒座中賓，考中書互爭門下士」一囘；考中書，指文廷式；而誤下第，惜張謇，寫吳縣尙書潘祖蔭爲會試總裁，欲得張謇爲榜首；而誤中武進劉可毅。潘氏大恨，揚言：「老夫衡文十多次，不想倒上了毗陵傖父的當！」可毅造謁，再三不見；及不得已出見，口稱：「好箇揣摩家！佩服！佩服！」可毅大窘出走。傳者以爲口實！然按張謇自撰年譜，載劉可毅中光緒十八年壬辰會元；總裁爲常熟師傅。而潘祖蔭先以十六年庚寅十一月卒於官；安得有誤中劉可毅而大恨面斥之之如孽海花所云！同鄉唐蔚芝前輩爲我言：「尊舅孫叔盉先生以光緒十五年舉進士；會試總裁則吳縣尙書；讀先生卷，謂：『沈著高華，非張某不辦！』榜出，知爲先生，乃大懊恨！及先生謁門，吳縣接首連聲說：『我眼瞎了！』江蘇同鄉聞之不平，而以吳縣齒德尊，無如何！」孫叔盉先生，名鼎烈；余舅氏也，散館，授知縣；歷知浙江之會稽、新昌諸縣，有能聲。而張謇之子祖怡，撰乃翁傳記，稱：「光緒十五年，我父三十七歲的會試，總裁是潘公；他滿意要中我父；那曉得無端誤中了無錫的孫叔盉！」則是吳縣誤以我舅氏爲張謇，蔚老之言有徵；而孽海花乃誤舅氏爲劉可毅；於是劉可毅之名乃大著！傳記又稱「到了第二年光緒十六年的會試，場中又誤以陶世鳳的卷子當作我父，中了陶的會元。到了光緒十八年四十歲的會試，又誤中了劉可毅的會元。」總裁常熟尙書；而孽海花又誤常熟爲吳縣。常熟小心寅畏，不如吳縣之故立崖岸；卽懊恨在心，當無罵座之理！而按常熟日記，載：「四月十一日，晴。寅正一刻，開龍門。……戌正，填五魁，三刻畢也，會元，武進劉可毅也。」而十六日記「劉可毅來」；廿三日記「會元劉葆真來」；端午日記「劉可毅來見」；並未有杜門却謁，不認門生之事。可毅亦江南名士；未第前，佐河督許振禕，箋奏記，以文章有名；而中會元，實以第三場策對博洽，不同多士之套語濫調；特爲常熟識拔而疑之爲張謇也！惟四月十三日記「始知張季直卷子在馮心蘭手，未出房」；略見微意；然云「未出房」，則亦非如孽海花所云「竟把先定元的那一本撤了，及填榜，子佩却去揀了那本撤掉的元卷，拆開彌封一看，倒明明寫着章謇的大名」！而按之祖怡所撰乃翁傳記，亦云：「我父的卷子，在第三房馮金鑑那裏，早早因爲詞意寬泛，被他斥落了！」與常熟日記合。其實陶文庸熟，旣異張謇之卓犖；劉文清奧，亦異張謇之雄深；「詞筆絕然不同，而暗中摸索，誤爲一手；則其衡文之無真賞而徇虛聲，殊足令人齒冷！陶世鳳，字端翼，亦無錫人。吾錫顧恩瀚涵若撰竹素園叢談，亦載陶劉誤中會元事，而以爲：「劉之學問，陶之品格，實出張謇上！張工於標榜，晚節頗不協人望，比之華歆龍頭！」此真鄉曲阿好之談！張有擔當，有魄力，得失與天下人共見！劉葆真太史稿，余曾誦之，餖飣以爲弔詭；倘人如其文，必喜修飾邊幅而無大作爲！至陶則錢陶一姓，呼吾父爲叔，長余三十年而以弟畜余。余十五六歲時，每相見，必執余手，謂：「弟弟方面大耳，神似吾溥老師艮，相必發！」又許余筆下快，有才氣；謂：「如有督撫延司章奏，可成名幕府！」吾父聞之頗色喜。然其人篤實而不輝光，文彩不豔；中會元四書首藝「大哉孔子」題文，乃錄封翁雲組先生作。先是邑中東林書院師課，以「大哉孔子」命題。雲組先生與吾家叔懋孝廉咸以子弟名應課；揭榜，雲組先生名次第七，而叔懋孝廉第一。及庚寅同赴禮部試，同錄舊作；而叔懋被放；陶則翹然特出以冠天下士；叔懋每言之氣湧！陶散館得兵部主事，不騖聲利，澹泊自甘，一官三十年，白首郎署；至民國二十一年乃卒。余挽以聯曰：「君子之道闇然，何必文章天下伯！」「諸弟視余已矣，誰爲煦嫗眼中滋！」自謂得其實也。然其人長者，小廉曲謹，不敢作惡，亦不能爲善；文章經濟，兩無是處；而與張謇度張挈短，甯啻跛鼈之與麒驥！余持論不肯假借，頗以召鬧取怒；然直道之公，不可泯也！

至文廷式，則與陶同中光緒十六年庚寅進士，殿試得榜眼。而按常熟日記載：「光緒十六年庚寅四月二十日，宣下，派爲殿試讀卷官。廿四日卯正，召見讀卷官於勤政殿東室，拆封至第二，奏文廷式名。上云：『此人有名，作得好！』廿六日巳初，詣禮部恩榮晏，而鼎甲不欲行叩拜禮；文廷式力言：『古者拜非稽首。』引說文字義與司員辯。兩協辦皆怒！往復久之；迨余等出，而鼎甲三揖；予等一揖；觀者愕然！徐相桐欲傳三人（狀元吳魯，榜眼文廷式，探花吳蔭培）至翰林院中申斥之；其實何足道！」至十八年壬辰，又記：「五月初二日巳初；到禮部赴恩榮晏，朝服將事。新貢士皆叩頭，不似上科之之費詞也！」上科卽指十六年庚寅一科；費詞，則謂鼎甲不欲行叩拜，文廷式力言古者拜非稽首云云。同鄉楊味雲前輩覺花寮雜記稱：「文本江西名士，爲翁文恭公所賞；庚寅成進士，殿試對策，誤書閭閻爲閭面。讀卷某尚書疑之，將加簽。翁曰：『此兩字有出典，記某書有之，簷牙作對。』遂以榜眼及第。余親見原策作閭面也。旋爲御史彈劾，讀卷官皆得處分。翁本欲置文第一。或謂：『宋之文天祥，明之文震孟，皆在末季，文姓作狀元，於國不祥！』乃置第二。然文得鼎甲後二十年，而清社屋矣！」則是文廷式以劉可毅前一科庚寅得鼎甲，亦並非如孽海花所云：「這回章直蜚、聞韻高都沒有中」；聞韻高考中書第一也！孽海花中人物，多見姓名於常熟師傅翁文恭日記及會稽李慈銘蒓客越縵堂日記，倘以孽海花與翁李日記對勘，必更有以匡其謬者！

孽海花以侍郎吳縣洪鈞文卿之妾傅彩雲世稱賽金花者爲全書線索；用恩施樊增祥雲門前後彩雲曲本事。惟彩雲曲云：「女君維亞喬松壽，夫人城闕花如繡！河上蛟龍盡外孫，虜中鸚鵡稱天后。……雙成雅得君王意，出入椒庭整環佩。……鳳紙宣來鏡殿寒，玻璃取影御床寬，誰知坤媼山河貌，祇與楊枝一例看！」似以英女皇維多利亞與賽金花攝影；而孽海花則云「聯邦帝國大皇帝飛蝶麗的皇后，世界雄主英女皇維多利亞的長女維多利亞第二」，爲德后。按洪鈞以光緒十三年夏五月，奉旨充出使俄德奧和國大臣；十七年回國，命在總理各國事務衙門行走，未嘗使英；自以孽海花爲是。洪鈞，卽書中金雯青，金卽名之偏旁，雯青則影射鈞之字。

書中影射姓名，多取同聲通假之例，而參以誼類相比。其可考見者：余同余中堂，卽徐桐。傅容傅狀元，卽徐郙。龔和甫尚書，卽常熟師傅翁同龢叔平。潘八瀛尚書，卽吳縣潘祖蔭伯寅。潘曾奇勝芝，卽祖蔭之從父曾祁。錢端敏唐卿，卽汪鳴鑾柳門。陸仁祥莘如，卽陸潤庠鳳石。何太真珏齋，卽吳大澂愙齋。米繼曾筱亭，卽費念慈屺懷。姜表劍雲，卽江標建霞。李治民純客，卽李慈銘蒓客。莊佑培崙樵，卽張佩綸幼樵。莊芝棟壽香，卽張之洞香濤。黃禮芳叔蘭，卽黃體芳漱蘭。黃朝杞仲濤，卽體芳之子紹箕仲弢。祝溥寶廷，卽寶廷竹坡。連沅荇仙，卽聯元仙蘅。王仙屺憶莪，卽王先謙益吾。荀春植子佩，卽沈曾植子培。章騫直蜚，卽張謇季直。聞鼎儒韻高，卽文廷式芸閣。蘇胥鄭龕，卽鄭孝胥蘇堪。楊遂淑喬，卽楊鋭叔喬。呂成澤沐庵，卽李盛鐸木庵。繆平寄坪，卽廖平季平。易鞠緣常，卽葉昌熾鞠常。黎石農，卽李文田勺農。莊小燕，卽張蔭桓樵野。呂順齋，卽黎庶昌蒓齋。許鏡瀓，卽許景澄。袁尙秋，卽袁昶爽秋。汪蓮孫，卽王懿榮廉生。段扈橋，卽端方午橋。王恭子度，卽黃公度。李任叔，卽李壬叔。過肇廷，卽顧緝庭。呂萃方，卽李經方。匡次方，卽汪芝房。謝山芝，卽謝綏之。雲仁甫，卽容純甫。貝效亭，卽費幼亭。成木生，卽盛杏蓀。李台霞，卽李丹崖。成伯怡，卽盛伯熙。劉毅，卽劉可毅。馬美菽，卽馬眉叔。唐常肅，卽康長素。至如薛淑雲、徐忠華，則吾錫之薛福成叔耘、徐建寅仲虎也。其他可以類推；姑就記憶所及而聊疏之如此。

（原載「子曰叢刊」）

曾孟樸的《孽海花》

趙景深

一

「孽海花」的文筆的確很不錯，怪不得能夠轟動一時。雖然有時寫得有些過火；但是，如果不誇大的去寫，又怎能使讀者留下深刻的印象呢？

這部書是以賽金花爲主角，串揷了清末三十年來政治與文化的變遷的。「宇宙風」第二期曾孟樸特輯上，蔡元培頗惋惜此書不曾敍到辛丑，卽八國聯軍和議成立，西太后與德宗回鑾的那年。蔡先生說：「初稿是光緒三十二年一時興到之作，是起草時已在拳匪事變後七年。爲什麼不敍到庚子，而絕筆於『靑陽港好鳥離籠』的一回？是否如西施沼吳以後（彩雲替梁新燕報仇）『一舸逐鴟夷』算是『神龍見首不見尾』的文法？但是第二十九回爲什麼又把燕慶里掛牌子的曹夢蘭先洩露了？讀卷端臺城路一闋，有『神虎營荒，鸞儀殿闢，輸爾外交纖腕』等語，似是指彩雲與瓦德西的關係。後來又說：『天眼愁胡，人心思漢，自由花神，付東風拘管。』似指辛亥革命。是否先生初定的輪廓，預備寫到辛亥，或至少寫到辛丑；而後來有別種原因，寫到甲午，就戛然而止？可惜我平日太疏懶，竟不曾早謁先生，問個明白。今先生去世了，我的懷疑，恐永不能析了。」

其哲嗣虛白兄的答覆是並無別種原因，本意「想寫到辛丑年」，因精力衰頹，未能繼續完成。但他也不曾找到書面的證據。

其實「孽海花」六十回的回目，像水滸一樣，第在一回的末了早就完全寫出來了。（見乙巳正月小說林社初版本，印刷者爲日本東京翔鸞社，按是年卽光緒三十一年，一九〇五年，如該書版權頁所記無誤，則初創此書至早當在光緒三十一年，而曾樸自云作於光緒三十二年，中國小說史略也說是光緒三十三年纔刊於小說林的，不知何故。後來此書由有正書局發行，版式完全相同，或許是同一紙型印出來的。）後來曾樸創辦「眞美善」月刊，將「孽海花」續寫下去，恐怕回目要有更動，於是重排初集時便把這六十回回目一筆鈎掉了。蔡先生所看的大約是後來的眞美善書店本，而小說林本和有正書局本不曾見到，所以不能明瞭曾樸原來的計劃。我現在衹摘出幾個回目來，便知曾樸在開始寫作時便想寫到辛丑以後，更不用說是庚子了：

黃蓮母升座總督堂　紅燈孃鬪法親王府（第三十五回）

破津門聯軍歌得寶（第三十六回）

豆粥素衣淒凉西狩　丹心碧血慘澹南雲（第三十七回）

夜宿儀鸞殿曹夢蘭從頭溫舊夢（第四十回）

片語保鄉閭二爺仗義（第四十一回）

贈瓊瑤英雄悵歸國　下綸綍典禮飾迎鑾（第四十四回）

三名獄蘇沈幽囚同話舊（第五十五回）

三堂會審顧影生憐（第五十九回）

專制國終嬰專制禍　自由神還放自由花（六十回）

上面僅摘錄八回的回目，使知庚子拳匪之亂，以及「彩雲與瓦德西的關係」都已寫了進去。並且一直寫到彩雲因虐妓或婢被逮入刑部，解回蘇州原籍，這時已是光緒三十一年了（據商鴻逵「賽金花本事」所附年表）。所謂「三名獄蘇沈幽囚」（廿三年申報載曾樸談話云：「賽因打死一丫頭，入刑部獄，同牢者有革命黨沈××，有老官僚蘇元春，號稱三名獄。」）所謂「三堂會審」（同上云：「後來由刑部發至蘇州、長洲、元和、吳縣，三堂會審。有人從中幫忙，乃得釋放。」）都是說的這件事。盧白說他父親本意「想寫到辛丑年」，其實本意是想寫到比辛丑年還要拉長四五年，卽乙巳年。

二

「孽海花」的計劃，除了上面所舉的幾件大事外，還有一些小事也都收了進去。究竟賽金花後來怎樣呢？這是讀者所急切地需要知道的，現在有了劉復和商鴻逵所記錄的賽金花親口敍述的「賽金花本事」（民國二十三年北平星雲堂書店版），可以彌補這個缺憾。看過這書以後，再看「孽海花」預擬的回目，就明白了許多。

第三十三回的回目是「奪花魁兩旗爭夜席」，所謂兩旗是誰呢？「賽金花本事」裏說得很淸楚：「在這時期中（按卽光緒二十四年）我結識了不少的顯貴人物，有一位楊立山，性情極豪爽，和我最要好……又有一位德曉峯，人也誠懇，和我最投契。這兩位算是我在天津這個時期中所交最知己的朋友。」楊立山是蒙古正黃旗人，官至戶部尚書；德曉峯是滿洲鑲紅旗人，曾任浙江、江西巡撫。所謂兩旗，自然就是楊立山和德曉峯了。

第四十三回「駝路屍尚書受辱」不知是否指戶部尚書楊立山「庚子時，因反對義和團被殺。死後，家人不敢收其尸，伶人姜妙香與交契，購棺殮之。」姑且寫在這裏存疑。

第四十七回「買良爲賤鴇婦虐孤雛」當然是指那件有名的案子了。樊樊山「後彩雲曲序」云：「癸卯（按卽光緒二十九年）入覲，適彩雲虐一婢死，婢故秀才女也。事發到刑部，問官皆其相識，從輕遞籍而已。」序中並罵賽爲「淫鴇」，這些都與曾樸的回目吻合。「賽金花本事」中說她名叫鳳鈴，只說中人說她是「良家的姑娘」，她是買鳳鈴來做妓女的，並不是婢女，這與樊、曾所說稍有不同。

三

「孽海花」所敍大都是實事，第二十一回明白揭出：「這部孽海花，却不同別的小說，空中樓閣，可以隨意起滅，逞筆翻騰，一句假不來，一句謊不得。」這確是實話。我們至少可以說：事實的輪廓都是真的；加油加醬，自是在所不免。好在是小說，本來不一定要是信史。正如作者自己所說：『小說着筆時，雖不免有相當對象，然遽認爲信史，斤斤相持，則太不瞭解文藝作品爲何物矣。』（廿三年申報）

因爲「孽海花」不是空中樓閣，所以纔有人替此書做「人名索引」。最初是無名氏的筆記，所載僅四十二人（蔣瑞藻「小說考證」卷八面一八〇——一）。後來「松風閣筆乘」又增加了三十九人（

「小說考證」拾遺面七八——八〇)。最詳細的要算是「孽海花」第三册後面所附的「人名索隱表」,計共九十四人,比以前兩表又多了十三個人。這第三册僅第二十一回到第二十四回,後半本完全是「孽海花」人物故事考證,此書出版的年月日是丙辰(民國五年)九月,發行者是望雲山房。考證甚詳,足徵孽海花所敍的確無一事無來歷。卽如彩雲私小奴阿福事,樊增祥的「前彩雲曲」中亦曾敍及,他如與德后(樊作英皇)並坐照像,煙臺媢妓等事,也都提到,謹節錄如次:

傅彩雲者,蘇州名妓也。年十三,依姊居滬上,豔名噪一時。某學士銜恤歸,一見悅之,以重金置爲簉室。待年於外,祥琴始調。携至都下,寵比專房。會學士持節使英。萬里鯨天,鴛鴦並載。旣至英,彩嘗偕英皇並坐照像,時論奇之。學士代歸,從居京邸,與小奴阿福,姦生一女。學士逐福留彩,寖與疏隔。俄而文園消渴,竟夭天年。彩無何仍返滬爲賣笑計,改名曰賽金花。蘇人公檄逐之,轉至津門。雖年逾三十,而豔名不減疇昔。先是,學士未第時,爲人司書記,居煙臺,與妓愛珠有齧臂盟,比再至巳魁天下,遽與珠絕。珠寃痛累月,竟不知所終。今學士巳矣,唱金縷者出節度之家,得非霍小玉冥報李十郎乎?

如上所說,可見「煙臺孽報」,雖近因果報應的迷信,倒不是曾樸一人的私言,樊樊山也說是「霍小玉冥報李十郎」,胡適似乎不該以此獨責曾樸。至於裔鴻逵的「曾孟樸與賽金花」說:「說是洪鈞在十五年前曾負一妓,妓憤,自縊死,卽賽之前身,故頸上有一條紅絲,却是用的因果小說舊套。我曾偷看過賽頸,就連半截紅紋也沒有,遑論『明若胭脂』。」但我認爲這是曾樸模仿元喬吉的「玉簫女兩世姻緣」的。

「孽海花」裏因爲有這種果報的迷信，當然「太虛幻境」，預示結果的佈局是也要摹擬一下的了。因此第八回敍雯青與友人們行酒令，唐詩中嵌有「彩雲」二字者行令，竟由雯青說出白居易的「彩雲易散琉璃脆」來。難道作者想藉此預示雯青與彩雲不能白首諧老麼；這不是有紅樓夢中讖詩的意味麼？況且，這句話恰巧是樊樊山「前彩雲曲」的結句呢！（按原詩云：「『彩雲易散琉璃脆』，此是香山悟道詩。」）

「孽海花」裏所記的人物，大半是作者的父執或友朋。據曾虛白的「曾孟樸先生年譜」上說：「一八九○——一八九一。這年上半年，孟樸先生又赴北京，與京中諸名士如李石農、文芸閣、江建霞、洪文卿相周旋，潛心研究元史西北地理及金石考古之學。」所謂洪文卿，不用說，就是「孽海花」中的男主角金雯青。此外則「孽海花」以黎石農射李芍農（虛白作石農似誤），聞韻高射文芸閣，姜劍雲射江建霞：這幾位都是「孽海花」中比較上還算重要的人物。年譜上又說到副主考李盛鐸（木齋）在「孽海花」裏就是呂成澤（沐庵）。

年譜一八九二——五又說：「先生平日出入於翁同龢之門，而這次應考也由翁同龢爲之各處打招呼。翁、莊本不洽，因此莊也就移恨到先生身上。而先生竟落了第。落第之後，莊佩綸却招先生而告之曰：『你要進總理衙門，何必應試，我可以保舉你的。』這明明是牢籠的手腕，先生鄙之，憤然拂袖而去。」翁同龢就是「孽海花」裏的龔平和甫，莊佩綸（實爲張佩綸，虛白誤以小說之姓爲姓）就是莊佑培崙樵。當時曾樸非常「憤懣」，所以「孽海花」初稿第六回形容張佩綸的馬江大敗，不免帶些「惡謔」：

崙樵看法國兵船到了，要想學諸葛武侯空城計嚇退他。那曉得外國人最不會鬧這種小聰明，只架着大炮打來。崙樵左思右想，原要盡忠的，無奈當不起炮火無情，只好頭上頂着三寸厚的銅盤，赤着脚，鑽在難民淘裏，逃回省城來了。

但他的改稿却把嘲笑改而爲責備，詞氣嚴正得多；這大約是由於他對於文藝的態度改變到嚴肅一方面去了：

莊崙樵……只弄些小聰明，鬧些空意氣。那曉得法將孤拔倒老實不客氣的乘他不備，在大風雨裏架着大炮打來。崙樵左思右想，筆管兒雖尖，終抵不過槍桿兒的凶；崇論宏議雖多，總擋不住堅船大炮的猛。只得冒了雨，赤了脚，也顧不得兵船沈了多少艘，兵士死了多少人，暫時退了二十里，在廠後一個禪寺裏躲避一下。

此外年譜一八九七——九裏所敍到的費屺懷就是「孽海花」第十四回怕老婆的米筱亭；年譜一九〇三——七裏所敍到的張謇就是「孽海花」裏的章騫直蜚。

四

取「賽金花本事」與「孽海花」對讀，頗覺有趣。

「本事」上說：「我同瓦（指瓦德西）以前可並不認識。」（「本事」均用賽金花的口吻敍述，此「我」字卽賽金花自稱。）好像賽金花在歐洲不曾見過瓦德西似的。但「孽海花」却敍述賽金花與瓦德西在歐洲頗爲親暱。照「本事」上瓦德西的照片看來，他的樣子很老；那末，賽在歐時，瓦恐怕已經是個老將軍，「孽海花」却把瓦形容成一個少年英俊：

> 却見屋裏一個雄糾糾的日耳曼少年，金髮赬顏，風采弈然，一身陸軍裝束，很是華麗。見了彩雲，一雙美而且秀的眼光，彷彿雲際閃電，把彩雲周身上下，打了一個圈兒。（第十二回）

這是瓦德西的初次出場，可說是春雲乍展。從此瓦德西就愛上了賽，甚至於親到俄國去追求她，險些兒爲了一根寶簪送掉性命；這纔是瓦德西的正式上場，扮演了第十四回到第十六回開端的主要情節。

可是，據商鴻逵最近所發表的「曾孟樸與賽金花」說，賽金花「不經意的說出，在歐洲原也和瓦有相當熟識。」我以爲，無論賽與瓦在歐洲「並不認識」也好，「相當熟識」也好；寫起小說來，似乎一定要他們『熟識』更好一點；爲了結構，不妨犧牲一點事實；因爲小說究竟是小說，不是信史。賽與瓦在歐洲熟識，是極好的伏線，也是極自然的安排。由此預先的佈置，引到庚子年賽二爺「片語保鄉閭」，方不顯得突兀；賽瓦在中國重逢，更能增進讀者的興趣，使得結構上更爲嚴密。

再者，我讀「孽海花」的時候，不知道孫三兒是誰，照此書第十三回的形容，又是一個漂亮小夥子：

> 一霎時，鑼鼓喧天，池子裏一片叫好聲裏，上場門繡簾一掀，孫三兒扮着十一郎，頭戴范陽捲檐白緣氈笠子，身穿攢珠滿鑲淨色銀戰袍，一根兩頭垂穗雪線編成的白蠟桿兒，當了扁擔，抗着行囊，放在雙肩上，在萬盞明燈下，映出他紅白分明又威又俊的橢圓臉，一雙旋轉不定神光四射的吊梢眼，高鼻長眉，丹唇白齒，真是女娘們一向意想裏醞釀着的年少英雄，忽然活現在舞臺上，高視闊步的向你走來。

但「本事」第七節「脫離洪氏後在上海之娼妓生活」，却把孫三兒形容成了醜陋的人：

> 孫作舟，字少棠，天津人，……喜歡唱戲，也算是津沽一帶的名票，……長得並不怎麼好

看，臉上許多黑瘢，還有麻子，只是體格魁梧，性子也柔和，故我倆情愛甚篤，他行三，上下都稱呼他「三爺」。

此外，洪鈞與賽的初次相見，「本事」與小說倒差不多，也是在花船上相遇的；賽自己也說：「初次一見面，我倆便很投契。」足見是前生有緣了。

與德后的往來，「本事」裏也有幾句記載：「德皇同皇后，我都見過幾次。覲見時，我穿中服行西禮，鞠躬或握手，有時候也吻吻手。時候常是在晚間。那時宮裏還沒有電燈，全燃蠟燭。」這在「孽海花」裏，便被巧妙地編成第十二囘，說起賽常與一德國貴婦來往，直到覲見德皇歸來，賽纔知道那位與她過從甚密的貴婦，原來就是德后。

「本事」裏提起洪鈞在歐洲的用功研究學問云：「洪先生在歐洲整整三年。這三年中的生活，除去辦公務以外，差不多全是研究學問。他最懶於應酬，悶倦時便獨自一人到動物園去散步，囘來又伏案看起書來。」「孽海花」第十二囘也說他一天到晚潛心於編著「元史補證」，他的彩雲嘲笑他道：「老爺別吹滂，你一天到晚，抱了幾本破書，嘴裏咭唎咕嚕，說些不中不外的不知什麼話。又是對音哩，三合音哩，四合音哩，鬧得煙霧騰騰，叫人頭疼；倒把正經公事擱着，三天不管，四天不理。不要說國裏寸土尺地，我看人家把你身體抬了去，你還摸不着頭腦呢。我不懂，你就算弄明白了元朝的地名，難道算替清朝開了疆拓了地嗎？」

五

「孽海花」第十八回借馬美菽（卽「馬氏文通」的作者馬眉叔）之口提倡小說戲曲云：「各國提倡文學最重小說戲曲，因爲百姓容易受他的感化。如今我國的小說戲曲太不講究了。」因爲作者重視小說戲曲，所以寫「孽海花」也是用力去寫的，同時又有極好的才華，寫來自然不同流俗。

作者敍一件事，每每不先說明，後來方纔在無意中點出。例如第十四回夏雅麗持槍要挾金雯青捐款，分明是訛詐，却偏要寫得光明正大，像煞有介事；直到第十六回（卷中面一〇八）方纔點明這是「訛詐」。又如第十五回敍雯青撞見瓦德西在他家裏，只不過「呆了呆」，後來畢葉說瓦德西是他的朋友，由他領來拜望雯青的，雯青便不疑心；直到第二十四回（卷下面七二——三）雯青臨終前說出讀語來，方纔吐露真情：「哪，哪，哪！你們看一個雄糾糾的外國人，頭頂銅兜，身掛勳章，他多管是來搶我彩雲的呀。」可見這件事他是有些知情的，不過一向隱忍未說罷了；在此時點出，最是神妙。

「孽海花」雖以金雯青和傅彩雲爲主要人物，但也夾敍一些官場活現形的故事或是義俠的軼聞；關於前者，如第六回敍莊壽香（卽張之洞）之私女僕，第七回敍寶廷之私船妓珠兒，第十四回敍米筱亭之怕老婆，第二十一回敍玉銘之不識字，第二十五回敍吳大澂之吹牛均是；關於後者，如第十六、七回敍夏雅麗之刺俄皇，第十九回敍大刀王五之爲孤兒寡婦復仇，第二十八回敍日人大癡與花子之偸盜中國地圖，第二十九回叙陳千秋之私運軍火均是：這些寫的都很生動，留下深刻的印象。如寫光緒帝與二姐兒的戀愛悲劇，李純客的風流瀟灑，也極動人。

周豫才「中國小說史略」云：「書於洪傅特多惡諡。」關於傅的，可擧一例：

阿福指着洋琴道：「太太唱小調兒，我來彈琴，好嗎？」彩雲笑道：「唱什麼調呢？」阿福道：「鮮花調。」彩雲道：「太老了。」阿福道：「四季相思罷！」彩雲道：「叫我想誰？」阿福道：「打花會，倒有趣！」彩雲道：「呸！你發了昏！」阿福道：「還是十八摸，又新鮮，又活動！」說着，就把中國的工尺，按上風琴彈起來。彩雲笑一笑，背着臉，曼聲細調的唱起來。頓時引得街上來往的人，擠滿使館的門口，都來聽中國公使夫人的雅調了！（十四回）

這「雅調」兩字，可以當得惡謔。

關於洪的，也可舉一例。洪知其惡妾彩雲私僕阿福後，想藉故把阿福趕掉。恰巧阿福打破了料煙壺兒。洪便打阿福一個嘴巴，罵道：

「沒良心的忘八羔子，白養活你這麼大，不想我心愛的東西，都送在你手裡，我再留你，那就不用想有完全的東西了！」阿福吃了打，倒還強嘴說：「老爺自不防備，砸了倒怪我！」（第二十三回）

這幾句雙關的對活，也可以當得惡謔。

（選自作者著「小說閒話」，民國二十五年北新書局出版）

《孽海花》雜話

魏如晦

一、兩則廣告

「孽海花」廣告的最初出現，是在光緒甲辰年（一九〇四），金一的「自由血」出版，書後附有「愛自由者撰譯書」廣告一版。其目爲「女界鐘」、「三十三年落花夢」、「孽海花」、「文界之大魔王」、「中等女學讀本」共五種。「孽海花」有小題，作「政治小說」，廣告文云：

> 此書述賽金花一生歷史，而內容包含中俄交涉，帕米爾界約事件，俄國虛無黨事件，東三省事件，最近上海革命事件，東京義勇隊事件，廣西事件，日俄交涉事件，以至今俄國復據東三省止，又含無數掌故，學理，軼事，遺聞。精采煥發，趣味濃深。現已付印，即日出書。

末署「上海鏡今書局發行」。這大概是「孽海花」最初的計劃，這時，「愛自由者」大約還在寫作。首數回成後，交給了孟樸先生，遂有改作刊印本。「自由血」是甲辰三月十五出版，「孽海花」正式出書，是在次年乙巳（一九〇五），經過的時間有一年多。出書時的廣告已易爲：

> 吳江金一原著，病夫國之病夫續成。本書以名妓賽金花爲主人，緯以近三十年新舊社會之歷史，如舊學時代，中日戰爭時代，政變時代，一切瑣聞軼事，描寫盡情，小說界未有之傑作

也。

發行處已易爲「小說林社」，不稱「政治小說」，改爲「歷史小說」了。金一卽在改本「孽海花」序裏說的金天翮，現尙健在。其人在當時，思想甚爲進步，「自由血」一書，卽是俄國虛無黨史。所著小說「女界鐘」未見，曾得見其詩文集三部。

二、賽金花與名記者沈藎

清末被杖死的名記者沈藎，我曾經收到關于他的兩部書。一題「中國大運動家沈藎」，鐵屑編，蝨穹敍，無出版處。一題「沈藎」，支那漢族黃中黃編。兩書記此次文字獄甚詳。前書寫沈藎在獄被杖死以後，有一節寫到賽金花：

> 公死刑部後，血肉狼籍于地。獄卒牽蘇元春入。蘇元春不忍睹，請以三百金別易一室。獄卒又牽南妓賽金花入，賽同時因案被逮故也。賽歎曰：「沈公，英雄也。」遂自掬其碎肉，拌以灰土，埋之窗下。

在賽金花生活中，這大約是真足誇耀的一段，見第十四節「沈藎之慘死」中，不知「孽海花」作者，當時亦打算寫入否也？

三、吳趼人「賽金花傳」

一兩年前，「孽海花」女主人公賽金花曾發表談話，說孟樸先生追逐她不得，作「孽海花」以辱之。當時曾先生尚在世，曾發表談話，加以駁斥。實則賽金花之行動，在當時確為各方面所不滿。「孽海花」固對之有貶辭，卽吳趼人所作「賽金花傳」，亦不直其人。吳傳云：

賽金花初名傅玉蓮，混迹于蘇州燈船中。蘇州某顯者見而悅之，納為小星，大見寵幸。會顯者被命出洋，攜玉蓮俱行。玉蓮遂得遊歐洲，習為歐人語。旣返國，顯者以病告歸。亡何，得癱瘓病。玉蓮私于僕，視顯者臥不起，益無忌憚。顯者忽薨死，說者謂顯者負心之報也。初顯者少年登一榜，應春宮試時，道出烟台，戀一妓，曰小紅，旣而貲斧乏絕，不能成行，小紅鬻簪珥以贈之，顯者感甚，與訂白頭約，蓋時尚未婚也。旣試，臚唱列狀頭，乃避道南下。以為吾今已作第一人，納妓為妻，將不利于人口也。小紅聞捷報，卽杜門謝客，姊妹行咸來慶賀，稱之曰「狀元夫人」，小紅亦竊自喜幸。乃俟之久，無耗，使人偵之，得負心狀。小紅大恚，仰藥死。此論者所以有負心之報之說也；甚有謂玉蓮為小紅後身者，此則巫蠱之言，不足道矣。

顯者旣死，玉蓮逐出，至滬上，易名曹夢蘭，懸牌應客，而與伶人孫小三結不解緣，聲名殊狼籍。旣而更名賽金花，走津門，又至京師。會庚子之變，聯軍陷北都，金花以通歐語故，大受歐人寵幸，出入以馬，見者稱為「賽二爺」。辛丑和議定，以招搖故，被坊官遞解返蘇州。

未幾復到滬，蓄二雛姬，遇之虐，事為濟良所所聞，控之官，審之而信，乃遞解安徽原籍，于是人始知其為安徽產也。

此傳載玕人所著「胡寶玉」第三章末，稱之爲「二怪物」之一，出版于光緒三十二年（一九〇六）八月。

四、梵天廬叢錄中之賽金花

「梵天廬叢錄」二十八卷，柴小梵作，內收清代掌故甚多。其間涉及「孽海花」主人公者凡二處，一是「庚辛紀事」裏的一條，一是「北京四人妖」裏的一「妖」。前一條却具有掌故的價值：

> 瓦德西統帥，獲名妓賽金花，嬖之甚，言聽計從，隱爲瓦之參謀。金花故姓傅，名彩雲，洪殿撰之妾也。隨洪之西洋，豔名噪一時。歸國後，乃操醜業，至是，爲瓦所得。以善西語，凡瓦之欲使中國過于難堪者，金花必爭之，以故中國之隱獲其惠者實不少。一日，謂瓦曰，滿清蒐人才，在八股試帖，將相于斯出焉。瓦乃于金台書院考試，示期懸榜如昔。文題「以不教民戰」，詩題「飛旆入秦中」。試日，人數溢額，瓦爲批評甲乙。考得獎金者，咸忻忻然有喜色。自行此舉，于是昔之譽賽金花者，皆從而詬之矣。然一時□□□□，名臣大老，且有頗執挺爲降奴者，固難以此責之一賤妓。又使瓦雖示期考試，而我中國人相率以國恥爲戒，裹足不前，則其計亦不售，今顧若此，夫復何說之辭？

這裏所說的「考試」部分，在別的書裏，也有說到的，可見並非無據。柴小梵以賽金花和當前的名公大臣作此論，頗有些慨乎言之。「人妖」一則，開始涉及「孽海花」，記云：「蘇妓賽金花，號賽二爺，聯俄黨出使大臣洪鈞之遺妾也，豔史甚多，曾孟樸先生至專撰『孽海花』小說以紀之。」入後又涉及其翻譯事，文謂：「某年，宮中宴各國公使夫人，一時無可充女譯員者，有人將延之以來。爲慶王所知，恐得罪各國，力阻乃罷。蓋賽金花通英、法、俄、德四國方言，小楷亦娟秀，惜乎不軌于正也。」所謂「小楷娟秀」，大概是傳聞之誤，因就賽近作各字觀之，有如初學，既不「娟」，亦不「秀」也。

五、「稗乘談雋」中之賽金花

偶于舊雜誌裏，看到一種說小說的「稗乘談雋」，裏面說到「孽海花」和主人公賽金花。「孽海花」一條是人物索隱性質，其文云：

> 「孽海花」敘一時清流，如莊壽香爲南皮，莊綸樵爲張佩綸，陸菶如爲陸鳳石，聞鼎儒爲文學士芸閣，端午樵爲浭陽，祝寶廷爲寶竹坡，金雯青爲吳縣學士，潘八瀛爲文勤，龔和甫爲虞山相國，莊小燕爲南海張樵野，皆確鑿無疑；獨敘大刀王五，以簫聲劍氣出之，磊磊落落，漁陽鼓尤足起人頑懦也。

獨稱大刀王五一人。實則曾氏所寫，其優勝處固不僅在一王五也。「說賽金花」一條云：

> 近二三十年來，所最震驚著稱于社會者，「孽海花」一書是已。同光二朝，朝章國故，遺韻軼聞，蓋略備於是，而以賽二爺爲全書之線索。以我所聞，彩雲晚年，流連顚困，誠有令人生商婦琵琶之感者。書中所未及，特補誌于此。彩雲歸洪文卿學士數年，偕歸國，洪病瘵垂危，彩雲暱一僕，偕遯去，旋僕亦以瘵死。彩雲無憀甚，復張豔幟于都門，手定北京南妓班

規則，爲南孊之初祖焉。繼之虐養女罪讞成，被逐南下，自是遂時時往來津滬間。年華遲暮，盛譽遂衰。歲癸丑，余遇之滬上，時僦屋富春里，仍出應客，澤髮雪膚，略施膏沐，猶似三十許也。與語外交掌故，肆應如流。于當時名輩，如郭筠仙、薛庸菴、曾紀澤，皆抨擊無完膚，獨許合肥李少荃爲第一流，殆爲庚子一役，不免阿私耳。然而紅拂老去，曾侍越公，天寶當年，能譚故相，亦可謂極身世凄凉之慨者矣。嘗至其院中，指五齡一雛，謂膝下一點，僅存此豸，藩溷相依，正不知飄落何所。語時輒泫然也。旋挈兒北去，謂將賣笑津沽。天壤茫茫，不復知紫雲消息矣。

這頗可爲「孽海花」作一註脚，使讀者知道這一實際人物在庚子以後的情形，其論斷「孽海花」處，亦有獨到。

《孽海花》人物談

紀果庵

近閱民國十七年重編本「孽海花」，刪去楔子，而多出法越戰爭兩面，有曾樸新序，頗不以胡適之所評「如儒林外史割之則成片片」爲然。唯吾輩中年讀此書，所喜者不在其文筆之周密瑰奇，而在所寫人物皆有實事可指，興衰俯仰，味乎鹹酸之外，自與專注意賽金花之風流放誕，而爲之考索本事，有見仁見智之分也。

洪文卿因中俄交界圖失官，書生被紿，頗堪同情，胡漱唐侍御「國聞備乘」卷二云：「伊犂之西，科布多之南，有地名帕米爾，扼西域四部要樞，中國棄爲甌脫。俄人謀英，思由此窺印度，乃詭爲一圖，悉圈我甌脫，闌入俄界，條列山川里道，五色燦然，甚精密可愛。是時京朝士大夫，多講西北輿地學，若徐松、張穆、祁韻士、李文田等，皆詳於考古，而略於知今。兵部侍郎洪鈞方出使俄國，亦好談輿地，嘗注元史地理志未成，見俄圖大喜，出重金購之，譯以中文，自作跋語，名曰『中俄交界圖』，以爲海外秘本，可傲徐張諸老，獻之總署，且得褒獎也。俄人既售其術，潛遣師襲據帕米爾，謀通南方。英人來詰總署，謂何故割地界俄；總署愕然，以詢俄使，俄使檢鈞所譯新圖示之，指明兩國界限，堅不認咎。鈞方寢疾，聞邊事棘，始知受欺，且懼讒，疾益劇，遂卒。俄人旋割帕米爾南疆與英和，英俄既訂約，中國不能與爭，遂喪地七百餘里。或云此案洪鈞爲張蔭桓所賣。」

則曾氏所云，當是事實。洪氏「清史稿」本傳云：

「初喀什噶爾續勘西邊界約，中國圖學未精，乏善本，鈞蒞俄，以俄人所訂中俄界圖紅線均與界約符，私慮英先發，迺譯成漢字備不虞，十六年使成攜之歸，命值總理各國事務衙門。值帕米爾爭界事起，大理寺少卿延茂謂鈞所譯地圖，畫蘇滿諸卡置界外，致邊事日棘，迺痛劾其貽誤狀。事下總署察覆。總署同列諸君以鈞所譯圖本，以備考核，非以爲左，且非專爲中俄交涉而設，安得歸咎於此；事白而言者猶未息。」

「清史列傳」載洪氏辨白之原摺甚詳。滿人多不學，延茂所奏或卽張樵野所教乎？蓋洪氏雖未因此立受處分，而受打擊頗大，以此致疾，則不爲妄談耳。

張蔭桓卽書中之莊小燕，本以簿尉捐納起家，分發山東，受閻敬銘知遇，洊任外交要職，後且出使歐美，著有「三洲日記」，爲治外交史者所珍。張氏少不讀書，通顯後始發憤爲詩文，駢體詩詞皆可觀，亦畸才矣。張又因當時士大夫多癖收藏，如翁文恭、潘文勤、吳愙齋，固已不能及，乃發憤專收王石谷真迹，因自號書齋曰「百石齋」；書中十九回記其子竄取張古董長江萬里圖事，或非全無稽，而恰爲洪文卿所遇，遂結怨委，殆並夙緣也矣。「春冰室野乘」記其戊戌變後，以附新黨被戍新疆，作詩奉答王廉生（懿榮）祭酒云：

無限艱危一紙書，二千里外話京居。覆巢幾見能完卵，解網何曾竟漏魚？

百石齋隨黃葉散，兩家春與綠楊虛。灞橋不為尋詩去，每憶高情淚引裾！

蓋廉生曾告以京居情況及其子塏消息也。塏不知即書中所云通關節粥肥缺之稚燕否？按曾虛白所作其父年譜，一八九五年曾氏應考總理各國事務衙門章京，主考為張樵野，（曾誤稱莊幼樵，蓋由「孽海花」中張多改為莊，又誤樵野為幼樵。）本擬加以羅致，後以曾氏出入翁同龢之門，翁、張不洽，故特使落第云云，則曾氏於張，固不無芥蒂矣。

「古今」第廿五期有記賽金花一文云，洪文卿有李十郎之憾，「孽海花」中亦頗措意於此，在第三回洪氏掄魁後同鄉冶遊遇褚愛林，乃龔孝琪之下堂妾，而曾在芝罘為倡者，今摘下一段以見一斑：

「搴如（按即陸潤庠）笑道：『雯兄（指文卿）你看主人的風度，比你烟台的舊相識何如？』愛林嫣然笑道：『陸老不要瞎說，拿我給金大人的新燕比，真是天比鷄矢了，金大人，對不對？』雯青頓時臉上一紅，心裏㪍的一跳，向愛林道：『你不是傅珍珠嗎？怎麼會跑到蘇州叫起褚愛林來呢？』愛林道：『金大人好記性，事隔多年，我一見金大人，幾乎認不真了，現在新燕姐大概是享福了，也不枉他一片苦心。』雯青忸怩道：『他到過北京一次，我那時正忙，沒見他，後來他就回去，沒通過書信。』愛林驚詫似的道：『金大人高中了，沒討他嗎？』雯青變色道：『我們別提烟台的事……』」

此段必須與周夢莊君所記合看，才易了解，否則有見尾不見首之嘆。或曾氏提筆時，尚在季清，不便過於暴露之故。樊樊山「彩雲曲」亦有「舊事烟台不可說」之句，想此公案，必斑斑在人口實。衡以中國說部動以報應因果爲訓之例，似「孽海花」之形容彩雲淫蕩，又別有用意矣。（蔣瑞藻「小說考證」已著此說，此語焉不詳，今有周文，可補斯憾。）

何珏齋指吳愙齋。甲午之役，吳氏必欲請纓出關，卒致兵敗名裂，斥回湘撫任，不久開缺，一蹶不振，殊爲愙翁得失大關鍵。關於吳氏請纓之動機，僉云由於得「度遼將軍」印，曾氏於二十五回舖敍此事，言在湘撫任內，獻印者名佘漢青。頃閱顧起潛吳氏年譜，確有此事，唯得印在吳氏北上抵津時，而獻者則鼎鼎大名金石家吳昌碩也。年譜引錢基博所爲吳傳云，「事急時翁同龢密電詢大澂意，大澂意同，自請督赴敵。」又引吳氏家書致兄云：「七月初一日上諭一道，中日戰事已成，……生民塗炭，殊堪隱惻，水軍陸將，均未得利，弟素有攬轡澄清之志，不免動聞鷄起舞之懷。」則此事終出已意。八月四日，到滬，初八日抵威海，十二日赴津，與李鴻章商一切，廿七日，得度遼將軍印於津門，與汪鳴鑾書云：「吳俊（卽昌碩，初字倉石）投效，代購得將軍銅印。」據此則出兵與得印殆巧合，而非動機。吳氏出關後，專意練習打靶，以爲有準頭便可制勝，又主七擒七縱之說，書生之態可掬，無怪致敗。按顧家相「五餘讀書廛隨筆」記此事原委最悉，多可與曾書相參，抄之如下：

「吳清卿中丞……開府湖南，講求武備，嘗繫近視鏡演放洋槍，能命中於百步之外，由是沾沾自喜，親督弁兵打靶，頗有準頭，益復果於自信。中東事起，李文忠爲衆矢所集，聲望大減。中丞覬北洋一席，謂非立功不可。一夕夢見大鳥從空中飛來，以手擊之立斃，時日本使臣名大鳥圭介，中丞以爲已當勝之，遂請纓北上。比抵朝鮮界，大書免死牌曰，『降者免死。』及交鋒，新兵心驚膽顫，雖有準頭，已不能命中，全軍大潰；幸毅軍力守摩天嶺，東兵始未深入。時常熟當國，以鄉誼故中丞未受嚴譴，仍回湖南本任。湘人作聯云：『一去本無奇，多少頭顱拋塞北；再來真不值，有何面目見江東！』湘軍素有威名，是役無尺寸之功，而生還者殊少，宜湘人之怨也。夢兆事，余尚疑傳聞失實，王介艇方伯爲余言，中丞曾親向伊述及，殆所謂妖夢歟？」

清代重文輕武，每以書生握兵權，其成功者幸耳，故愙齋關外之失，勢所宜然，與張佩綸馬江之敗，可作一例觀。唯當時各軍腐敗情形亦有吾人難於逆料者，如年譜載稱，盛京將軍裕祿，提督唐仁廉，以奉天防務緊迫，竟請旨命吳氏撥給十二生脫大砲十二尊，十八生脫大砲二尊，總署電李鴻章轉知，並云吳軍新購德國大砲一百廿尊云云。李氏電云：

「尊處未聞有新購大砲一百廿尊之事，唐元圃竟同夢囈，且十二生脫十八生脫大砲，皆海岸砲台所用，陸路土台搬運爲難，不但尊處所無，津局亦無存也。」

如此守將，豈非自取覆亡乎？又俞曲園所爲愙齋墓志，對此事亦頗辨正，以爲戰敗之最大責任在黑龍江將軍依克唐阿之潛師退守，致後路空虛，不能兼顧，讀者亦不妨參看也。黃遵憲「人境廬詩」有「度遼將軍歌」一首，頗致諷刺，對七擒七縱、免死牌諸事，尤斤斤道之，固知曾氏所寫，未爲失實。又或云度遼將軍印乃吳昌碩僞造者。

賓竹坡娶江山船女爲妾自劾去職事，爲晚清有趣佚聞之一。蓋賓與張幼樵等夙有四諫之名，朝右側目，宜其一旦有失，樂予渲染也。曾氏特於第七回刻繪此事，頗淋漓盡致。案越縵堂光緒壬午日記云：

「上諭，侍郎寶廷奏途中買妾自請從重懲責等語，寶廷奉命典試，宜如何束身自愛，乃竟於歸途買妾，任意妄爲，殊出情理之外，寶廷着交部嚴加議處。寶廷素喜狎遊，爲纖俗詩詞，以江湖才子自命，都中坊巷，日有蹤迹，且屢娶狹邪，別蓄居之，故貧甚，至絕炊。癸酉典浙試歸，買一船伎，吳人所謂花蒲鞋頭船娘也；入都時，別自水程至潞河，及寶廷由京城以車親迎之，則船人俱杳然矣，時傳以爲笑。今由錢唐江入閩，與江山船伎狎，遂娶之。鑑於前失，同行而北，道路指目，至袁浦，有縣令詰其僞，致留質之，寶廷大懼，且恐疆吏發其事，遂道中上疏，以條陳福建船政爲名，且舉薦落解閩士二人，謂其通算學，請轉召試，而附片自陳言錢唐江有九姓漁船，始自明代，典閩試歸至衢州，坐江山船，舟人有女，年年十八，奴才已故兄弟五人，皆無嗣，奴才僅有二子，不敷分繼，遂買爲妾。明目張膽，自供娶妓，不學之弊，一至於此！聞其人面麻，年已二十六七，寶廷嘗以故工部尚書賀壽慈認市儈李春山妻爲義女，及賀復起爲副憲，因附會張佩綸、黃體芳等上疏劾賀去官，故有人爲詩嘲之云：

昔年浙水載空花，又見閩娘上使查，宗室八旗名士草，江山九姓美人麻。
曾因義女彈烏柏，慣逐京倡吃白茶，爲報朝廷除屬籍，侍郎今已婿漁家。

一時傳誦以爲口實云。」

李氏向以刻薄著，遇以佳題，自不放鬆，且對四諫，似均乏好感，日記中屢見，張孝達號稱知遇，後亦屢有微詞。竇公在晚淸不失戇直，失官後隱居西山，困窮而死，終不奔走權門，亦可掩其風流之罪矣。王揖唐「今傳是樓詩話」，每不直李君月旦，卽汝南二周，爲李所痛恨者（日記所塗墨丁，皆此事），亦爲之辯護不已，對竇事尤有不平意，其言曰：

「偶閱『越縵堂日記』，頗致微詞。越縵持論每苛，不足爲訓，實則君有『江山船曲』一首，自述頗詳，初不諱言其事也。傳者佚其全稿，僅記數句云：『乘槎歸指浙東路，恰向個人船上住，鐵石心腸宋廣平，可憐手把梅花賦。枝頭梅子豈無媒，不語詼諧要主裁，已將多士收珊網，可惜中途下玉台。』又云：『那惜微名登白簡，故留韻事記紅裙』，又云：『本來鐘鼎若浮雲，未必裙釵皆禍水』，均芊緜可誦。……人謂觀過知仁，則君之坦直可想矣。」

余頗同感。賀壽慈事，當時頗激同朝野，蓋李春山確甚招搖也，事無關，不備及。「鐘鼎浮雲」之句，殊亦寫出一種眞理，深可喜悅。竹坡詩集，曰「一家草」，故前詩云然。

張季直文名夙著，翁、潘兩相國久欲得爲門下士，而屢於會試時誤認試卷，張孝若所爲其父傳記第三章「科擧」記之甚詳：

「光緒十五年我父三十七歲的會試，總裁是潘公，他滿意要中我父，那曉得無端的誤中了無錫的孫叔和，當時懊喪得了不得。到了第二年光緒十六年的會試，房考是雲南高蔚光，曾將我父的卷子薦上去，場中又誤以陶世鳳的卷子當作我父的，中了陶的會元，……到了光緒十八年四十歲的會試，錯得越發曲折離奇了；當時場闈中的總裁房考，幾乎沒一個不尋覓我父的卷子，翁公在江蘇卷子上堂的時候，沒有一刻不告訴同考的人要細心校閱，先得到袁公爽秋所薦的施啓宇的卷子，袁公說：『像是有點像，但是不一定拿得穩。』等到看見內中有聲氣潛通於宮掖的卷子，更游疑起來。後來四川人施某薦到可毅的卷子，翁公起初也很懷疑，但是既不能確定我父的卷子是那一本，所以施某竭力說，這確是張季直的卷子，翁公也有點相信起來，而且看到策問第四篇中間，有『歷箕子之封』的句子，更證實了這是到過高麗人的口氣，就立刻問袁公，袁公覺得文氣跳蕩，恐怕有點不對。填榜之前，沈公子培要求看一看卷子，等到看到內中的制藝及詩秦字韻，就竭力說，決定不是。但是到了這時候，已竟來不及了。一到拆封時，在紅號內才曉得是常州劉可毅的卷子，果然不是我父的。於是翁公、孫公家鼐、沈公，大家都四處找我父親的卷子，方才曉得在第三房馮金鑑那裏。第一房是朱桂卿，第二房是袁爽秋，當薦送江蘇卷子的時候，朱已因病撤任，袁公和馮金鑑住在隔房，常常叮囑他遇到江蘇的卷子，要格外觀摩，不要大意，那曉得馮吃雅片的時候多，我父的卷子，早因詞意寬泛，被他斥落了。翁公本想中我父，等到知道錯誤了，急得眼淚望下直滴，孫公和其他的總裁考官，也都陪了嘆息！……」

翁文恭為是科正考官，日記中有春闈記事以記之，於張季直事，俟出闈後，始露惋惜之辭，四月十三日云：

「今日小磨勘，只籤一卷，始知張季直在馮心蘭手，未出房；黃季度在趙伯達手，亦未出房也。」

潘伯寅於光緒十六年先卒，劉可毅事，與潘無關。而「孽海花」以之繫潘，極力描寫潘憤恨之狀，不知故弄狡獪，抑誤記年月。唯曾氏本人，亦於是年會試，而與張同遭誤卷之事，或頗有所感，而故將劉可毅丑角化邪？曾虛白君所撰其父年譜（「宇宙風」第二期）「一八九一——一八九二」一節有云：

「這次闈試汪柳門侍郎（鳴鑾）本有大總裁之希望，因為他跟孟樸先生有岳婿關係，特意請假讓避，結果大總裁放的是翁叔平尚書。在場中暗中摸索，致誤認黃謙齋先生二藝，用了六朝文體，當作先生，在拆彌縫的時候，翁尚書還自詡眼力，高喊：『這定是曾樸卷！這定是曾樸卷！』那裏料到，先生因試卷墨汚被剔，登了藍榜了。」

所云汪柳門因戚屬避嫌一事，原不可信，徐一士先生在「國聞周報」第十二卷四十期曾為文辨之，蓋柳門官侍郎，而常熟為尚書，例無柳門作正考官理也。吾人於此，感到往日考試之嚴格，即欲搜羅名士，亦有無從設法之歎。劉可毅之下回分解，在燕谷老人「續孽海花」中已敍及（見「續孽海花」第五十八回）。劉君所以中會元，有此一段公案，遂為世俗側目，而諷其名曰「劉可殺」。庚子之變，自京出走，果被戕於拳匪焉。劉君初不知因己之故，影響他人，予不禁為之呼冤也。

文廷式芸閣，即書中聞韻高。甲午之役，文在翰林院，集同人於宣武門外松筠庵（祀楊椒山之祠），聯名彈李合肥誤國，並請恭親王出主大計，頗鑠震一時，故書中有與張季直飲酒茶樓商摧摺稿一回目（第廿四回）。當日局勢，合肥主和，常熟願戰，蓋合肥深知軍事外強中乾，常熟則書生結習，慷慨有餘。又或云，帝后爭權，李右后而翁佐帝，翁欲以此難題，減后羽翼，故陽主戰而陰為掣肘，合肥請械餉則處處刁難（翁主工部）；是否果如是，要非我輩所敢知。盱眙王伯恭「蜷廬隨筆」

李文忠條曰：

「光緒中，合肥建議創辦海軍，因籌海軍經費無慮數千百萬，乃朝廷悉以之修頤和園，其撥歸海軍者僅百分之一耳！翁大司農後奏定十五年之內，不得添置一槍一砲，於是中國之武備可知矣。」

可以代表此派說法。至主戰之策，一般人多云出之文張二人，觀曾書所言，當亦主是說者。錢萼孫先生「文芸閣年譜」，光緒二十年甲午云：

「時翁尚書與李蘭孫尚書皆主戰，孫萊山（毓汶）尚書，徐筱雲（用儀）侍郎則主和，先生與季直皆翁尚書門下士，尚書主戰之論，二人實陰主之，翁尚書為余（錢氏自稱）之舅祖，此事聞之庭訓。……七月二十六日，先生摺上參北洋大臣李鴻章，畏葸挾夷自重，……八月二十九日，翰林院諸人，集議於全浙會館，約聯名遞封事，起用恭親王，先生屬稿，列名者五十七人，……九月初八日，先生集同志李木齋、葉鞠裳等於謝公祠，松筠庵議遞聯銜封奏，阻款議，……次晨遞摺，先生主稿，請聯英德以拒日，列名者三十八人，……」

其說由來有自，可為信史。然張孝若所為其父傳記，乃力辨此事，以為考之翁文恭日記及其父日記，議論激昂則有之，主戰則未也，且所上彈合肥文，有不但阻戰，抑且阻和之語，蓋言不能戰斯不能和，其意似因戰敗責任關係，欲為之洗刷，唯此事既彰彰在人耳目，實大可不必做作耳。翰林院所上封事及芸閣彈李疏，前錢君曾再三托覓全文，俗冗栗六，迄未如願，書之於此，以誌余憾。

芸閣文章品德重一時，相傳曾授珍、瑾二妃課，故大考翰詹，光緒常特列一等第一，寖寖重用。唯各家亦頗有非之者，金息侯「瓜圃叢談」記其吃狗糞事，固人所習知，聞並非造謠而係實事。後廷式被逐，適有太監寇聯材上疏切諫太后被誅事，沃丘仲子（卽黃行簡）「慈禧傳信錄」云：

「帝屢聞珍瑾兩妃稱其師文廷式淹雅，甲午大考翰詹，閱卷大臣擬定廷式名第三，特拔爲一等第一，超擢侍讀學士，然亦詞臣所常有。而廷式素狂淺，無行檢，遽以自負，謂有內援，將入樞密，無識者競附之，日集京朝官松筠庵，論朝政得失。予以嘗赴其約，然所論多遷謫官吏事，罕及大計，予笑曰：此襲東林而加厲者，後謝不往。侍后奄寇聯材夙知書，頗不慊其平輩所爲，欲有以自立，廷式知之，遂假瑞洵爲介，與訂交焉。其黨以明代王安擬之，廷式自擬爲繆昌期。嘗代聯材擬疏，乞后行新政，屏老臣，用才士，意在自薦也，聯材遽上之。后覽疏震怒，將遣之黑龍江；李蓮英力譖其通外洩家內事，乃立正典刑。廷式亦爲台諫楊崇伊所劾，罷職，勒回籍。」

「蜷廬隨筆」亦云：

「壬辰翰林大考，未及局試，內出手諭云：『一等第一文廷式』，上親筆也。廷式庚寅始入翰林，甫兩年遂爲侍讀學士，正四品，蓋珍瑾二妃爲其女弟子，上久知其才也。文廷式既得聖眷，一時翰林之無恥者，爭爲攏附。是時上久親政，所以奉養太后者，無微不至，尤不惜財力，外人有傳說兩宮不相能者，廷式欲媚上見好，且得沽名市直，率同官同好數人，聯名奏訐太后奢侈之非，且隱肆醜詆。上見之大怒，以爲對子議母，目無君上，將予嚴譴，珍妃爲之涕泣求恩，長跪不起，乃降手諭，發貼軍機處值房云：『文廷式、周錫恩、張謇、費念慈等，均着永停差使。』於是諸人紛紛出京，而廷式獨留，依然肆言無忌，又爲內廷所知，得旨革職，永不敍用。」

廷式大考第一，事在甲午，而蜷廬誤因壬辰，其他所記，亦甚支離，文氏初無聯名訐奏太后事，可證其未實；然此種紀載，亦足以廣異聞。

廷式所結內監，據梁濟「感劬山房日記」，原名聞闊亭，頗攬權納賄。「五餘讀書廛隨筆」作者顧家相服官江西甚久，於本省名人掌故紀載尤多，其江西鼎甲條記文氏事云：

「芸閣……主眷日隆，名震中外，嘗指陳時事，擬成奏稿七篇，置枕箱中，其語頗有侵合肥者。道出上海，箱忽被竊；時黃愛棠觀察承暄方官上海令，爲之追還，原物纖細畢具，而奏稿竟不可復得，蓋早入合肥之手矣。……或謂芸閣客廣東時，嘗入長將軍幕府，授女公子讀，後二女被選入宮，封爲珍妃、瑾妃，仍與芸閣常通問訊，一日孝欽后臨幸二妃宮，忽欲櫛髮，宮人卽以妃之奩具進，奩具內有芸閣所擬奏稿，先呈妃閱者，爲孝欽所得，大恚，言官希旨參劾，以『交通太監，認作本家』爲言。夫芸閣既與宮掖通候，自不能不由內監經手，然太監實係聞姓，非文姓，蓋周納也。……方芸閣之被逐也，適有寇太監因上條陳正法，都人士作聯云：『慷慨陳書，寇太監從容臨菜市；驅逐回籍，文學士何面返萍鄉。』以籍對書，面對容，可謂工切。近人有孽海花小說，其中所記聞韻高事，卽暗指芸閣，如謂入試時與他人並坐，卽能默誦其文，皆實事也。」可與上所引證者互參。顧已談及「孽海花」，要亦吾道先驅也。

豐潤張佩綸幼樵，於余爲鄉人，光緒初，直聲動朝野，在四諫中殆尤爲具聲勢者，曾氏所寫莊崙樵，卽此公。其質衣貰酒爲米肆所侮一回，頗繪出京朝官之窮相。然幼樵確以屢上彈章，廣騖聲氣而致騰踔者，與其謂爲敢諫，尚不如謂爲遭逢時會，故曾氏亦不無微詞焉。余一士先生「讀澗于日記」

云。

「蕢齋官翰林時，與詞曹同人張香濤、黃漱蘭、寶竹坡、陳伯潛（寶琛）等，慷慨言事，謇諤無所詘，言論風采，傾向朝野，一時有翰林四諫之稱，又號曰清流黨，或曰南橫黨（以多寓南橫街一帶之故）。而佩綸尤爲儕輩中之翹楚，彈章屢上，百僚震恐……在日記中可見者，如戊寅十二月十二日云：『安圃爲友人招飲，密繕疏懷之，有客至，縱談近夜分始去，初不知余將待漏也。二更後驅車入朝，論大臣子弟不宜破格保薦。』十三日云：『上諭，翰林院侍講張佩綸奏大臣子弟不宜破格保薦一摺，據稱四川候補道寶森，係大學士寶鋆之弟，轉膺保薦，恐以虛譽邀恩；刑部郎中翁曾桂，係都察院左都御史翁同龢之兄子，並非正途出身，不由提調坐辦，而京察列入一等，恐爲奔競夤緣口實等語，所陳絕無瞻顧，尚屬敢言，（下係查辦所彈各人等語）……欽此。』十五日云：『孝達邀飯，以余疏太辣，亦頗稱其膽。』此蕢齋一得意之筆，足以震聳朝右者。安圃（張人駿字）爲其姪，夙相親厚，而草疏時亦不令知之，蓋恐其以於與忤時而相勸阻歟？張香濤謂太辣而稱其膽，則蕢齋之敢言，固以膽著，而其疏奏之特長，俾能動聽者，即亦深得辣字訣也。按孽海花中之崙樵即指蕢齋，有一段云：『雯青一徑來拜崙樵，他們本是熟人，門上一直領去，剛走至書房，見崙樵正在那裏寫一個好像摺子的樣子，見雯青來，就往抽屜裏一摔，含笑相迎。……雯青作別回家，一宿無話。次日早上起來，家人送上京報，却載着翰林院侍講莊佑培遞封奏一件，雯青也沒很留心，又隔一日。見報上一道上諭，却是有人參閩浙總督、貴州巡撫的劣迹，還帶着合肥李公，旨意很爲嚴切，交兩江總督查辦，下面便是接着召見軍機莊佑培，雯青方悟到這參案就是崙樵幹的，怪不得前日見他寫個好像摺子一樣的。』其所記雖虛虛實實，不可盡據爲典要，然所描寫之意態，正與簣齋自記『密繕疏懷之有客至』云云吻合，足見孽海花一書之深得演影繪聲之能也。」（「華北編譯館館刊」二之一。）

又云：

「簣齋勇於言事，所陳多關朝局，……其後來之失敗，論者多咎其意氣太甚，志大而局量未足以副之。壬午、癸未間，爲其鼎盛時期，氣矜之隆，朝列側目，曾孟樸孽海花形容備至，雖小說家言，難云信史，而關於此點，大體或不盡誣。」

按此所云殆卽張弔黃漱蘭之喪一幕，其氣派實可招人譏忌，而爲張氏不取者也。越縵堂日記，對此輩沾名之輩，殊有不滿之辭，以張之好出風頭與李之擅長駡坐，其臭味不投，固亦應爾。至馬江一役，言人人殊，要之張氏以好言爲同儕所擠，乃有此覆，則各家咸無異辭。沃丘仲子「近代名人小傳」云：

「出會辦福建軍務，時何璟督閩，張兆棟作撫，皆輭滑，佩綸至，氣凌其上，二人亦奉之若長官。及法師來侵，以承李鴻章旨，謂中朝主和，戰備盡弛，敵遂薄馬尾，船廠燼焉！佩綸披髮跣足，倉卒奔逃，至鄉村中暫避，而操北音，鄉人弗納，乃曰：『我會辦大臣也。』衆農曰：『是卽害我閩之張佩綸矣！』羣噪逐之。事聞，初僅付嚴議，未幾，閩京官潘炳年等，訴其撤防逃避，乃奉旨拏問，讞定遣戍。遇赦釋還，入鴻章幕，行贅李氏；佩綸初數彈鴻章，鴻章以五千金將意，且屬吳汝綸爲介，張李遂交驩；及閩事敗，實由於鴻章，至是乃以女妻之。甲午中日戰作，台諫劾其把持軍報，令驅逐，遂卜居江寧，竟死秦淮。佩綸色厲而內荏，好言而無識，恒責人而已不忘華膴，雖多劾論權貴，君子終不取其人也。乙酉福州有『兩何莫奈何，兩張無主張』之諺，即指佩綸、如璋、璟、兆棟言。」

語甚刻薄，而未爲無理。唯馬江敗衅，其責任絕不應全由張負之。陳寶琛墓銘，勞乃宣墓表，皆言中朝之意，不過令張巡視海疆，初無啓衅之圖，故和議既裂，而靳不發兵。張氏唯帶陸軍三營，護造船廠，又調三營駐馬尾，籌集大小兵輪數艘及艇船商船，與敵船雜泊，以相牽掣，而彼此之勢，相去甚懸。張請先發，朝旨不許，而飭其自燬廠，相持逾月；法驟宣戰，戰書達省，而船廠未知，法艦乘潮入，攻我船，戰三時許，壞我七船，我亦破其三，而主將孤拔死之。船廠竟全燬。事後飛章自劾，初本只褫卿銜，後有朝臣鍛鍊周納，乃不免於戍矣。「國聞備乘・何小宋貽誤軍事」條云：

「馬江之敗，張佩綸爲衆惡所歸，辭有議及何璟者。法師擾閩時，璟任閩浙總督；佩綸銜令至，兵事悉以委之，安坐不出一策，但日叩鬼神問吉凶。敵人與地方交涉，但知有督撫，漫不省欽使爲何人。事既決裂，法提督貽書督署，約日決戰，攻砲台。璟不曉西文，壓置勿啓者二日。洋務局提調某，聞有夷書，寂不見督轅動靜，因參衙請白事，索其書觀之，則哀的美敦書也！期已迫矣，彼此瞠目相視，議馳告欽使。欽使行轅距省城六十里。得警報大懼，遣繙譯官入法軍請緩期。法軍不納，起椗鳴砲，數輪前進，我師措手不及，遂大潰。」

是何璟不啻葉名琛第二矣。「清史稿」本傳云：

「佩綸至船廠，環十一艘自衞，自衞，各營管帶白賫計，斥之。法艦集，戰書至，衆聞警謁佩綸，亟請備，仍叱出。比見法艦升火，始大怖，遣學生魏瀚往乞緩，未至而砲聲作，所部五營潰，其三營殲焉。佩綸遁鼓山麓，鄉人拒之，曰：『我會辦大臣也』，拒如初。翼日逃至彭田鄉，猶飾詞入告，朝旨發帑犒之，令兼船政；嗣聞馬尾敗，只奪卿銜，下吏議。閩人憤甚，於是編修潘炳年，給事中萬培因等先後上其罪狀……論戍居邊。」

與各家所記，略有出入。以成敗論人，中國史家之慣例，區區馬江一役，已參差如此，吾人不亦可悟治史之難耶？

「春冰室野乘」云：「甲申馬江之敗，世皆歸罪張幼樵學士，然諸將用命，力戰死海，其忠盡實有不可沒者。且法人內犯，實仗孤拔一人，自孤拔斃於砲，法人已失所恃，遂不復能縱橫海上，功過亦足相抵，較之大東溝劉公島諸役，其得失必有能辨之者。」此又一右張之說也，附此以備一格。

第三卷第五回回目所云：「揷架難遮素女圖」，寫張文襄家居恣縱不檢事，頗穢褻。文襄在晚清以脫略著，「國聞備乘・張之洞驕蹇無禮」條云：

「直隸人聞之洞內用，皆欣欣有喜色，合八府三州京官張宴於湖廣館，徵集名優，衣冠濟濟，極一時之盛。之洞收束已三日，屆時催者絡繹載道，卒託故不往。鹿傳霖、徐世昌忍饑待至二更，皆掃興而散。聞其性情怪癖，或終夜不寐，或累月不薙髮，或夜半呼庖人具饌，稍不愜意，即呼行杖，或白晝坐內廳宣淫，或出門謝客，客肅衣冠出迎，偃臥輿中不起；其生平細行大節，鮮不乖謬者。」

「近代名人小傳」亦云：

「之洞雖有廉名，而任封疆時，易幕客爲掾曹，僕從爲材官，私用半取給公家，其數視曩有規費多且二十倍。其後督撫皆效之。及官京師，其邸第，從官，報生，侍弁，仍仰給鄂善後牙厘局。專橫若此。其歿也，遺疏自明其不樹黨，不殖產，卽箴世凱等而言。顧之洞非無黨，特其黨皆浮薄文人之流耳。蓋素傲慢，幕僚起草，字書偶不檢，嚴斥不少貸，而已所書稿，則潦草不可復識，苟質所疑，益逢其怒，故正士恥及其門。起居無節，對客輒引几睡。錫良以湘藩司勤王過武昌，宴之八旂會館，酒三行，鼾聲遽作，久之弗醒，良自起過江去。湘綺先生曰：『孝達佳人，惜熱中耳。』」

「春冰室野乘」記其宴公車名士於陶然亭而忘備肴饌事尤趣。又云：文襄自云夙生乃一老猿，能十餘夕不交睫。若然，則文襄亦世說任誕門中人物，豈唯不可厭，且有可愛者在焉。前生爲猿，雖無稽，而閭閣傳之甚盛。

書中寫李越縵文字不少，而均有諷意，狎優之事，尤見此老風流自命。余讀其日記，排日聽歌，所昵輒自命多情，而清詞麗句，在人口實者，更不可數計。當時風氣如此，詎足怪異？況優伶中如路二寶、五九、梅巧玲，或廣濟同類，或收殮亡友，肝膽照人，須於此中求之，縉紳先生，反不無愧色。唯如「品花寶鑑」所記奚十一之徒，亦非夢囈，憶蒓客日記卽有記此等事者（忘其月日，檢沓唯難。大約記一客嬲一伶，褫袴而互淫，真可作惡也。）西洋古代，亦有好男色之風，數年前叱咤風雲之希總統，辦理清黨，且手斃其徒之有此癖者，古今中外一揆，更不足為越縵罪矣。若酸丁腐儒，艱難一飯（日記補中記此種生活至夥，讀之皆可落淚，）不免顯斤簸兩，計較毫厘，此又人之恒情，不可以不能放曠責之者也。然其記讀書心得，細針密縷，比較勾稽，我輩後學，唯有驚其緐粟，絕不敢議其瑣屑。吾見今之號為名士者，徒以片紙隻楮，一詩一詞自鳴，記問既醜，根柢毫無，以較同光，相去遠矣。李君平生所惡，如祥符周氏兄弟，及同鄉趙撝叔，實亦斐然儒者，不可厚非。龔定庵詩云：「乾隆朝士不相識，無故飛揚入夢多。」生當今日，乾隆二字，易為同光，要無閒言。「近代名人小傳」記越縵詆甚，今著於此，亦見名士之難為也。

「李慈銘……其行與學，則是已非人，務為辨駁，不勝則濟以謾罵，頗類毛大可，而記問醜薄，尚亞於毛。復好財賄，假人資終身不償，有索逋者來則報以惡聲。其治經僅習訓詁，漢人家法絕無所知；治史徒能方人比事，不識源流體例。嘗觀所為日記，動詆人俗學，不知已學亦非甚雅也。」

蚍蜉撼樹，何損賢者萬一乎？

聞李氏後人頗不振，幸其藏書得蔡元培先生等經紀，得出售於北平圖書館，日記及補編亦先後付印，先生之學，可以不朽矣。唯光緒十六年以迄易簀所記八冊云在樊樊山家中，樊歿後消息毫無，不勝令人惆悵！如有好事者，勾沉行世，俾吾輩於先賢刑儀，得窺全豹，想亦海內所拭目也。近見中華月報復刊號有陳乃乾君「越縵堂日記之口」一文，余性卞急，夙對日記塗乙之處，心焉焦灼，今有是文，亟盼快覩，顧不知所補是否完全為可念耳。

「孽海花」人物，可談者當不止此，事務栗六，餘者姑俟異日。

談《孽海花》

拙軒

「孽海花」作於清光緒季葉，金松岑（筆名愛自由者）發其端，而曾孟樸（筆名東亞病夫）以精心結撰之，將晚清史事，收入毫端，以家世及交遊之關係，於個中人物，當時事蹟，多能稔知而了解，取傅彩雲作線索，貫串一切，雖若爲傅彩雲作傳，而趣旨所在，固不限乎此。命意取材，均有獨到之處，文筆與認識，相得益彰，故能左右逢源，揮灑自如，並時其他小說，罕有與之類似者。書中尤見長處，如寫同光京朝老輩之形形色色，栩栩欲活，讀之如親接其謦音笑貌，一時風會，於斯足徵焉，其才洵弗易及已。

「孽海花」之在清季，以二十四回而止。民國以後，曾氏加以訂改，並續撰十一回，爲三十五回，重出單行本，爲三十回。其下五回，僅見諸所辦「真美善」雜誌。

關於本書，曾氏之自道，如「修改後要說的幾句話」（民國十七年一月作）云：

「這書主榦的意義，祇爲我看着這三十年，是我中國由舊到新的一個大轉關，一方面文化的推移，一方面政治的變動，可驚可喜的現象，都在這一時期內飛也似的進行。我就想把這些現象，合攏了他的側影或遠景和相連繫的一些細事，收攝在我筆頭的攝影機上，叫他自然地一幕一幕的展現，印象上不啻目擊了大事的全景一般。例如：這書寫政治，寫到清室的亡，全注重在德宗和太后的失和，所以寫皇家的婚姻史，寫魚陽伯、余敏的買官，東西宮爭權的事，都是後來『戊戌政變』『庚子拳亂』的根原。寫雅聚園、含英社、談瀛會、臥雲園、強學會、蘇報社，都是一時文化過程中的足印。全書敍寫的精神裏，都自勉的含蓄着這兩種意義。」

觀此，可於此書之堪稱獨樹一幟者，思過半矣。（以孝欽后與珍妃事爲東西宮爭權，下字欠酌，二人不能並稱東西宮也。）

其於此文中述時人之品評暨其自解，亦深可注意。據云：

「我說這書實在是箇倖運兒，一出版後，意外的得了社會上大多數的歡迎，再版至十五次，行銷不下五萬部，讚揚的讚揚，考證的考證，模仿的，繼續的，不知糟了多少筆墨，禍了多少棗梨，而尤以老友畏廬先生最先爲逾量的推許。……他先並不知道是我作的，我真是慚愧得很！但是現在我先要說明組織，我却記到了『新青年』雜誌裏錢玄同和胡適之兩先生對於『孽海花』辯論的兩封信來：記得錢先生曾謬以第一流小說見許，而胡先生反對，以爲祇算第二流，……原文不記得，這是概括的大意。——他反對的理由有二：（一）因爲這書是集合了許多短篇故事聯綴而成的長篇小說，和『儒林外史』、『官場現形記』是一樣的格局，並無預定的結構；（二）又爲了書中敍及煙臺孽報一段，含有迷信意味，仍是老新黨口吻。這兩點胡先生批評得很合理，也很忠實。對於第一點，恰正搔着我癢處，我的確把數十年來所見所聞的零星掌故，集中了拉扯着穿在女主人公的一條線上，表現我的想像；被胡先生瞥眼捉住，不容你躲閃，這足見他老人家讀書和別人不同，焉得不佩服！但他說我的結構和『儒林外史』等一樣，這句話我却不敢承認，祇爲雖然同是聯綴多數短篇成長篇的方式，然組織法彼此截然不同。譬如穿珠，『儒林外史』等是直穿的，拿看一根線，穿一顆算一顆，一直穿到底，是一根珠練；我是蟠曲回旋着穿的，時收時放，東交西錯，不離中心，是一朵珠花。譬如植物學裏說的花序，『儒林外史』等是上昇花序或下降花序，從頭開去，謝了一朵，再開一朵，開到末一朵爲止。我是繖形花序，從中心幹部一層一層的推展出各種形色來，互相連結，開成一朵球一般的大花。『儒林外史』等是談話式，談乙事不管甲事，就渡到丙事，又把乙事丟了，可以隨便進止。我是波瀾有起伏，前後有照應，有擒縱，有順逆，不過不是整箇不可分的組織，却不能說他沒有複雜的結構。至第二點是對於金君原稿一篇駢文而發的，我以爲小說中對於這種含有神秘的事，是常有的，希臘的三部曲，末一部完全講的是報應，固不必說；浪漫派中如梅黎曼的短篇，尤多不可思議的想像。如『威尼斯銅像』一篇，因誤放指環於銅像指端，至惹起銅像的戀妬，搿死新郎於結婚床上。近代象徵主義的作品，迷離神怪的描寫，更數見不鮮，似不能概斥他做迷信，祇要作品的精神上，並非真有引起此種觀念的印感就是了。所以當時我也沒有改去，不想因此倒賺得了胡先生一箇『老新黨』的封號。大概那時胡先生正在高唱新文化的當兒，很興奮地自命爲新黨，還沒想到後來有新新黨出來，自已也做了老新黨，受國故派的歡迎他同去呢！若論我這書的意義，畏廬先生說：『孽海花非小說也。』又道：『彩雲是此書主中之賓，但就彩雲定爲書中主人翁，誤矣。』這幾句話，開門見山，不能不說他不是我書的知音者！但是『非小說也』一語，意在極力推許，可惜倒暴露了林先生……不曾曉得小說在世界文學裏的價值和地位……其實我這書的成功，稱他作小說，還有些自慚形穢呢！他說到這書的內容，也祇提出了『鼓盪民氣』和『描寫名士狂態』兩點，這兩點，在這書裏固然曾注意到，然不過附帶的意義，並不是他的主榦。」

說得親切而醒豁，凡讀「孽海花」者，得此一番敍述，固大有裨於對本書之了解也。關於結構，其以穿珠及花序爲喻，尤見取譬之工妙。傅彩雲在書中之地位，雖若主人，實則借作線索之用，讀者於此不可不辨。曾氏以重視小說，故於「孽海花」極致力，不同率爾操觚。

曾氏述及錢玄同、胡適之之語，亦頗有關係，事在民國六年。胡氏「文學改良芻議」提倡白話文學，有云：

「吾每謂今日之文學，其足與世界『第一流』文學比較而無愧者，獨有白話小說（我佛山人、南亭亭長、洪都百鍊生三人而已）一項。此無他故，以此種小說皆不事摹倣古人，（三人皆得力於儒林外史、水滸傳、石頭記。然非摹倣之作也。）而惟實寫今日社會之情狀，故能成真正文學。」

錢氏與人書，論及此節謂：

「弟以爲舊小說之有價值者，不過施耐庵之『水滸』，曹雪芹之『紅樓』，吳敬梓之『儒林外史』，李伯元之『官場現形記』，吳趼人之『二十年目覩之怪現狀』，曾孟樸之『孽海花』六書耳……劉鐵雲之『老殘遊記』，胡先生亦頗推許，吾則以爲其書中惟寫毓賢殘民以逞一段爲佳。其他所論，大抵皆老新黨頭腦不甚清晰之見解。黃龍子論『北拳南革』一段，信口胡柴，尤足令人忍俊不禁。」

胡氏答錢謂：

「錢先生謂『水滸』、『紅樓夢』、『儒林外史』、『官場現形記』、『孽海花』、『二十年目覩之怪現狀』六書爲小說之有價值者，蓋皆就內容立論耳，適以爲論文學者固當注意其內容，然亦不當忽略其文學的結構，結構不能離內容而存在，然內容得美好的結構乃益可貴。……適以爲『官場現形記』、『文明小史』、『老殘遊記』、『孽海花』、『二十年怪現狀』諸書，皆爲『儒林外史』之產兒，其體裁皆爲不連屬的種種事實勉強牽合而成，合之而至無窮之長，分之可成無數短篇寫生小說，此類之書以體裁論之，實不爲全德。……『孽海花』一書，適以爲但可居第二流，不當與錢先生所舉他五書同列。此書寫近年史事，何嘗不佳；然布局太牽強，材料太多，但適於劄記之體（如近人『春冰室野乘』之類。）而不得爲佳小說也。其中記彩雲爲某妓後身，生年恰當某妓死時，又頸有紅絲，爲前生縊死之證云云，皆屬迷信無稽之談。錢先生所謂『老新黨頭腦不甚清晰之見解』者是也。適以爲以小說論，『孽海花』尚遠不如『品花寶鑑』；『品花寶鑑』爲乾嘉時京師之儒林外史，其歷史的價值甚可寶貴。……鄙意以爲吾國第一流小說，古人惟『水滸』、『西遊』、『儒林外史』、『紅樓夢』四部，今人惟李伯元、吳趼人兩家，其他皆第二流以下耳。」

以此與曾氏所自稱者合看，可知責備處不盡允洽也。惟「孽海花」爲政治歷史小說，體於寫實爲近，與曾氏所舉外國浪漫象徵諸類小說有異。其涉及神秘、迷信處，實不免近乎蛇足。就中國小說言，亦嫌落套耳。至胡氏以「孽海花」與「品花寶鑑」相擬，似未可一概而論。兩書著重之點不同也。若云歷史的價值，「孽海花」何嘗無之乎。

以上粗述關於「孽海花」之概略，意有未盡，稍遲擬更一談。張君之作（編者按：即張鴻撰「續孽海花」）係自第三十一回續起，說見所爲「楔子」。張君謂：「若說軼事遺聞，七十老翁之腦中，很像萬國儲蓄會的存款很多，若一一寫出來，也可以繼續東亞病夫未了之志，不過沒有東亞病夫的筆尖，能生出奇麗萬態的花朵罷了。」各人筆調，原難盡同，張君老於文事，多習舊聞，此作承死友之志業，類皆言之有物，持之有故，寫狀亦生動有致，足成一家之言，與曾作可並傳於世。讀過「孽海花」者，固不可不更讀此「續孽海花」也。（清季「孽海花」中輟後，嘗有陸士諤之續本，多失曾氏原意，文筆亦少精采，出版後未爲世重，久已若存若亡矣。）

《孽海花》史料

孔另境

吳坊小志　傅氏三姊妹，住白蜆橋，以次行，季曰三寶，亦曰鈺蓮。「馬氏三良，白眉稱最。」梳雙丫髻，立垂花門下，娟好如畫圖中人。荳蔻梢頭，風情乍解，與說平話之朱品泉，有沆瀣之契。未幾，朱以瘵疾死，而三寶乃流轉於北里中，更名傅彩雲，娟秀豔冶，固猶曩之態也。時洪文卿學士鈞，方奉諱家居，一見彩雲，詫爲奇豔，立畀三千金，寵之專房。無何，學士銜命使歐西，星軺待發，載與俱西。留歐五載，頗多韻事，一時有譽之爲交際社會之花者。歸國以後，學士病卒，而彩雲終以多情飛絮，重逐東風，改名曹夢蘭，而滬而燕，所之現身說法。及庚子亂作，因傅與聯軍統帥有舊，彼都人士，不少保全。樊樊山有前後彩雲曲，吾鄉曾孟樸孝廉，復有「孽海花」，皆記傅彩雲身世甚詳。

侗生叢話　「孽海花」爲中國近著小說，友人謂此書與「文明小史」、「老殘遊記」、「恨海」，爲四大傑作。顧「孽海花」能包羅數十年中外事實爲一書，其線絡有非三書所及者。其筆之詼諧，詞之瑰麗，又能力敵三書而有餘；惜印行未半，忽然中止。天笑生承其意，爲「碧血幕」一書，文筆優美，與「孽海花」伯仲，未數回亦止，神龍一見，全豹難窺，見者當有同慨也。

松風閣筆乘　「孽海花」隱託人名，近人考之詳矣，固亦有掛漏未及備列者，玩索所得，隨筆於下：黃文載卽王文在（字念堂），王慈源卽黃自元（字敬輿），成木生卽盛杏蓀，褚愛林卽褚畹香，徐雪岑卽徐雪琴，胡星岩卽胡雪岩，陳千秋卽陳萬年，孫一仙汶，卽孫逸仙文，畢嘉銘卽畢松琥，崔大人卽崔國因（字蘭生），曾小侯卽曾紀澤，高揚藻理惺，卽李鴻藻蘭生，繆仲恩綏山，卽廖恆壽仲山，章騫直蜚，卽張謇季直，蘇胥鄭庵，卽鄭孝胥蘇戡，呂成澤沐庵，卽李盛鐸木齋，楊遂淑喬，卽楊銳叔僑，林勛敦古，卽林旭暾谷，易鞠緣常，卽葉昌熾鞠常（號緣督），莊立人卽張位，劉毅卽劉可毅，余同卽徐桐，傅容卽徐郙，柴龢韻甫，卽蔡鈞和甫，俞耿西塘，卽裕庚朗西，魚陽伯，卽魯伯陽，祖鍾武卽孫毓汶，余雄義卽徐用儀，俞書屏卽徐樹銘，呂且聞卽李端棻，余銘卽玉銘，連總管卽李蓮英，珠公子卽翁斌孫，章鳳孫卽張端本，莊鏤瓊卽張柳君，曾敬華卽曾勁虎，章一豪卽張曜，魯通一卽衞達三（名汝貴），方代勝安堂，卽袁世凱慰庭。（蔣瑞藻「小說考證・拾遺」引）

在山泉詩話　京都名妓賽金花，原名傅彩雲，洪文卿侍郎鈞，携之使泰西，生一女。洪卒於都，彩雲復之滬，名曹夢蘭；流轉之京，又更名賽金花。樊雲門方伯增祥爲撰「彩雲曲」，於其一生歷史，搜括無遺。原稿散見於津、滬各報，因錄之，俾與欲知狀元夫人歷史者談豔跡；況予在柏林，於侍郎使署中，曾作公幹平視邪！詩云：

「姑蘇男子多美人，姑蘇女子如瓊英。水上桃花知性格，湖中秋藕比聰明。自從西子湖船住，女貞盡化垂楊樹。可憐宰相尙吳棉，何論紅紅兼素素！山塘女伴訪春申，名字偸來五色雲。樓上玉人吹玉管，渡頭桃葉倚桃根。約略鴉鬟十三四，未遣金刀破瓜字。歌舞常先菊部頭，釵梳早入妝樓記。北門學士素衣人，暫踏毬場訪玉真。直爲麗華輕故劍，況兼蘇小是鄉親。
海棠聘後寒梅喜，待年居外明詩禮。兩見瀧岡墓草青，鴛鴦絃上春風起。畫鷁東乘海上潮，
鳳皇城裏並吹簫。安排銀鹿娛遲暮，打疊金貂護早朝。深宮欲得皇華使，才地容齋最清異。
夢入天驕帳殿游，閼氏含笑聽和議。博望仙查萬里通，霓旌難得彩鸞同。詞賦環球知綉虎，
釵鈿橫海照驚鴻。女君維亞喬松壽，夫人城闕花如綉。河上蛟龍盡外甥，虜中嬰武稱天后。
使節西來婁奉春，錦車馮嫽亦傾城。冕旒七毳瞻繁露，槃敦雙龍贈寶星。雙成雅得西王意，
出入椒庭整環佩。妃主青禽時往來，初三下九同遊戲。妝束潛隨夷俗更，語言總愛吳娃媚。
侍食偏能饜海鮮，報書亦解繙英字。鳳紙宣來鏡殿寒，玻璃取影御牀寬。誰知坤媪山河貌，
只與楊枝一例看。三年海外雙飛俊，還朝未幾相如病。香息常教韓壽聞，花頭每與秦宮並。
春光漏洩柳條輕，郎主空嗔梁玉清。只許大夫驅便了，不教琴客別宜城。從此羅帷怨離索，
雲藍小袖知誰託？紅閨何日放金雞？玉貌一春鎖銅雀。雲雨巫山枉見猜，楚襄無意近陽台。
擁衾總怨金龜婿，踏臂猶歌赤鳳來。玉棺晝下新宮啓，轉瞬玉郎長已矣！春風肯墜綠珠樓，
香徑還思苧蘿水。一點奴星照玉臺，樵青婉孌漁童美。繐帷尚掛鬱金堂，飛去玳梁雙燕子。
那知薄命不猶人，御叔子南後先死。蓬巷難栽北里花，明珠忍換長安米。身是輕雲再出山，
瓊枝又落平康里。綺羅叢裏脫青衣，翡翠巢邊夢朱邸。章台依舊柳毿毿，琴操禪心未許參。
杏子衫痕學宮樣，枇杷門榜換冰銜。吁嗟乎！情天從古多緣業，舊事烟台那可說！
微時菅蒯得恩憐，貴後萱芳成棄擲。怨曲爭傳紫玉釵，春遊未遇黃衫客。君既負人人負君，

散灰扃戶知何益？歌曲休歌金縷衣，買花休買馬塍枝。彩雲易散琉璃脆，此是香山悟道詩。」聞雲門此稿甫脫，傳誦京師，一時比之為梅村之圓圓曲。中間所述，自洪侍郎易簀以後，鸞飄鳳泊，豔幟重張，寓有微意存也。迨後金花再偕孫三兒入都，乃戛然而止。庚子之役，聯軍入京，此為金花一生最大之歷史，而此曲未著，蓋時月有不同也。曲中所謂「情天從古多緣業，舊事烟台那可說！」此卽佛氏輪回因果之說。閱者於此而留意也，則金花一生與洪侍郎之歷史，可恍然矣。近人譔「孽海花」說部，專記侍郎與金花佚事，關係時局興亡，可與此詩互徵也。（蔣瑞藻「小說考證」）

小說考證　孽海花說部，予少時曾讀一過，然第一卷已下，不復續出。嘗戲語友人：「東亞病夫，殆真病矣！」以其書之佳妙，頗以未窺全豹為憾！天琴先生近復有「後彩雲曲」一篇，卽記賽金花庚子後事者，不妨且作「後孽海花」讀。其詩膾炙人口，洛陽紙貴，今不具錄。惟前曲原有序數百言，老蘭君詩話，略而不載，補記於此，為讀孽海花者資印徵焉。「傅彩雲者，蘇州名妓也。年十三，依姊滬上，豔名噪一時。某學士銜恤歸，一見悅之，以重金置為簉室，待年於外。祥琴始調，金屋斯啓，攜之都下，寵以嫥房。會學士持節使英，萬里鯨天，鴛鴦並載。旣至英，六珈象服，儼然敵體。英故女主，年垂八十，雄長歐洲，尊無與並。彩出入椒風，獨與抗禮。嘗偕英皇並坐照像，時論奇之。學士代歸，從居京邸，與小奴阿福，姦生一女。學士逐福留彩，寢與疏隔。俄而文園消渴，竟夭天年。彩故與他僕私，至是遂為夫婦。居無何，私蓄略盡，所懽亦阻，仍返滬為賣笑計，改名曰賽金花。蘇人公檄逐之，轉之津門，雖年逾三十，而豔名不減疇昔。己亥長夏，與客談此事，因紀以詩。先是學士未第時，為人司書記，居烟台，與妓愛珠有嚙臂盟。比再至，已魁天下，遽與珠絕。珠寃痛累月，竟不知所終。今學士已矣，若敖鬼餒，燕子樓空，唱金縷者，出節度之家；過市門者，指狀元之第，得非霍小玉冥報李十郎乎！余爲此曲，亦如元相所云：『甚愿知之者不爲，而爲之者不惑耳。』

（蔣瑞藻）

缺名筆記　近人小說，以東亞病夫「孽海花」爲最著。全書以名妓賽金花爲主，而清季三十年之遺聞軼事，網羅無遺。描寫名士習氣，如禹鼎鑄奸，如溫犀照渚，尤爲淋漓盡致。林琴南氏稱道此書，嘆爲觀止，其傾倒可想矣。但其中隱託之人名，閱者多不甚了了，玆標出之如下：金雯青卽洪文卿，龔和甫卽翁同龢，潘八瀛卽潘伯寅，黎石農卽李芍農，李純客治民，卽李蒓客慈銘，莊小燕卽張樵野，莊崙樵佑培，卽張佩綸幼樵，陸菶如仁祥，卽陸鳳石潤庠，錢唐卿端敏，卽汪柳門鳴鑾，何珏齋太真，卽吳清卿大澂，唐常肅卽康長素，王子度恭憲，卽黃公度遵憲，過肇廷卽顧緝庭，呂萃芳卽李經方，匡次芳卽汪芝房，謝山芝卽謝綏之，許鏡澄卽許景澂，雲仁甫卽容純甫，貝效亭卽費幼亭，李台霞卽李丹崖，潘勝之曾奇，卽潘曾祁，徐忠華卽徐仲虎，莊壽香芝棟，卽張香濤之洞，馬美菽卽馬眉叔，呂順齋卽黎蒓齋，薛淑雲卽薛叔耘，李任叔卽李壬叔，米筱亭卽費屺懷，姜劍雲卽江建霞，王憶莪仙屺，卽王益吾先謙，祝寶廷溥卽寶竹坡，黃叔蘭禮方，卽黃漱蘭體芳，黃仲濤卽黃仲弢，袁尚秋卽袁爽秋，繆寄坪卽廖季平，連沅荇仙卽聯元，成伯怡卽盛伯熙，段扈橋卽端午橋，聞韻高卽文芸閣，荀子佩卽沈子培，汪蓮孫卽王廉生，馮景亭卽馮桂芳。（蔣瑞藻「小說考證」引）

清末四大小說家　曾樸（一八七二——一九三五），字孟樸，江蘇常熟人。前清舉人。在當時小說家中，思想最爲進步。創小說林社於上海，提倡翻譯小說，爲新出版物的中心。又撰「孽海花」一種，原定六十回，成二十四回。後涉宦途。一九二七，復創真美善書店於上海，主編雜誌「真美善」，繼續翻譯法國文學，成囂俄名著多種。又續「孽海花」六回，足三卷，並刪改舊作，重行排印。別爲長篇「魯男子」。一九三五年六月卒。……「孽海花」初刋時，竟銷至十五版，五萬部以上，當時的影響可知。其主因當爲作者的思想，與相稱的技術形式。改訂時刪去半回，殊爲可惜；其餘雖多所改動，無關要旨，且較原作爲勝。續書六回，無特色，當是隔離過久，作者思想技術，均有改變，難以聯接之故。原刋本附六十回全目，有十三回寫庚子事變，竟不克成，我殊以爲憾。（小說月報・魏如晦）

《孽海花》人物索引表

劉文昭增訂

筆劃	書中人物	眞實姓名	籍貫	出身	身份	書中出現回目	備注
	丁槐	丁槐(衡三)	雲南鶴慶	世職	廣西提督	三	
二劃	丁雨汀	丁汝昌(禹廷)	安徽廬江	軍功	海軍提督	一八、二四、二五、二七、二八	
三劃	大刀王二	大刀王五(子斌)	直隸故城	獵戶	鏢客	一九、三五	
	大公主	大公主	皇族		榮壽固倫公主	二七	恭親王奕訢長女，文宗(咸豐)撫之。
	大姑娘	大姑娘	直隸河間			二七	李蓮英之妹。
	小德張	張德(元福)	直隸河間	太監	總管太監	二七	
四劃	尢烈	尢列(少紈)	廣東順德	算學館學生	興中會會員	二四	早年在香港與孫中山、陳少白、楊鶴齡共主推翻清室，當時人稱四大寇。
	太后	西太后	滿洲鑲黃旗		慈禧皇太后 孝欽顯皇后	六、一一、一九、二一、二二、二五、	徽寧太池廣道惠徵女。宮中稱老佛爺。

					二六、二七、三五
尹宗楊（震生）	楊崇伊（莘伯）	江蘇常熟	光緒庚辰翰林	漢中府知府	一三、二七
方代勝（安堂）	袁世凱（慰廷）	河南項城	附貢	軍機大臣 外務部尚書	一三、三五
王仙屺（憶莪）	王先謙（益吾）	湖南長沙	同治乙丑翰林	國子監祭酒	五
王孝祺	王孝祺（福臣）	安徽合肥	軍功	北海鎮總兵	六
王恭憲（子度）	黃遵憲（公度）	廣東嘉應	光緒丙子舉人	湖南鹽法道署按察使	二、一八、一九、二九、三五
王紫詮	王韜（紫詮）	江蘇長洲	附生	報館主筆	二九
王慈源	黃自元（敬輿）	湖南安化	同治戊辰榜眼	寧夏府知府	二
王德榜	王德榜（朗青）	湖南江華	監生	貴州布政使	六

五劃

丘四	丘四	四	會黨	興中會會員	三四
包鈞	寶鋆（佩蘅）	滿洲鑲白旗	道光戊戌翰林	軍機大臣 武英殿大學士	六
永祿	永祿		太監	敬事房太監	二七
永潞	榮祿（仲華）	滿洲正白旗	蔭生	軍機大臣 文華殿大學士	二六、三五
左伯圭	左寶貴（冠亭）	山東費縣	行伍	高州鎮總兵	二四、二五
白彥虎	白彥虎	陝西		回民起義軍領袖	八

四格格	四格格	皇族		二七	慶親王奕劻第四女，直隸總督裕祿寡媳。
古冥鴻	辜湯生（鴻銘）	福建同安	留英博士	外務部左丞	三一、三三
史堅如	史堅如（文緯）	廣東番禺	學生	興中會會員	二九
召應林	（小村）	浙江餘姚	同治甲子舉人	湖南巡撫	二七、二八、三三

六劃

老安	韓峻華（星垣）	直隸衡水	監生		二	北京翰文齋書舖主人
朱淇	朱淇（蓁孫）	廣東南海	諸生	興中會會員	三四、三五	
朱貴全	朱貴全		會黨	興中會會員	三四	
朱霞芬（菱雲）	朱霞芬（菱雲）			北京男妓	四、五、一九、二〇	
米繼曾（筱亭）	費念慈（屺懷）	江蘇武進	光緒己丑翰林	編修	二、一三、一四、二〇、二七	費學曾（書中稱貝佑曾）之子。
向菊笑	田際雲	直隸武清		京劇花旦名演員	三一、三二	藝名想九霄。
匡朝鳳（次芳）	汪鳳藻（芝房）	江蘇元和	光緒癸未翰林	侍讀，出使日本大臣	七、八、九、一〇、一一、一三、一四、一五、一八、一九、二〇、二一、二五	
任阜長	任薰（阜長）	浙江山陰		畫家	二	
光緒皇帝	載湉	皇族		德宗景皇帝	二、一九、二一、二三、	

同治皇帝	載淳	皇族		穆宗毅皇帝	二六、二七、三五	

七劃

何啓	何啓	廣東南海	醫學博士	律師，香港議政局員	三四	
何大王	何均昌	廣東		安南保勝酋長	六	
何太眞	吳大澂（淸卿）	江蘇吳縣	同治戊辰翰林	湖南巡撫	二、三、四、五、六、八、一一、一八、二二	號愙齋
余同	徐桐（蔭軒）	漢軍正藍旗	道光庚戌翰林	體仁閣大學士	一三、二二	
余敏	玉銘	內務府包衣		四川鹽茶道	二一、二三、二七	
余仁壽	徐仁鑄（研甫）	直隸宛平	光緒乙丑翰林	編修	三五	
余姑太太	余姑太	廣西灌陽			三	唐景崧之女，嫁余某。
余笏南	徐琪（花農）	浙江仁和	光緒庚辰翰林	洗馬	八、二〇	
余雄義	徐用儀（筱雲）	浙江海鹽	咸豐己未舉人	軍機大臣，兵部尚書	二	
余漢青	徐熙（翰卿）	江蘇長洲		骨董家	二五	
吳景	何璟（小宋）	廣東香山	道光丁未翰林	閩浙總督	六	
吳長卿	吳長慶（筱軒）	安徽廬江	世職	浙江提督	一三	
吳彭年	吳彭年（季籛）	浙江		駐臺灣粵軍統	三三	

				帶		
呂旦聞	李端棻（苾園）	貴州貴筑	同治癸亥翰林	禮部尚書	三	
呂成澤（沐庵）	李盛鐸（木齋）	江西德化	光緒乙丑榜眼	山西布政使 出使比國大臣	三	
呂萃芳	劉瑞芬（芝田）	安徽貴池	附貢	廣東巡撫 出使英法義比大臣	八、九、一〇	
呂蒼舒（順齋）	黎庶昌（蒓齋）	貴州遵義	廩貢	川東道 出使日本大臣	二、三、八、一八	
宋欽	宋慶（祝三）	山東蓬萊	軍功	四川提督	二五、二七	
岑毓英	岑毓英（彥卿）	廣西西林	附生	雲貴總督	六	
志剛	志剛（克庵）	滿洲鑲藍旗		庫倫辦事大臣 出使歐洲各國使臣	三	
成煜（伯怡）	盛昱（伯熙）	宗室（鑲白旗）	光緒丁丑翰林	國子監祭酒	五、一一、一九、二〇	肅武親王豪格七世孫。
成木生	盛宣懷（杏蓀）	江蘇武進	附生	郵傳部尚書	二、六、二六、三〇	
李杞	李杞	廣東香山	檀香山工人	興中會會員	二四	
李大先生	李瀚章（小荃）	安徽合肥	道光乙酉拔貢	兩廣總督	二八、二九	李鴻章之兄。
李文魁	李文魁		行伍	臺灣撫署中軍統帶	三三	
李任叔	李善蘭（壬叔）	浙江海寧	附生	戶部郎中	三	

				三品卿銜總理衙門章京		
李治民（純客）	李慈銘（蒓客）	浙江會稽	光緒庚辰進士	山西道監察御史	五、九、一一、一九、二〇、三五	
李祖玄	李菊偶	安徽合肥			一四	
李家焯	李家焯			知縣銜巡勇管帶	二四	
李維義	李維義			駐臺灣奧軍左營管帶	三三	
李蔭白	李經方（伯行）	安徽合肥	光緒壬午舉人	署郵傳部左侍郎，出使英國大臣	二七、二九、三一	
李徵庸	李徵庸（鐵船）	四川隣水	光緒丁丑進士	雲南記名道督辦四川礦務商務大臣	二四	
李豐寶（台霞）	李鳳苞（丹崖）	江蘇崇明	同文館學生	三品卿銜記名海關道出使德國大臣	二、三、八、九、一八	
李蘋香	李蘋香	安徽欽縣		上海名妓	三一	本名黃碧漪，有詩妓之稱。
汪子升	王同愈（勝之）	江蘇元和	光緒乙丑翰林	江西提學使	二五、二六	
汪以誠	汪以誠（衡舫）	山東歷城	同治戊辰進士	南滙縣知縣	六	

汪蓮孫	王懿榮（廉生）	山東福山	光緒庚辰翰林	國子監祭酒	一三、二〇	
言紫朝	葉志超（曙青）	安徽合肥	行伍	直隸提督	二四、二五	
貝佑曾（效亭）	費學曾（佑庭）	江蘇武進	監生	清河道署直隸按察使	二、七、八、九	費念慈（書中稱米繼曾）之父。

八劃

官慶	慶寬（小山）	漢軍正黃旗	貢生	江西鹽法道	三〇	
怡雲	怡雲			北京男妓	五、一九、二〇	
匋鞠（緣常）	葉昌熾（鞠常）	江蘇長洲	光緒乙丑翰林	侍講	一、一三、二〇、二七	
依唐阿	依克唐阿（堯山）	滿洲鑲黃旗	軍功	盛京將軍	二五、二七、三一	
季九光	李光久（健齋）	湖南湘鄉	舉人	浙江按察使	二五	
林勛（敦古）	林旭（暾谷）	福建侯官	光緒癸巳解元	四品卿銜軍機章京	二〇、三一、三五	戊戌變法六君子之一。
林朝棟	林朝棟（蔭堂）	臺灣彰化		道員銜把總	三一、三三	
林義成	林義成			臺灣義軍將佐	三三	
林絳雪	林絳雪			上海名妓	三一	
林黛玉	林黛玉	江蘇松江		上海名妓	三一、三三	上海花界四金剛之一。
花翠琴	花翠琴			上海名妓	三一、三三、三五	
邱逢甲	邱逢甲（滄海）	臺灣彰化	光緒己丑進士	工部主事	三一、三三	乙未年臺灣義民

			士			推爲副總統兼大將軍，與唐景崧共同抗日。
金升	洪春			傭僕	三、一五、一八、一九、二〇、二一、二三、二四、二六	
金汮（雯青）	洪鈞（文卿）	江蘇吳縣	同治戊辰狀元	兵部左侍郎出使德奧俄大臣	二、三、四、五、六、七、八、九、一〇、一一、一二、一三、一四、一五、一六、一七、一八、一九、二〇、二一、二三、二四、二六、三〇、三一、三五	
金小寶	金小寶	江蘇蘇州		上海名妓	三、一三	上海花界四金剛之一。
金貴妃	瑾妃	滿洲鑲紅旗		端康皇貴妃	二三、二六、二七、三五	工部侍郎長敍之女。
金遜卿	金清鏕（琴孫）	江蘇吳縣		上海租界華商公誼會董事	三一、三三	壟斷上海報關事業，人稱金四少爺。後被讎殺。
金繼元	洪洛	江蘇吳縣	蔭生	工部郎中	二四、二六、三〇、三一	洪鈞長子。
阿福	阿福			僮僕	八、九、一二、一三、一四、一五、一七、一八、一九、二二、二三、二四、三〇	脫離洪氏後，曾傭于兩廣總督袁樹勛家。

阿拉喜崇阿	烏拉喜崇阿（達峯）	滿洲鑲黃旗	咸豐丙辰翰林	兵部尚書	二

九劃

姜表（劍雲）	江標（建霞）	江蘇元和	光緒乙丑翰林	編修 湖南提學使	二、一三、一四、二〇	
致敏	志銳（伯愚）	滿洲鑲紅旗	光緒庚辰翰林	伊犁將軍	三、三五	第三十五回中改稱支綏。
俞耿（西塘）	裕庚（朗西）	漢軍正白旗	優貢	太僕寺卿 出使法國大臣	一八	其女德齡、容齡任慈禧女官，德齡著有「御香縹渺錄」等書，容齡亦有記述。
俞虎丞	余虎恩（勛臣）	湖南平江	軍功	喀什葛爾提督	二五	
俞書屏	徐樹銘（壽蘅）	湖南長沙	道光丁未翰林	工部尚書	二	
侯艾泉	侯艾泉	廣東香山	檀香山工人	興中會會員	二四	
貞貝子	載振	皇族	貝子銜鎮國將軍	農工商部尚書	三〇	慶親王奕劻長子。
洪英石	翁綏琪（印若）	江蘇吳江人	光緒辛卯舉人	梧州府知府	二五	
柳書元	劉樹元（雲樵）	湖南長沙	軍功	臨元鎮總兵	二五	
段扈橋	端方（午橋）	滿洲正白旗	光緒壬午舉人	直隸總督	二、一三、一四、二〇、二五	
姚鳳生	姚孟起（鳳生）	江蘇吳縣	附生	書家	二	
威毅伯—李公	李鴻章（少荃）	安徽合肥	道光丁未翰林	肅毅伯文華殿	五、六、一四、一八、一九	

	（少荃）		林	大學士	二四、二五、二七、二八、二九、三〇、三一、三二、三三、三四、三五	
威毅伯夫人	趙繼蓮	安徽太湖			一四	高廉道趙畇之女，李鴻章之妻。
胡星岩	胡光墉（雪岩）	浙江錢塘		江西侯補道 福建船政提調	三	胡慶余堂藥肆創辦人。
胡寶玉	胡寶玉			上海名妓	三	

十劃

珠官	翁之潤（澤芝）	江蘇常熟		法部主事	二、三三、三五	
素雲	素雲			北京男妓	五、一九、二〇	
祝溥（寶廷）	寶廷（竹坡）	宗室（鑲藍旗）	同治戊辰翰林	禮部右侍郎	五、六、七、一四、二五、三五	鄭獻親王濟爾哈朗八世孫。壽富（書中稱富壽）之父。
耿義	剛毅（子良）	滿洲鑲藍旗	翻譯生員	軍機大臣 協辦大學士	二五、二六、三五	
柴龢（韻甫）	蔡鈞（和甫）	江西上饒	監生	內閣侍讀學士 出使日本大臣	一八、一九	
孫汶（一仙）	孫文（逸仙）	廣東香山	醫專畢業生	興中會總會長	三	
孫三兒	孫紹棠	直隸天津		京劇演員	二四、二六、三〇、三一、	
孫知州	孫雲錦（海岑）	安徽合肥	諸生	開封府知府	一三	
孫家穀	孫家穀（稼生）	安徽鳳臺	咸豐丙辰進士	荆宜施道 出使歐洲各國使臣	一三	

唐　炯	唐　炯（鄂生）	貴州貴筑	道光乙酉舉人	雲南巡撫	六	
唐常博	康有溥（幼博）	廣東南海		候補主事	二四	即康廣仁，有爲弟，戊戌變法六君子之一。
唐景菘	唐景崧（薇卿）	廣西灌陽	同治乙丑翰林	臺灣布政使署巡撫	六、三	
唐猷輝	康有爲（長素）	廣東南海	光緒乙未進士	工部主事總理衙門章京	一、二九、二四、二五	
徐　勉	徐　勤（君勉）	廣東三水	附生	保國會會員	二四	
徐　英	（忠華）徐建寅（仲虎）	江蘇無錫	監生	三品卿銜、福建船政局總辦	二、八、一八、一九	
徐　驤	徐　驤	廣　東	諸生	臺灣義軍將佐	一三	
徐延旭	徐延旭（曉山）	山東臨清	咸豐庚申進士	廣西巡撫	六、三	
徐雪岑	徐　壽（雪村）	江蘇無錫		直隸候補知府	二、三	
翁梅倩	翁梅倩			上海名妓	三	後下海演京劇，工老生。
翁養魚	龔照瑗（仰蘧）	安徽合肥	監生	光祿寺卿出使英法義比大臣	三	
袁　旭（尚秋）	袁　昶（爽秋）	浙江桐廬	光緒丙子進士	大常寺卿	五、九、一一、一三、一九、二〇、二一、二五	
袁大奶奶	袁大奶奶				二七	內務府大臣慶善

						女，慈禧姪媳，未嫁而寡。
袁錫濟	袁錫清			臺南駐軍管帶	三三	
馬忠堅（美菽）	馬建忠（眉叔）	江蘇丹徒	留法學生	直隸候補道	二、三、八、一八、二七、二八、二九、三一、三三	
馬裕坤	馬玉琨（景山）	安徽蒙城	軍功	直隸提督	二四、二五	
高揚藻（理惺）	李鴻藻（蘭蓀）	直隸高陽	咸豐壬子翰林	軍機大臣協辦大學士	五、六、一三、二三、二四、二六、二七	
高萬枝	高萬枝		太監	太監	二六、二七	
高道士	高峒元		道士	白雲觀住持	二七	
夏氏三兄弟	夏月恒、月珊、月潤	安徽懷寧		京劇名演員	三一	月恒居長，先工武生，後應武丑；月珊行三，工丑；月潤行八，工武生。
倭袞峯	倭仁（艮峯）	蒙古正紅旗	道光乙丑翰林	文華殿大學士	二	
格拉和博	額勒和布（筱山）	滿洲鑲藍旗	咸豐壬子繙譯進士	軍機大臣武英殿大學士	六、二五	
烏赤雲	伍廷芳（秩庸）	廣東香山	監生留美博士	外務部右侍郎出使美日秘大臣	二七、二八、二九、三一、三三	出使美日秘之日，指西班牙，當時稱日斯巴尼亞。

荀春植（子珮）	沈曾植（子培）	浙江嘉興	光緒庚辰進士	安徽布政使	一一、一三、二〇
書　廣　濤	魏光燾（午庭）	湖南邵陽	監　生	閩浙總督	二五
倪　翟　廷	聶士成（功亭）	安徽合肥	軍　功	直隸提督	二七
祖鐘武（蓀山）	孫毓汶（萊山）	山東濟寧	咸豐丙辰榜眼	軍機大臣兵部尚書	六、二一、二五、二七

十一劃

常	璘　長　麟（石農）	滿洲鑲藍旗	光緒庚辰翻譯、進士	禮部左侍郎正紅旗蒙古副都統	二七
莊　南（稚燕）	張塏徵（仲宅）	廣東南海	監　生	刑部主事	一九、二一、二二、二三、二四
莊　慶　藩	張之萬（子青）	直隸南皮	道光丁未狀元	軍機大臣東閣大學士	六、二五
莊可權（立人）	張　權（君立）	直隸南皮	光緒戊戌進士	戶部主事	一三、二一、三五
莊佑培（崙樵）	張佩綸（幼樵）	直隸豐潤	同治辛未翰林	侍講署左副都御史	五、六、七、一四、二一、二五
莊芝棟（壽香）	張之洞（孝達）	直隸南皮	同治癸亥探花	軍機大臣體仁閣大學士	五、六、一一、一三、一八、二〇、二一、二五、二七、三二、三五　號香濤。
莊煥英（小燕）	張蔭桓（樵野）	廣東南海	監　生	戶部左侍郎出使美日秘大臣	九、一一、一三、一四、一九、二〇、二一、二三、二四、二五、二七、二八、三五

陸蘭芬	陸蘭芬	江蘇蘇州		上海名妓	三一、三二	上海花界四金剛之一。本姓趙。初名胡月娥。
陸仁祥（菶如）	陸潤庠（鳳石）	江蘇元和	同治甲戌狀元	東閣大學士	二、三、五、六、八、一二、一三、一四、一七、一九、二〇、二四、二六、二七、三〇	
陸崇桂（皓冬）	陸中桂（皓東）	廣東香山		興中會會員	二九、三〇、三一、三四	
陳青（千秋）	陳清	廣東南海	橫濱僑商	興中會會員	二八、二九、三〇、三一、三四	
陳琛（森葆）	陳寶琛（伯潛）	福建閩縣	同治戊辰翰林	山西巡撫正紅旗漢軍都統	五、六	
陳龍	陳夔石（少白）	廣東新會		興中會會員	二九	
陳萬春	陳千秋（禮吉）	廣東南海			三四	陳千秋爲康有爲門徒，早死，未及參加保國會。與書中所稱之陳千秋絕非一人。
陳驥東	陳季同（敬如）	福建侯官	福建船政前學堂畢業生	總兵銜候補副將，駐法使館參贊代公使	三一、三二	曾助唐景崧守台，署藩使。
張氏夫人	何氏				三、四、五、六、八、九、一八、一九、二〇、二一、二三、二四、	洪鈞之妻。

張昭同	張兆棟（友三）	山東濰縣	道光乙巳進士	福建巡撫署閩浙總督	六	
張書玉	張書玉			上海名妓	三、二三	上海花界四金剛之一。
曹以表（公坊）	曾之撰（君表）	江蘇常熟	光緒乙亥舉人	刑部郎中	三、四、五、六	本書作者曾樸之父，早歲與張謇、文廷式、王懿榮共稱四大公車。
梁君大炮	梁	廣東清遠	會黨	與中會會員	二九、二四	粵省北江一帶三合會首領。第三十四回直稱大炮梁。
梁超如	梁啓超（卓如）	廣東新會	光緒乙丑舉人	保國會會員	三四、三五	
章誼（鳳孫）	張端本（鳳生）	浙江錢塘	蔭生	南詔連道	三、三三	
章騫（直蜚）	張謇（季直）	江蘇通州	光緒甲午狀元	修撰	一三、二四、二五、二七、三三、三四	
章一豪	張曜（朗齋）	浙江錢塘	軍功	山東巡撫	三	
連沅（荇仙）	聯元（仙蘅）	滿洲鑲紅旗	同治戊辰翰林	內閣學士	二	
連公公	李蓮英	直隸河間	太監	總管太監	一九、二一、二二、二三、二六、二七、三五	

十二劃

麥化蒙	麥孟華（孺博）	廣東順德	學人	保國會會員	三四	
畢加銘	畢永年（松甫）	湖南長沙	拔貢	興中會會員	二九	
莫友芝	莫友芝（子偲）	貴州獨山	道光辛卯舉人	江蘇知縣	二	
寇連材	寇連材	直隸昌平	太監	內奏事處太監	二七、三五	
魚陽伯（邦禮）	魯伯陽（靜涵）	安徽合肥	軍功	蘇松太道	一九、二一、二二、二三、二七	
郭筠仙	郭嵩燾（筠仙）	湖南湘陰	道光丁未翰林	兵部左侍郎 出使英法大臣	一八	
許鏡澂（祝雲）	許景澄（竹篔）	浙江嘉興	同治戊辰翰林	吏部左侍郎 出使德國大臣	八、九、一七、二〇、二一、二四	
雲宏（仁甫）	容閎（純甫）	廣東香山	留美博士	江蘇候補道 出使美國大臣	三、八、一八	
富壽（伯激）	壽富（伯茀）	宗室（鑲藍旗）	光緒戊戌翰林	編修	三五	寶廷（書中稱祝溥）之子。
傅容	徐郙（頌閣）	江蘇嘉定	同治壬戌狀元	協辦大學士	一四、三	
傅氏夫人	徐原仙	江蘇嘉定			一四	大學士徐郙之女，費念慈之妻。
傅彩雲	趙彩雲（靈飛）	安徽歙縣		名妓	七、八、九、一〇、一一、一二、一三、一四、一五、一六、一七、一八、一九、二〇、二一、二三、二四、二六、二九、三〇、三一	即賽金花，亦名曹夢蘭。

					三、二三、二四	
曾小侯夫人	劉　氏	湖南湘陰			一〇	陝西巡撫劉蓉之女，曾紀澤之妻。
曾　國　荃	曾國荃（沅甫）	湖南湘鄉	優　貢	兩江總督	六	
曾　敬　華	曾廣鑾（君和）	湖南湘鄉	蔭　生	左副都御史	三、二三	
曾繼湛（劼剛）	曾紀澤（劼剛）	湖南湘鄉	蔭　生	戶部右侍郎出使英法俄大臣	八、九、一〇、一八、二四	
程　夫　人	龔　氏	湖南善化			二五	禮部員外龔鎮湘之女，署湖北布使政梁鼎芬之妻。
程叔寬（二銘）	陳三立（伯嚴）	江西義寧	光緒乙丑進士	吏部主事	二五	
程　奎　光	程　奎　光	廣東香山			二四	
程　耀　臣	程　耀　臣	廣東香山			二四	
馮　子　材	馮子材（萃亭）	廣東欽州	行　伍	貴州提督	五、六、二七	
馮桂芬（景亭）	馮桂芬（林一）	江蘇吳縣	道光庚子榜眼	右中允	二、七	號景亭
黃　文　載	王文在（念堂）	江西稷山	同治戊辰探花	編　修	二	
黃　永　襄	黃　詠　商	廣東香山		與中會會員	二四	
黃　桂　蘭	黃桂蘭（卉亭）	安徽合肥	軍　功	廣西提督	六	
黃朝杞（仲濤）	黃紹箕（仲强）	浙江瑞安	光緒庚辰翰林	湖北提學使	一一、一三	

黃翼德	黃翼德			臺灣撫署護衛營統帶	三	
黃禮芳（叔蘭）	黃體芳（漱蘭）	浙江瑞安	同治癸亥翰林	兵部左侍郎	五、一三	
黃翻譯	黃鍾瑞			駐德奧俄使館翻譯	九、一一、一三、一四	
彭玉麟	彭玉麟（雪琴）	湖南衡陽	附生	兵部尚書	六、二五	
景親王	奕劻	皇族	襲爵	軍機大臣和碩慶親王	二五、三〇	高宗（乾隆）第十七子永璘，封慶親王。三傳至奕劻。

十三劃

湯壎伯	湯經常（壎伯）	江蘇武進		畫家	二	
超蘭生	趙聲（伯先）	江蘇丹徒	諸生	興中會會員	二九	
敬王	奕訢	皇族		軍機大臣和碩恭親王	二、五、六、二一、二五、二七	宣宗（道光）第六子。
嵩厚	崇厚（地山）	滿洲鑲黃旗	道光乙酉舉人	左都御史	九	
達興	德馨（曉峯）	滿州鑲紅旗	諸生	江西巡撫	六	
楊遂（淑介）	楊銳（叔嶠）	四川綿竹	光緒乙酉舉人	四品卿銜軍機章京	一三、二〇、二三、二五	戊戌變法六君子之一。
楊岐珍	楊岐珍（西圓）	安徽壽州	行伍	福建水師提督	三	
楊詠春	楊沂孫（詠春）	江蘇常熟	道光癸卯舉人	鳳陽府知府	二	
楊雲衢	楊飛鴻（衢雲）	福建海澄	英文教員	興中會首任會	二九、三〇、三三、三四	

				長		
楊墨林	坊（慰棠）	浙江鄞縣		上海商董 江蘇候補道	三	上海墨海書林主人。
楊誼註（越常）	楊宜治（虞裳）	四川成都	同治丁卯舉人	太常寺少卿 總理衙門章京	二、二四	
裘叔遠	邱煒萲（菽園）	福建海澄		新加坡天南新報館主	二九	
萬范水	樊增祥（嘉父）	湖北恩施	光緒丁丑翰林	江寧布政使	二三	別號樊山，作前後彩雲曲，歷敘賽金花事跡。
廉菉夫	陸恢（廉夫）	江蘇吳江	監生	畫家	二五	
過肇廷	顧肇熙（皞民）	江蘇吳縣	同治甲子舉人	臺灣道署布政使	二、四、五、八、二二、三〇、三二、三三	號緝庭。第二十一回前用本姓顧，第二十一回起改作過。
葉笑庵	易順鼎（實甫）	湖南龍陽	光緒丙子舉人	欽廉兵備道	三五	別號哭庵。
葉赫那拉氏	光緒皇后	滿州鑲黃旗		隆裕皇太后 孝定景皇后	二六、二七	都統桂祥女。
筱蓮笙	潘月樵	江蘇常熟		京劇老生名演員	三一	藝名小蓮生，曾率領梨園志士參與辛亥革命光復上海之役。
義親王	世鐸	皇族	襲爵	軍機大臣 和碩禮親王	六	太祖次子代善封禮親王，九傳至世鐸

十四劃						
趙　沃	趙沃（慶池）			道員　廣西邊防軍右營統領	六	
趙氏老太太	潘　氏				三、七	洪鈞之母。
褚愛林	褚　晼香			蘇州名妓	二、三、四	
僧格林沁	僧格林沁	蒙古科爾沁部	襲爵	札薩克博多勒噶台親王	二	
敷二爺	載　撈	皇　族	鎮國將軍		三〇	慶親王奕劻之次子。
聞鼎儒（韻高）	文廷式（蘭閣）	江西萍鄉	光緒庚寅榜眼	侍讀學士	一三、一四、二〇、二一、二二、二三、二四、二五、二六、二七、三一、三四、三五	
十五劃						
劉　毅	劉可毅（葆眞）	江蘇陽湖	光緒壬辰會元	編　修	一三	
劉永福	劉永福（湖亭）	廣東欽州	行　伍	南澳鎮總兵	六、三一、三三	
劉光地	劉光第（斐村）	四川富順	光緒癸未進士	四品卿銜軍機章京	三五	戊戌變法六君子之一。
劉成佑	劉長佑（蔭衢）	湖南新寧	道光己酉拔貢	雲貴總督	二五	
劉益焜	劉坤一（峴莊）	湖南新寧	附　貢	兩江總督	二五、二七、三一	
劉錫洪	劉錫鴻（雲生）	廣東番禺	舉　人	通政司參議　出使德國大臣	九	
劉瞻民	劉銘傳（省三）	安徽合肥	軍　功	臺灣巡撫	二五	

鄭士良	鄭士良（弼臣）	廣東歸善	醫校學生	興中會會員	三四	
鄭世昶	鄭世昌（正鄉）	廣東番禺	福建船政後學堂畢業生	記名總兵致遠兵船管帶	二五	
鄭姑姑	鄭姑姑	臺灣彰化			三三	清人筆記多載其抗日守臺事跡，傳爲鄭芝龍後裔。
潘瀛	潘瀛	安徽	軍功	南澳鎮總兵	六	
潘止韶	潘欲仁（子昭）	江蘇常熟	附貢	沛縣教諭	三	本書作者曾樸之師
潘宗蔭（八瀛）	潘祖蔭（伯寅）	江蘇吳縣	咸豐壬子探花	軍機大臣工部尚書	二、四、五、八、一一、一三、一九、二〇、二一、二五	
潘曾奇（勝芝）	潘遵祁（順之）	江蘇吳縣	道光乙巳翰林	侍講銜編修	二、七、八、九	
潘鼎新	潘鼎新（琴軒）	安徽廬江	道光乙酉舉人	廣西巡撫	六	
賢親王	奕譞	皇族		和碩醇親王	二六	宣宗（道光）第七子，德宗（光緒）生父。
賢親王福晉	醇王福晉	滿洲鑲黃旗			二七	徽寧太池廣道惠徵之女。德宗（光緒）生母。
黎殷文（石農）	李文田（仲約）	廣東順德	咸豐己未探花	禮部右侍郎	五、九、一一、一三、二〇	號芍農。

十六劃

歐矩甲	歐榘甲（雲樵）	廣東歸善	附生	保國會會員	二四	
魯通一	衛汝貴（達三）	安徽合肥	軍功	寧夏鎮總兵	二三、二四、二五	
蔡爾康	蔡爾康（紫紱）	江蘇上海	廩貢	報館主筆	一九	
談鍾靈	譚鍾麟（文卿）	湖南茶陵	咸豐丙辰翰林	兩廣總督	二四	
龍子積	龍澤厚（積之）	廣西桂林	優貢	知縣	二四	
錢冷西	錢振倫（楞仙）	浙江歸安	道光戊戌翰林	國子監司業	五	
錢端敏（唐卿）	汪鳴鑾（柳門）	浙江錢塘	同治乙丑翰林	工部左侍郎	二、三、四、五、六、八、一一、一三、一四、二〇、二一、二四、二五、二六、二七、三〇	

十七劃

蕭紫荷	馮春航（旭初）	江蘇吳縣		京劇花旦名演員	三一	藝名小子和。
繆平（寄坪）	廖平（季平）	四川井研	光緒乙丑進士	綏定府教授	一一、一三	
繆仲恩（綬山）	廖壽恒（仲山）	江蘇嘉定	同治癸亥翰林	軍機大臣禮部尚書	一三、二一	
繆素筠	繆嘉蕙（素筠）	雲南昆明		女畫家	二七	嫁陳氏，早孀。慈禧之畫，多其代筆。
謝介福（山芝）	謝家福（綏之）	江蘇吳縣	諸生	直隸州同知上海電報局總提調	二、七、八、九	

	謝贊泰	謝纘泰（聖安）	廣東開平		興中會會員	二四	
	韓以高（惟藎）	安維峻（曉峯）	甘肅秦安	光緒庚辰翰林	福建道監察御史	二四、二五	
十八劃	戴勝佛（同時）	譚嗣同（復生）	湖南瀏陽	監生	四品卿銜軍機章京	二三、二四、二五	戊戌變法六君子之一。
	薛輔仁（淑雲）	薛福成（叔耘）	江蘇無錫	同治丁卯副貢	左副都御史 出使英法大臣	二、三、一八、一九、二〇、二一、二四	
十九劃	羅文名	閻敬銘（丹初）	陝西朝邑	道光乙巳翰林	軍機大臣 東閣大學士	六	
	羅伯約	羅伯雅	廣東		保國會會員	二四	
	羅積丞	羅豐祿（稷臣）	福建閩縣	監生 福建船政後學堂畢業生	大僕寺卿 出使英義比大臣	二七、二八、二九	
二十劃	蘇胥（鄭龕）	鄭孝胥（蘇堪）	福建閩縣	光緒壬午解元	湖南布政使	一三、二五	
	蘇元春	蘇元春（子熙）	廣西永安	行伍	廣西提督	五	
	寶子固	寶頤（子觀）	滿洲鑲藍旗		同知 上海英租界會審公解會審委員	三一、三二、	
	寶貴妃	珍妃	滿洲鑲紅旗		恪順皇貴妃	二三、二六、二七、二五	工部侍郎長敍之女。
廿二劃	龔平（和甫）	翁同龢（叔平）	江蘇常熟	咸豐丙辰狀元	軍機大臣 協辦大學士	三、四、五、六、八、一一、一三、一九、二〇、二一、	

					三、二四、二五、二六、二七	
龔弓夫	翁斌孫（弢夫）	江蘇常熟	光緒丁丑翰林	直隸提法使	二五、二七	
龔孝琪	龔橙（孝拱）	浙江仁和			二、三	龔自珍長子，又字昌匏。

〔編者附注〕

① 民國五年，上海望雲山房出版「孽海花」第三集（在「小說林」上發表的第二十一至二十四回），附有強作解人等所作人物考證八則，續證十一則，及人名索隱表。人名索隱表爲冒鶴亭所作，順回次排列。眞美善本出版，並續補至三十回。惟均不如劉文昭這個表的詳盡（增至三十五回）和正確。今據劉表略作增補。

② 本表林朝棟、邱逢甲、鄭姑姑三人的籍貫，原皆作「福建彰化」。按書中敘述到這三人時，其時臺灣已經建省，所以編者逕改爲臺灣彰化。

輯四

《孽海花》閒話

孽海花閒話（一）

冒鶴亭

自夏徂冬，寫定所撰周易京氏義，京氏易傳校記，京氏易表成，歲暮餘暇，乃借小說排日，徇小孫懷辛之請，爲「孽海花閒話」，於書中人名考索，間附訂誤瑣聞，別爲索隱表，詳載各人籍貫科分職業，師丹善忘，朋舊日稀，又行篋無書，兼此三者，一二錯舛，誠知不免，間所未悉（不過百分之一），仍從闕如，屬稿既竟，輒題四絕句於後。癸未殘臘，小三吾亭長年開八秩漫書。

麥飯宣仁事已空。尙餘變法說元豐。淒涼天水無窮碧。都在師師小傳中。

鎖骨觀音此化身。是非留付後來人。嫩兒甘爲孫三死。夫婿東方慎莫嗔。

怨李恩牛黨禍延。黃巾倉猝起戈鋋。橫刀健者今安在。枯則應枯古井邊。

燈火繁臺渺舊京。一觴一詠夢承平。詞流百輩銷沉盡。此簿應題點鬼名。

直到咸豐手裏。就是金田起義。

金田在廣西籐縣，相傳道光末，桂撫鄭祖琛出京時，有老人謁於旅次，言公此行，數千百萬生靈所繫，請留意，金田事起，鄭得地方官稟報，慮牽連殺戮，一味掩飾姑息，而洪秀全勢始蔓延。

斯時正是大清朝同治五年。大亂敉平。

敉平在同治三年，非五年，康熙間，派員祭長白山，山頂墜一崩石，石刻七字，曰木立斗非共世極，蓋歷朝紀年之數也，木爲順治十八，立爲康熙六十一，斗爲雍正十三，非爲兩三十，故乾隆六十，共爲廿六少一點，故嘉慶二十五，三十年爲一世，故道光三十，惟極字筆畫多，頗難解，及辛酉，文宗賓天，時余七外祖周畇叔先生，方官翰林，衆求其字義不得，其同年錢馨伯，忽拍案曰，得之矣，蓋十年八月了，口外又一年，也其事載周先生日記，而同光宣三朝獨無，豈以甲子中興，等於周平王晉元帝，東周東晉，另有一起耶，周先生日記，今尚藏余家，無論如何，巳咸豐以前相傳舊話。

那一甲第三名探花黃文載。是山西稷山人。第二名榜眼王慈源。是湖南善化人。第一名狀元是誰呢。却是姓金名均。是江蘇吳縣人。

黃文載爲王文在，王慈源爲黃自元，安化人，非善化人，金均爲洪鈞。

一個有鬚的老者。姓潘。名曾奇。號勝芝。

潘曾奇爲潘遵祁，號順之，探花世璜子，狀元宰相世恩從子，官至翰林院侍讀，故云老鄉紳。

一個中年長龍臉的。姓錢。名端敏。號唐卿。

錢端敏爲汪鳴鑾，號柳門，錢塘人，是同治乙丑翰林，是時方散館在京，不應在玄妙觀茶坊與潘順之喝茶。

姓陸名叫仁祥。號菶如。

陸仁祥爲陸潤庠，號鳳石。

本朝開科以來。總共九十七個狀元。江蘇倒是五十五個。

自順治丙戌開科，至同治戊辰，連洪鈞，總共一百人，江蘇占四十六人，此云九十七，五十五，並誤，其下云，蘇州狀元的盛衰，與國運很有關係，則以光緒一朝，蘇州無狀元也。

張書勛同陳初哲。石琢堂同潘芝軒。都是兩科蟬聯。中間錢湘舲。遂三元及第。自嘉慶手裏。只出了吳廷琛吳信中。

張書勛，丙戌，陳初哲，己丑，石琢堂，名韞玉，庚戌，潘芝軒，名世恩，癸丑，錢湘舲，名棨，己亥（此三人依前後文例，均應書名，不應書號，）吳廷琛，壬戌，吳信中，戊辰。

那榜眼探花傳臚。都在蘇州城裏。

辛未，榜眼吳毓英探花吳廷珍，並吳縣人，傳臚毛鼎亨，長洲人。

就只吳鍾駿崧甫年伯。

吳鍾駿，壬辰。

那時候世叔潘八瀛先生。

潘八瀛爲潘祖蔭，號伯寅，壬子探花。

我去年看他在書房裏。校部元史。怎麽奇渥溫木華黎禿禿等名目。

文卿出使歸國始有元史譯文證補之作，是時尚未研究及元史也，禿禿即脫脫，雖是譯音，寫定已久，不宜更改，致淺者疑別是一人。

阿拉喜崇阿嗎。

阿拉喜崇阿，爲烏拉喜崇阿，是滿洲人，非蒙古人，京師人以對鴻飛遵遠渚者。

肇廷兄。

肇廷爲顧肇熙，號緝庭。

怎麼珏齋兄也來了。

珏齋爲吳大澂，號愙齋，亦是年翰林，文卿既未到家，吳不得遽先歸也。

今兒晚上謝山芝。

謝山芝爲謝家福，號綏之。

畫畫的湯壎伯。

湯壎伯，名經常，武進人。

比到我們蘇州府裏姚鳳生的楷書。楊詠春的篆字　。任阜長的畫。

姚鳳生，名孟起，楊詠春，名沂孫，任阜長，名薰，楊常熟人，本書楊崇伊，其猶子也，任蕭山人。

這位是常州成木生。

成木生爲盛宣懷，號杏孫。

原來是認得的常州貝效亭。名佑曾的。

貝佑曾爲費學曾，號佑庭，本書費念慈，其子也。

莫非是趙飛燕的玉印嗎。

此印後歸南海伍氏海山仙館。

先兩天定公的兒子龔孝琪。兄弟還在上海遇見。

龔孝琪爲龔橙，號孝拱。

庚申之變。虧得有賢王留守。主張大局。那時兄弟也奔走其間。朝夕與英國威妥瑪磋磨。

英使在禮部大堂議和時，龔橙亦列席，百端刁難，恭王大不堪，曰龔橙世受國恩，奈何爲虎傅翼耶？龔厲聲曰，吾父不得官翰林，吾貧至餬口於外人，吾家何受恩之有？恭王瞠目看天，不能語。譚仲修云，嘗見其收藏多圓明園中物，後亦斥賣盡淨，有寧波人得其一卷，題曰團圞話者，即世傳黃蘗禪師詩也，卷爲禪師自書，比通行者，多兩崇兩德各興衰，九載中原一借師，不戴大天三百六，長春回首失娛儀一首，卷末有自跋付思玄子，前鈐康熙御覽乾隆御覽兩璽，思玄子無攷，意必明遺臣故家之物，而籍沒入官者，裱工甚劣，殆爲原裝，雕龍漆匣則極精，疑官家所後製也，團圞話三字，見吳梅村贈黃蘗詩，少時讀之不解，後始知其有本事。

叫聲景亭年伯。

馮桂芬，號景亭，所著校邠廬抗議，光緒戊戌變法時，曾命廷臣簽注進呈，茂名楊蓉圃侍郎，屬余代爲之。

倭艮峯爲一代理學名臣。而亦上一疏。

倭艮峯爲倭仁，號艮峯，同文館初開，慮其阻撓，命爲管理大臣，倭陽奉命，到館視事，中途墜馬，遂請假，尋卒。

現在認得一位徐雪岑先生。是學貫天人。中西合撰的大儒。一

個令郎。字忠華。

徐雪岑爲徐壽，號雪村，忠華，名建寅，號仲虎。

雯靑曉得是無錫薛淑雲請客。

薛淑雲爲薛福成，號叔耘。

一位呂順齋。

呂蒼舒爲黎庶昌，號蒓齋，蒓齋同治初元，應京兆試下第，不得歸，乃以星變上萬言書，自云初以爲書上可遞解回籍，不意乃得官，曾國藩見其文，極賞之，後與張裕釗，吳汝綸，薛福成，稱曾門四大弟子。

那三個是崇明李台霞。名葆豐。丹徒馬美菽。名中堅。嘉應王子度。名恭憲。

李葆豐爲李鳳苞，號丹霞，馬中堅爲馬建忠，號眉叔，王恭憲爲黃遵憲，號公度。

以上第二回。

方曉得是姓雲。字仁甫。單名一個宏字。

雲宏爲容閎，號純甫。

曉得這外國人叫傅蘭雅。一口好中國話。

傅蘭雅不獨好中國話，與花之安，並通中文，在廣方言館譯書極多，惟有一事極可笑者，外人以曾左李諸公，皆建極大功業，皆從科舉出身，於是多方求得其硃卷讀之，久而語人，看不出此中用兵的道理，彼不知八股爲敲門磚也。

一姓李。字任叔。

李任叔爲李善蘭，號壬叔。

又有杭州一位大富翁胡星岩。

胡星岩爲胡光墉，號雪巖，左宗棠西征，糧台即其所辦，左在伊犂日，忽思及西湖蓴菜，胡乃以蓴菜卷置夏布中，到日，以水漂之，與新鮮者不殊也。

這是貴國第一次派往各國的使臣。

同治丁卯，派志剛孫家穀，隨美使蒲安臣出洋，與列國交親，非正式使臣也，事在文卿中狀元之前。

同着常州纔到的曹老爺以表。

曹以表爲曾之撰，號君表，常熟人，即作者之父（本書於常熟人，皆託之爲常州人）。

叫做含英社。

含英社即登瀛社，舊有登瀛社稿行世，皆金台書院課藝，曾之撰所作最多。

龔和甫看了。

龔和甫爲翁同龢，少時號大粢，余得其藏書，鈐此印。

祇賸曹公坊一人向隅。至今還是個國學生。

之撰以光緒乙亥舉人，納貲爲刑部郎中。

除了公坊的令師潘止韶先生。

潘止韶爲潘欲仁，號子昭，常熟人，以副貢官沛縣教諭。

人家看見他舉動闊綽。揮金如士。

龔橙在滬時，值歲暮，有鄉人來，欲假貸，甫開口，龔即斥之曰，我安得錢，既而曰，君遠來，今晚請聚豐園吃飯，丹桂聽戲，鄉人不敢不來，來則見戲園中間，凡十數方棹，來客及妓，皆與龔周旋，問所費幾何，曰四五百番，鄉人曰，我所求於君者，祇百番，君少請數客，吾得度今年矣，龔又斥之曰，百番亦值得向我開口耶，汝無出息，汝終身不必再見我，其不近人情諸類此。

全是他好友楊墨林供應。

楊墨林為楊坊，號憇棠，寧波富商，上海墨海書林，亦其開設，故射名墨林。

又遇見了英使威妥瑪。做了幕賓。

大英國志，成於是時。

老太爺的神主。怎麼好打的哩。

毛西河著四書改錯，刻一木人，題曰朱熹，改一錯，則敲木人一下，曰阿熹汝錯了，戴子高在金陵書局，著論語正義，得一新義，則往學宮，對朱子牌位溲溺，書局提調洪汝奎惡之，言於江督馬新貽，麾之使去，新貽被刺，曾國藩復督兩江，詢戴望，曰斥之矣，且以其事告。國藩曰，書生可憐，復招之，（戴再到書局，汝奎極不願，一日，見戴所校新刻孟子，猶以一杯水，救一車薪之火也，作救一車薪之水也，曰戴望發薪水迷，扣其薪水一月，戴大為所窘，乃文正薨，戴往弔，謂汝奎，今日君知竇耶，我行，君當送，汝奎起送之，至階，忽厲聲曰，立直，候我溲溺，汝奎當衆亦無如之何也。）龔蔽其父神主，未知有無，惟爲其母作行狀，狀中極言自古母之慈者，無過其母，父之惡者，亦無過其父，則實事也，余外祖周季況先生，曾親見之。

但是他的香火子孫。遍地皆是。

光緒戊子以後，龔定庵詩文盛行，南社詩家尤宗之。

他是被滿洲人毒死在丹陽的。

定庵死，或云爲其僕所毒，與其妾有曖昧（即集中所稱靈簫），非滿洲人。

管宗人府的。便是明善主人。是個才華蓋世的名王。明善的側福晉。叫做太淸西林春。

明善爲貝勒奕繪，西林太淸春姓顧，爲奕繪側福晉，奕繪爲高宗曾孫，著有明善堂集，號太素道人。

太淸做的詞。名東海漁歌。

滿洲詞人，男中成容若，女中太淸春，王幼遐嘗恨生平未見漁樵二歌，謂朱希眞樵歌，顧太淸漁歌也，幼遐沒後，余始得東海漁歌，況夔笙索之，爲刊行，幼遐不及見矣。

太淸內家裝束。外披着一件大紅斗篷。

太淸與太素，並馬遊西山，馬上彈鐵琵琶，手白如玉，琵琶黑如漆，見者謂是一幅王嬙出塞圖。

以上第三回。

孽海花閒話（二）

冒鶴亭

難道西林春，也玩這個把戲嗎。

以下寫得太猥褻，定庵集中，憶太平湖之丁香花云，一騎傳箋朱邸晚，臨風遞與縞衣人，憶北方獅子貓云，故侯門第歌鐘歇，猶辦晨飧二寸魚，確爲太清作，然亦不過遐想，宣統初，作者作此書時，鄧秋枚借余所評太清天游閣集，於神州國光社出版，內載余因見太素集上元侍宴詩，自注有邸西爲太平湖，邸東爲太平街語，賦詩云，太平湖畔太平街，南谷春深葬夜來（南谷在大房東太清葬處），人是傾城姓傾國，丁香花發一低徊，不意作者拾掇入書，唐突至此，我當墮拔舌地獄矣。

妾將被禁。

太清無被禁事，惟太素身後，不容於姑，及其嫡子，自太平街邸，攜載釗載初兩子，叔文以文兩女，出居養馬營，則有之。

香囊一扣。

定庵詩，阿孃重見話遺徽，病骨前秋盼我歸，欲寄無因今補贈，汗巾鈔袋枕頭衣，鈔袋即香囊，然此別有本事，係定庵之戚，杭人，與太清無涉。（定庵寱詞，最爲世傳誦，余榷淮關，鹽商約赴西壩宴飲，其地妓居，皆在舊黃河灘，草屋蘆簾，相沿不改，乃憶所謂爲恐劉郎英氣盡，捲簾梳洗望黃河者，一經文人點綴，讀者遂爲色飛眉舞，不知其地之齷齪，與後來彩雲所居天橋同也）。

和他搖了兩夜的攤。

定庵嗜賭，自云有神技，而每賭輒輸，已亥雜事詩，所謂東皇八萬驍騎盡，爲報投壺乏箭材也。官京師時，程春海有氈帽會，假松筠庵，與諸名流討論學術（東征記爲天下第一淫書，遠出金瓶梅上，舊爲程春海藏，以一老狐爲線索，出山海關，東行，描寫所過人家，猥褻之事，由甲而乙，由乙而丙，隨起隨滅，層出不窮，蓋明遺民所作，以醜詆滿洲風俗者，懼得禍，故書中太半自造新事，非以前後文推之，茫然不解也，即以前後文推之，亦有解有不解，春海晚年得此書，苦思力索，其不得之，則費腦，既得之，則又搖精，遂致得病不起，書後歸余外祖，外祖罷官後，悉以易米，文芸閣王子展均欲向余借閱，不知余亦未得見也。後於京師爲龍泉寺僧題春海龍泉寺檢書圖云，蕭寺孤棺愴客魂，禮堂遺藁籍師門，不知餖飣東征記，可有回文讀法存，圖爲春海沒後，其師阮芸台，囑戴醇士作也，附記於此，以廣異聞），張享甫至，必攜相公一二人，所言皆某園某角唱某戲，定庵至，則所言皆某實之三，爲五虎帶四門，某實之四，爲八仙，或十二闌干，喧呶不已，諸公愛其才，亦無忤也。（張亨甫王郎曲云，天下三分月，二分在揚州，一分乃在王郎彎彎之眉頭，傳誦一時，其實與北江詩派所謂黃狗之飛飛上天，白狗一去三千年，亦唯之與阿耳，亨甫自以姚石甫入獄，隻身入都，納饘橐事，爲最有風義。）

莘如竟也中了狀元。

陸潤庠甲戌，後文卿戊辰一科。

索性捐了禮部郎中。

曾之撰捐郎中，分刑部，非禮部，吏禮兩部，無捐納人員也。

且說那年，又遇到秋試之期。

光緒乙亥。

下層是筆墨稿紙，挖補刀，漿糊等。

鄉試非殿試，毋庸帶挖補刀漿糊。

我想迦陵的紫雲，靈岩的桂官。

紫雲爲余家歌童，與陳其年狎，紫雲娶婦，其年賦催妝詞，有努力做藁砧模樣句，聞者絕倒，後從其年入都，其年詩，所謂呢他縱底翻驚拍，從我天邊襲虎侲，而先巢民徵君則云，見慣數來頻綺膩，心知攜去省纏綿，旁人誤說何多事，擲拂相從汝較賢也，李桂官與畢秋帆事，袁子才有長歌紀之云，若教閨閣論勛伐，合使夫人讓誥封。

以上第四回。

會稽李治民純客。

李治民爲李慈銘，號蒓客，道光末，余七外祖，周畇叔先生，以翰林家居，創立言社，李與王平子，咸隸社籍，七外祖名星譽，五外祖名星譽，外祖名星詒，於是平子名星誠，李名星蕃，號言社五星，繼以唐人已有李謨，乃改李模，又改李慈銘，其後周李凶終隙末事，徐仲可嘗詢余，余詳告之，仲可載入所刊日記，李以貲郎，從田間來，七外祖爲適館授餐，爲游揚於翁潘之間，又荐其館於商城周芝臺相國家，蒓客始知名，外祖嘗語，彼以怨我故，怨及七兄，七兄無絲毫負蒓客也，其後七外祖官廣東運司時，蒓客乃具疏稿，嗾鄧承修參之，爲忘本矣。

只有北地莊壽香芝棟。

莊壽香爲張之洞，號香濤。

豐潤莊崙樵佑培，閩縣陳森葆琛。

莊崙樵爲張佩綸，字幼樵，陳森爲陳寶琛，號伯潛。

再有瑞安黃叔蘭禮方，長沙王憶莪仙屺。

黃叔蘭爲黃體芳，號漱蘭，王憶莪爲王先謙，號益吾。

總要推祝寶廷名溥的。

祝寶廷爲寶廷，號竹坡，鄭親王濟爾哈朗八世孫。

那是還有個盛伯怡呢。

盛伯怡爲盛昱，號伯羲，肅親王豪格七世孫。

順德李石農。

李石農爲李文田，號若農，余得其元史地名攷殘藁，前六七年，在廣州修志，詢其家人，則全藁尙存，儻缺余所得之首二冊，因行篋未攜，許歸後檢贈之，而事變起，殘年覕蔭，恐不復能南游，息壤食言，師門愧負，京師自乾隆時，稽拙修當國，士夫多喜談相法，稽嘗於虎坊橋，見一士人，停輿詢之，曰楊某，以會試來，攜之歸寓，語之曰，子不獨今科不能中，即終身亦不中也，然官可三品，子雙眼異常人，盍從我，當授子相法，楊後官順天府尹，值鄉試錄科，見許乃普奇之，諗知爲治中學范子，因囑治中使往見，坐定，問其字，曰滇生，曰子杭人，何以字滇生，以生長雲南對，及晤治中，開口便云，世兄好相貌，可惜鼎甲而不狀元，尙書而不宰相，後許以榜眼官吏部尙書，衆咸以爲神，李亦精相法，梁啓超初入京，於沈曾桐座上見李，梁退，沈問其相若何，李頓足曰，此擾亂天下耗子精也，然李相文廷式可致鉅富，言亦不驗。

朝廷後日要大考了。

大考在乙亥年。

就看見唐卿珏齋肇廷，都在西面。

吳大澂時在陝西學政任內，顧肇熙是舉人非翰林，如何能大考。

壽香先生來了。

張之洞時亦在四川學政任內。

便是祝寶廷。

寶廷是年三等，由侍讀降中允。

却是莊崙樵考了一等第一名。

此次大考一等第一名，爲吳寶恕。

崙樵就授了翰林院侍講學士。

張佩綸大考二等擢侍講，充日講起居注官。

父母不曾留下一點家業。

佩綸父名印塘，曾官安徽按察使。

忽然想起前兩天，有人說閩浙總督納賄買缺一事，又有貴州巡撫侵占餉項事，還有最赫赫的直隸總督李公，許多驕奢罔上的疑項。

佩綸參閩撫丁日昌，非閩督，又參黔撫林肇元，貪黷營私，至參侵占餉項，似指雲南報銷一案戶侍王文韶言，均不在初得講官時，若對於李鴻章，則其壽合肥六十詩小序，自言累世通家，雅託密契，始終無參劾事也，因參李鴻章而降官者，爲黃體芳，黃在江蘇學政任，考試生童，有一次，出首題爲是社稷之臣也，次題左，首題爲國人皆曰賢，次題老彭，首題爲國人皆曰可殺，次題有李，（黃又一次出題，一爲關雎之亂章之洋洋乎三字，一爲中庸如在其上如在其左右節之洋洋乎三字，故詢教官，尙有一縣未有題，四書中有第三個洋洋乎否，教官曰，甚少，遂落筆云，少則洋洋焉。）

今日參督撫，明日參藩臬，這回劾六部，那回劾九卿。

佩綸前後所參督撫，除閩撫丁日昌，黔撫林肇元外，爲陝撫譚鍾麟，馮譽驥，贛撫李文敏，東撫任道鎔，藩臬爲晉藩葆亨，王定安，粵藩姚覲元，浙臬陳寶箴，陝臬沈應奎，六部爲工尙賀壽慈，吏尙萬青黎，戶尙董恂，兵侍郭嵩燾，戶侍王文韶，吏侍邵亨豫，九卿爲都御史童華，光祿卿黎召棠。

樞廷裏有敬王，和高陽藻。

敬王爲恭親王奕訢，高陽藻爲李鴻藻，高陽人。

却說有一日黃叔蘭，丁了內艱。

黃體芳於同治庚午，放福建學政時丁艱，在己卯前。

某日奉上諭，江西學政着金洵去，陝甘學政着錢端敏去，浙江學政着祝溎去。

文卿由山東主考，放江西學政，在光緒己卯年，汪鳴鑾以光緒癸未放陝甘學政，與文卿不同時，寶廷無放浙江學政事。

你是另有一道旨意，補授山西巡撫了。

張之洞授山西巡撫，在光緒辛巳年，亦不同時。

越南被法蘭西侵佔得厲害，越南王求救於我朝。

法人由西貢破東京，越南駙馬黃佐炎，經諒山，謁廣西提督防軍統領黃桂蘭乞援，事在光緒壬午，後文卿放差三年。

菶如因放差沒有他。

己卯，文卿放差時，陸潤庠亦放陝西主考。

原來公坊那年，自以爲臭不可當的文章，竟被霞郎佔着，居然掇了巍科。

那年，是光緒乙亥。

寫著袁尚秋討錢冷西檄文。

袁尚秋爲袁旭，號爽秋，錢冷西爲錢振倫，號崙西。

以上第五回。

那時旗昌洋行輪船，我中國已把三百萬銀子去買了回來，改名招商輪船，辦理這事的，就是菶如在梁聘珠家吃酒遇見的成木生，這件事總算我們中國在商界上第一件大紀念。

輪船招商公局之奏設，在同治壬申年，旗昌歸併，在光緒丙子年，文卿放江西學政，已在光緒己卯，此誤記。

輔佐著的，便是大學士包鈞。

包鈞爲寶鋆。

祇爲廣西巡撫徐延旭，雲南巡撫唐炯，誤信了黃桂蘭趙沃，以致山西北寧，連次失守。

時命徐延旭進軍諒山，唐炯進軍北寧，黃桂蘭趙沃，則皆當時統領，黃置姬妾於龍州，其行轅在北寧，日徵安南妓女三四十人，入供酬勞，趙沃亦昏庸，法人未近北寧，勇丁均攜婦女先逃，黃趙不能禁，山西北寧及諒山先後陷，黃趙拿問，畏罪各自盡，徐唐均張佩綸所保，由道員各驟擢巡撫，及逮問，又不明降諭旨，盛昱即藉以彈劾政府，而朝局爲之一變，詳下條。

孽海花閒話（三）

冒鶴亭

連敬王和包高襲等，全班軍機，也因此都撤退了。

此事爲朝局大關鍵，有甲申而後有甲午，有甲午而後有戊戌，有戊戌而後有庚子，有庚子而後有辛亥，由清之朝局，一變而爲維新，爲排外，爲立憲，爲革命，甲申去今，整六十年，其遞嬗之跡，顯然在人耳目也，清流者，題目也，士夫聲氣結納，矯首厲角，高自位置，非我族類，則目之爲濁流，此漢唐以來之傳統，至明而烈，清流多屬人，南人概而言之，則南北人之競爭，互爲起伏而已，南人講聲氣，善結納，北人所不如也，北人言語同，嗜欲同，親戚故舊，不在於朝，則在於野，王公奄寺，易於接近，論其勢則北聚而南散，論其力則北厚而南薄，故其結局，往往北人勝而南人敗，或兩敗而俱傷焉，今統一朝言之，順治初，北人之魁，曰涿州馮銓，南人之魁，曰溧陽陳名夏，與名夏同號清流者，曰合肥龔鼎孳，曰海寧陳之遴，其後則北人勝，二陳皆獲重譴，甚而伏法，鼎孳雖以功名終，中間亦累蹉跌，沈子培曩與余言，溧陽承東林復社之衣鉢，涿州則閹黨餘孽也，國步雖更，門戶未泯，嗚呼，知言哉，嗣是而康熙朝，則明珠爲北人魁，高士奇徐乾學爲南人之魁，士奇初附明珠，其後眷顧之隆，駕乎其上，明珠旣罷，高徐亦先後斥歸，此兩敗者也，當時鄙諺，有萬方玉帛歸東海，四海金珠進澹人之謠，達於宸聽，東海者，徐之郡名，濟人，則士奇字也，雍正一朝，君權獨操，桐城張廷玉，雖以佐命之功，鑑於隆科多年羹堯之獲罪，除以其子弟爲卿外，不敢絲毫露圭角，乾隆初，北人之魁曰鄂爾泰，其後則和珅，南人之魁曰婁縣張照，其後則金壇于敏中，鄂張競爭至烈，亦北勝南敗，和則繼于而起者，于歿後撤祀賢良祠，追奪世職，和以嘉慶初下獄，賜自盡，先後均敗，嘉慶朝，北人之魁曰大興朱珪，亦清流，南人附之，董誥，曹振鏞，備員而已，所謂庸庸碌碌曹丞相，哭哭啼啼董太師也，道光朝穆彰阿，咸豐朝肅愼，皆滿人，皆敗，至同光間，而高陽李鴻藻，始翹然稱清流領袖云，高陽當國時，豐潤張佩綸爲中堅，南皮張之洞，宗室寶廷，附之，瑞安黃體芳，與之洞爲至戚，閩縣陳寶琛，與佩綸爲至交，又附之，試繙光緒初年德宗實錄讀之，幾無一葉無此清流諸公之章奏也，而是時隱然與鴻藻對壘者，則爲翁同龢，同龢乃組織所謂小清流，與清流峙，小清流中，宗室盛昱，滿洲志鋭，瑞安黃紹箕，番禺梁鼎芬，秦州安維峻，丹徒丁立鈞，長洲王頌蔚，皆其庚辰會試所取士也，此外閩縣王仁堪仁東兄弟，永明周鑾詒，萍鄉文廷式，通州張謇，皆門生（文張時尙未通籍，已知名），而擁戴翁爲黨魁者也，會直督李鴻章丁憂，以合肥張樹聲代，鴻章語樹聲，直隸紳士，其鋒不可攖也，其意蓋指張佩綸言，於是樹聲乃通誠於佩綸，知佩綸書生，而又好談兵，則以位尊金多之鶩辦北洋軍務餂之，佩綸許諾，疏入，士論乃薄佩綸，佩綸大不堪，乃使寶琛疏參樹聲，以疆臣調講官，爲不合朝廷體制，旨下，樹聲交部議處，樹聲知淸流已啓釁，惴惴然恐異時位將不保，乃使其子華奎，奔走於小淸流之門，（時號華奎爲淸流腿）以乞援，日夜謀所以去佩綸者，咸以鴻藻一日在，則佩綸一日不能去也，而是時慈禧以恭王遇事刦持，思易之，未有以發，盛昱知宮中事，乃爲擒賊擒王之計，借法越及徐唐事，直疏糾參恭王，恭王乃與鴻藻並罷，至同龢亦罷，則非盛昱意料所及，疏中及樹聲，樹聲亦開缺，則尤非華奎意料所及也，恭邸孫心畬兄弟，約余集萃錦園賞海棠，余賦五言長古，中云，酒闌起太息，默憶先朝事，賢王持大體，頗觸西朝忌，其時李翁潘，元祐諸賢萃，蕢齋矯首角，驄馬人盡避，厲階生靖達，煬竈冀求媚，疆臣調講官，嚴旨斥違例，結驩反失驩，惴惴保祿位，有子附淸流，乃作抽薪計，不知賢祭酒，有意定無意，一疏快恩仇，坐俾漁人利，升沈本細事，此舉關興替，即記此事，黃秋岳嘗就余詢其本末，自來傾淸流者皆僉壬，惟此則以淸流攻淸流，爲例外也。（佩綸嘗參翁曾桂爲翁同龢姪，不應列京察一等，張之洞詩注，言同龢在戶部，於請欵多駁斥，欲置之於死地，汪鳴鑾爲余鄉試復試閱卷老師，罷官後，嘗讌余於小西橋寓齋，余所呈七律詩，有往事自捫臣舌在，諫書無補主恩深句，余婦叔祖黃漱蘭侍郎，見之，有書抵余，謂桃花潭主人不配，此皆翁李分黨中之蛛絲馬跡也。）

軍機處換了義親王做領袖。

義親王爲禮親王，世鐸，是鐵帽子親王，萬曆間，薩爾滸之戰，爲明清興亡最大關係，禮親王代善兵旂爲紅衣大砲所折，其福晉急割髮爲纓，取護心鏡爲頂，雙手舉之，周麾而前，士氣奮發，明四路兵皆敗，故禮邸中所用之旂，後來猶綴黑纓，余親見之，詢知其事也。

加上大學士格拉和博，戶部尙書羅文名，刑部尙書莊慶蕃，工部尙書祖鍾武一班人了。

格拉和博爲額勒和布，羅文名爲閻敬銘，莊慶蕃爲張之萬，祖鍾武爲孫毓汶，孫得軍機，翁李啣之至深，孫初本與翁爭狀元有隙，今先言其遠因，咸豐丙辰，翁孫同舉進士，其先臣皆狀元宰相，門第相埒，殿試前一夕，孫使人於翁小寓門口，放花砲，使之徹夜不能合眼，策題已下，翁昏然欲睡，幾不能執筆，忽於考籍中，得家人所置西洋參一枝，嚼之，精神始振，臚唱，則翁狀元，孫榜眼，以是兩人終身宿憾不解，孫當國後，結李蓮英，公行賄賂，愈爲清流所詬病，甲午中日之戰，孫主和，之萬亦附孫主和，翁李至是合而主戰，外間只知外傾李鴻章，不知其內傾孫毓汶也，之洞黨於鴻藻，至是亦與之萬不慊，光緒末，京師修畿輔先哲祠，之洞欲祀鴻藻，鄉人以文正不正爲辭，（文正不正者，指其納僕婦爲妾，又當穆宗大漸時，召沈桂芬與鴻藻，同受顧命，慈禧知之，要於皇帝宮門之外，曰皇帝苟言及嗣皇帝者，吾巳擇有其人矣，沈李入，穆宗出一紙授鴻藻，鴻藻急呑之，蓋嗣皇帝御名也，穆宗旣大行，慈禧乃立醇親王之子爲帝，改元光緒，民間傳言穆宗所立爲貝子溥倫，亦揣度之詞耳，其實片紙所書御名，微獨桂芬不得知，即鴻藻亦不敢覘也。）欲以之萬易之，之萬爲之洞從兄，實籍之以塞其口也，之洞卒不從，於是王照憤而以口沫塗去牌位上所書李鴻藻之名，之洞亦無可如何，此事轟動一時，余在京師所目擊者，王照字小航，即戊戌變法時，以禮部主事上書，一日而罷兩尚書四侍郎者也。

也派定彭玉麟督辦粵軍，潘鼎新督辦桂軍，岑毓英督辦滇軍。

彭玉麟爲欽差大臣，總理廣東軍務，潘鼎新以湖南巡撫，繼徐延旭爲廣西巡撫，岑毓英時爲雲貴總督。

又把莊佑培放了會辦福建海疆事宜，何太眞放了會辦北洋事宜，陳琛放了會辦南洋事宜。

此在甲申四月，李鴻藻已罷，孫毓汶所設一網打盡之計也，張陳以是革職，吳僅而獲免。

祇有上年七月，得了馬尾海軍大敗的消息。

是時法有一萬四千五百十四噸之兵船八艘，水雷艇二艘，中國祇六千五百噸之兵船十一艘，其中九艘爲木製，此外則舊式砲船十三艘，開戰後一分鐘，我旗船揚武已擊沉，七分鐘內，戰事即完，我兵艦或沉或火，不及一小時也。

閩督吳景，閩撫張昭同。

吳景爲何璟，張昭同爲張兆棟，事敗均革職。

船廠大臣，又給他面和心不和。

是時船政大臣，爲何如璋，事敗亦遣戍。

那曉得法將孤拔，倒老實不客氣的，乘他不備，在大風雨裏，架着大砲打來。

孤拔乘潮漲，我艦尾向其船頭，不及起錨，遽開砲，擊沉揚武等軍艦七艘，燬福州船政局，及馬尾砲台，實不名譽，時在甲申七月，孤拔亦受傷，後死於澎湖。

不久就把他革職充發了。

佩綸至閩，諸將請備戰，笑曰，且勿喧，自有奇兵勝之，及孤拔戰書來，則書免戰二字於船檣，既開戰，徒跣走鼓山，猶語人曰，法人果知兵者，何并免戰牌而未之識耶，事聞，革職遣戍，佩綸既獲譴，持鴻章疊次文電，皆止其開戰，聽候和議者，欲訟諸朝，鴻章許到臺後爲贖罪，始行，而管子學乃成於是時，惜其後人不能整理，實一好書也。

海上失了基隆，陸地陷了諒山。

法海軍以八月，陷基隆砲台，十二月十四日，巡撫潘鼎新，棄諒山，奔鎮南關。

居然鎮南關大破法軍，殺了他數萬人，八日中，克復了五六個名城。

法軍以乙酉正月，陷鎮南關，提督楊玉科死之，潘鼎新退龍州，關內民大譁，會馮子材與廣西臬司李秉衡，總兵王孝祺，先後至，據馮電云，材暗派前軍楊督帶，親率所部，乘夜渡河，至五更，併力攻城，敵人因連被我軍擊敗，心膽早寒，猛攻兩時，楊督帶瑞山，劉管帶汝奇，奮不顧身，於槍砲雨密中，首先登城，卒字各營員弁兵勇，蟻附而登，劈開城門，兵刃交下，法兵錯愕，向後潰竄，我軍追趕，擒斬纍纍，本日辰刻，立將諒山省城克復，所獲巨砲子藥，以千萬計。

依然把越南暗送。

法軍旣僨於諒山之敗，國內新殘於德，又因埃及問題，與英齟齬，介英人赫德，與李鴻章言和，認安南歸法保護，不索兵費，鴻章許之，時岑毓英已收復宣光，又破法軍於臨洮，進規西山，馮子材已收復文淵，又敗法軍於諒山，進規北寧，乙酉六月二十七日，和議成，諸將無不憤，張之洞彭玉麟詰責和議電中，至有奉電傳上諭，嗣後如有以和議進者，軍法從事，此次進和議者爲誰之語。

那時的江西巡撫達興。

達興爲德馨。

當時有一個知縣，姓江名以誠。

江以誠爲汪以誠，後官南滙縣知縣，納名妓林黛玉者。

替劉永福的姨太太做的。

劉永福爲黑旂黨魁，投誠後，授越南經略大臣。

保勝有個何大王

何大王爲何均昌，粵人。

法將安鄴神通大，勾結了黃崇英反了窩，在河內立起黃旂隊。

黃崇英爲越匪，同治末，法人陷河內，法將安鄴，搆之謀占全越，衆數萬，號黃旂，劉永福黑旂兵與戰，斬安鄴，覆其軍。

半路裏犯了駙馬爺黃佐炎的忌，他私通外國把越王欺。

駙馬黃佐炎，以大學士督師，匿永福功，越難旣深，越王責佐炎出兵，方調永福，永福却之，不至。

曾國荃主戰，派了唐景崧。

唐景崧以吏部主事，謁曾國荃，請出關招致永福，既見，爲畫三策，謂據保勝十州，傳檄而定諸省，請命中國，假以名號，事成則王，此上策也，次則提全師擊河內，中國必助之餉，若坐守保勝，事敗而投中國，策之下也，永福從中策。

紙橋一戰敵膽落。

永福既從景崧中策，與法人戰於紙橋，斬法將李威利，景崧爲作檄文，傳遠近，越王封永福一等男。

約了法軍來暗襲山西，裏應外合的四面火起， 直殺得黑旗兵轍亂旗靡。

越既乞降於法，永福以全師守山西，及戰，大潰，退保興化。

走到半路來了一枝兵，是馮督辦部將叫潘瀛。

潘瀛爲王孝祺部將，受馮子材節度，鎮南關之戰，袒臂裸體，衝入敵陣，傷亡獨多。

七十歲的老將馮子材

子材軀幹不逾中人，赬面白鬚髮，舊隸張國樑部下，鎮南關之役，率二子相榮相華，持矛躍出搏戰，諸軍以其年七十，猶奮身陷陣，故爭爲致死。

王孝祺率衆同拚命。

王孝祺本名得勝，文淵之戰，德榜在東嶺，孝祺在西嶺，連破法人五壘。

德榜旁出神勇奮，突攻衝斷了中軍陣。

王德榜文淵，與法對山壘戰，爭東嶺，敵援至，衝截爲二，部將蕭德龍張春發，戰最勇，殲其六畫兵總一，三畫兵總一，法人大潰，悉返侵地。

以上第六回

孽海花閒話（四）

冒鶴亭

却的真是現任浙江學臺宗室祝寶廷。

寶廷放福建主考，以納江山船女罷官，在壬午年，此云浙江學政，誤，罷官後未出京，文卿是時，亦已卸江西學政任矣。

只有九個姓，他姓不能去搶的，所以又叫江山九姓船。

此九姓皆方國珍部下，明太祖恨其拒命，其籍等於墮民。

趙太夫人八月十三日辰時疾終。

文卿江西學政任滿，請終養，尋丁憂，不得云聞赴。

姓匡，號次芳，名朝鳳。

匡次爲汪鴻藻，號芝房，鎮江府學宮前，有日月兩山，堪輿家以爲吉地，相傳劉裕故居，辛稼軒詞所謂尋常巷陌，人道寄奴曾住者也，學宮內舊有龍鳳龜鱗四石刻，隸潤庠之封翁，爲府學教授，生潤庠，字以鳳石，後爲狀元宰相，鳳藻太翁，亦府教授，汪氏兄弟，皆生於此，皆以鳳爲名，長鳳池，舉人，內閣中書，次即鳳藻，次鳳梁，均翰林，鳳藻外孫女，爲余子景璋繼室。

那岸上轎子裏，不是坐着個新花榜狀元，大郎橋巷的傅彩雲過嗎。

彩雲是此書主角，無論傳奇，或章回小說，以體裁言，不應至第七回始發現。

以上第七回。

我今年十五歲

余識彩雲，先後二十餘年，祇得其一句眞話，則生於同治三年甲子是也。況夔笙因余，嘗要其自敍生平，爲之作佳傳，彩雲因信口開合，夔笙信之，眞書癡也，文卿以光緒丁亥居憂時納之，是年服闋，由內閣學士放俄德荷奧四國公使，則彩雲實二十四歲。

原來彩雲本是安徽人。

光緒癸卯，余官刑部，彩雲以虐婢致死，入刑部獄，時獄中大員則有薾元春，黨人則有沈藎，案結，以誤殺定徒刑，從原籍徽州計算，一千里至上海也，余題宋本魚元機集詩，中云，憐渠鸚鵡禍，憶得鳳凰囚，往歲收周勃，同時泣杜秋，嬾妝來素素，禍水歎柔柔，至竟開籠放，何曾下筆句，辭幾連性命，債儻有恩仇，指彩雲言也，時尙書爲葛寶華，云孫家鼐者非是。

已離京五六年了。

若以已卯放江西學政計算，至丁亥則不止五六年。

日本取琉球，法國取了安南，英國收了緬甸。

取琉球在已卯三月，取安南在乙酉四月，收緬甸在丙戌六月。

恰好這年，出使英俄大臣呂孝芳，要改充英法義比四國大臣

，出使德俄荷奧比五國大臣許鏡澂，三年任滿，要人接替。

呂萃芳爲劉瑞芬，以乙酉年，出使英俄，許鏡澂爲許景澄，以甲申年，出使法德義奧比，是年召回。

如上回雯青在上海認得的雲仁甫，已派過了美日秘副使。

容閎僅充過駐美參贊，且在丙申伍廷芳任內，後文卿出世九年。

李台霞已派署過德國正使。

李鳳苞以己卯年，出使德國。

徐忠華派充參贊。

徐建寅在李鳳苞任內，充駐德使館參贊。

馬美菽也出洋游歷。

馬建忠嘗游歷法國，著有馬氏文通，及適可齋記言記行等書。

呂順齋派充日本參贊。

黎庶昌後兩使日本，在光緒辛巳及丁亥年，丙子，曾充駐英使館參贊，在郭嵩燾任內，非日本也。

莑如也開了坊了。

陸潤庠丁亥以侍讀在山東學政任內，不在京。

唐卿却從陝甘回來了。

汪鳴鑾丁亥在廣東學政任內，不在京，此云陝甘，亦誤。

珏齋也因公在京。

吳大澂丁亥在廣東巡撫任內，不在京。

就是伊犂一案，彼趁着白彥虎造反，就輕輕佔據了，要不是曾繼湛力爭，這塊地面，就不知不覺的送掉了。

曾繼湛爲曾紀澤，白彥虎爲回人，同治辛未，俄人藉口回亂，據伊犂，光緒已卯，派崇厚與俄人訂交還伊犂條約，除賠償軍費五百萬盧布外，又割伊犂南部特克斯河流域之廣大平原與俄，因下崇厚獄，候秋後處決，派曾紀澤爲全權大臣，赴俄，改訂前約，事在辛巳年。

所以兄弟前回到吉林，實在沒法，只好仿着馬伏波的故事，立了一個三丈來高的銅柱，刻了幾句銘詞。

大澂嘗督辦吉林邊務，於長嶺子中俄交界地方，立銅柱，銘云，疆域有表國有維，此柱可立不可移，在丙戌五月。

却是顫巍巍的鳳冠，光耀耀的霞帔。

彩雲以妾入門，如何能鳳冠霞帔，作者述之未詳，文卿初放公使時，故約與其夫人同行，夫人亦欣然，既而謂外洋風俗，公使夫人，須與外賓握手接吻，夫人謂如此則我不行，文卿又謂各國使臣，皆有夫人，中國不可無也，夫人謂彩雲代我去可乎，文卿知其已墮彀中，則曰，彩雲去不得，外國人無妾也，夫人遂許其暫假朝珠補褂用之，非鳳冠霞帔，且是出國後所假，非假之於入門時。

以上第八回。

却是莊小燕的。

莊小燕爲張蔭桓。

原來小燕是個廣東人，佐雜出身，却學富五車，文倒三峽。

張蔭桓家南海之佛山鎮，先曾祖官佛山時，與其先世稔，故余以世誼往還，余婦之叔祖黃體芳，則詆其爲奸人，然蔭桓雖不由科目出身，其駢文與詩，均不劣，著有鐵畫樓詩文鈔，余乙未西湖詞，有眼底河山，一半是宋家陳迹，二語，時中東和議方定也，最爲蔭桓所賞，逢人誦之。

不日又要出使美日比哩。

蔭桓以乙酉年，出使美國，日斯巴尼亞國，秘魯國，在文卿前，且是秘魯，非比利時。

從前使德的劉錫洪，李豐賓，使俄的嵩厚，曾繼湛。

劉錫洪爲劉錫鴻，光緒丙子，隨郭嵩燾出使英法，是副大臣，非正使，亦非德國，嵩厚爲崇厚，以戊寅年出使俄國訂收還伊犂條約。

這日子是大人的同衙門，但精河圖學的余笏南檢定的。

余笏南，俟攷，本書二十回，又言相術不凡。

還有一樣奇怪的法術，能拘攝魂魄，一經先生施術之後，這人不知不覺，一舉一動，都聽先生的號令，直到醒來，自己一點也不知道。

此即催眠術耳。

以上第九回。

這會發源於法蘭西人聖西門。

聖西門提倡社會主義，在十七世紀，當乾隆時。

最激烈的叫做虛無黨，又叫做無政府黨。

虛無黨起於十九世紀中葉，否定一切政治宗教之權威，主張徹底革社會制度，使各階級歸於平等，個人有絕對之自由，其後即有一派青年，以虛無主義者自任，組織團體，專事破壞政府組織，暗殺政府要人，俄政府對之，極爲嚴厲，被處死刑，及流竄西伯利亞者，不可數計，一八八一年，當光緒辛巳，俄皇亞歷山大第二被刺，此派活動，達於最高點，此後漸趨沉寂，一部分與社會民主主義派，及社會革命黨混合，而爲俄國大革命之先驅。

又兼我國有一班大文家，叫做赫辰，及屠爾克涅夫 ，托爾斯泰。

赫辰一譯作赫爾岑，著有誰之罪也一書，屠爾克涅夫著父與子，托爾斯泰，著主與僕，而托爾斯泰所著戰爭與和平，尤傳於時。

連日往謁見德國大宰相俾思麥克。

俾思麥克，以一八七二年，當同治辛未年，爲首相，至一八九〇年光緒庚寅，始退職。

那時恰好西歷一千八百八十八年，正月裏， 德皇威廉第一去世，太子飛蝶麗，新即了日耳曼帝位。

威廉第一，以一八六一年，當咸豐辛酉，即位，至一八八八年，光緒戊子，薨，威廉第二即位，此云飛蝶麗，則誤以威廉第一爲腓特烈威廉，威廉第二爲其子腓特烈大王矣，腓特烈威廉，在一七一三年即位，相差百餘年。

前幾年，只有箇曾小侯夫人。

曾紀澤初娶賀長齡女，後娶劉蓉女，此爲劉侯夫人。

以上第十回。

孽海花閒話（五）

冒鶴亭

唐卿就放了湖北學政。

汪鳴鑾丙戌放廣東學政。非湖北。在文卿出使前。年份亦誤。

珏齋放了河道總督。

吳大澂戊子授河督。是後文卿出使一年。

莊壽香也從山西調升湖廣總督。

張之洞己丑從兩廣調兩湖。在文卿出使後二年。非由山西巡撫升也。

就是一箇潘八瀛先生。已升授了禮部尙書。

潘祖蔭在文卿未出使前。己卯即由總憲升工部尙書。其後調刑部尙書。中間曾署兵部。以工部尙書薨。始終未任禮尙。

與龔狀元平。現做吏部尙書的和甫先生。

翁同龢亦在文卿未使前。己卯。由總憲升刑部尙書。其後調工部戶部。至罷官。始終未任吏尙。

一個姓米。名繼曾。號筱亭。一個却姓姜。名表。號劍雲。

米繼曾爲費念慈。其父字述亭。武進人。住蘇州。姜表爲江標。字建霞。

那麼公羊母羊。鬧出來的文體不正。心術就要跟着壞了。

公羊之學。始於陽湖莊氏。其外孫劉逢祿龔自珍繼之。光緒初。張之洞督學四川。延王闓運主尊經書院。提倡尤力。其高足弟子廖平。乃有孔子改制攷之作。康有爲於是亦著新學僞經攷。張之洞晚年詩。有新學公羊肇禍胎。父仇子刼有由來。劉郞不恨多岐麥。只恨荆榛滿路栽云云。蓋悔之也。李文田戊子江南鄉試題。爲子曰可與共學兩章。凡文中用反經合權四字。無不中式。其後辛卯年。費念慈爲浙江鄉試考官。題爲子張學干祿一章。文中用所見異辭。所聞異辭。所傳聞異辭者。亦無不中式。（廖所著孔子改制攷。康所著新學僞經考先後爲吳郁生余聯沅奏請燬禁。）

彷彿是個旂人。名叫連沅。號荇仙的。

連沅爲聯元號仙蘅。

葉緣常。

葉緣常爲葉昌熾。號鞠裳。

下邊署欵。却是成煜書。

成煜爲盛昱。號伯羲。

我聽說還有莊小燕段扈橋哩。

段扈橋爲端方。號午橋。

却認得前頭是荀子珮。名春植。後頭個是黃叔蘭的兒子。名朝杞。號仲濤。

荀春植爲沈曾植。號子培。黃朝杞爲黃紹箕。號仲弢。

是我新從琉璃廠翰文齋。一個老書估叫老安的手裏買的。

老安爲老韓。翰文齋書舖主人。京師書舖。古書較多者。翰文齋外。爲正文齋。肆雅堂。今正文肆雅均收肆。老韓子小韓　。倘繼其業。

現在常熟趙氏了。

趙氏爲趙烈文。陽湖人。寓常熟。（參閱古今陎乃乾一文）

上回有一個四川名士。姓繆號寄坪的來見。他也有這說。

繆寄坪即廖平。號季平。

我還聽說現在廣東南海縣。有個姓唐的。名猶輝　。號叫做什麽常肅。

唐猶輝即康有爲。號長素。

純客不是你的老門生嗎。

李文田庚午典試浙江。以關節授慈銘。慈銘遂由京回浙鄉試。又以關節授其同鄉胡毓麒。胡亦中式。故其日記。於入京會試盤川一層。不著張羅一字。蓋名利雙收也。

這月裏李治民李老爺的喂養費。發了沒有。

慈銘人極褊淺。然受人之賜。雖少。必載入日記。達官中。所得以祖蔭及張之洞爲較多。有一事足資談助者。則爲祖蔭身後。其墓誌爲慈銘撰。費念慈書。念慈一日遇慈銘。謂之曰。越縵先生所撰潘老師大文。比神道碑爲長。害我足足寫了兩日。念慈不過炫此石爲其所書。初無他意也。而慈銘疑其譏爲不合體裁。（凡文字。神道碑墓表可長。墓誌則不應長。以銘幽之文。其石不宜太大。）啣之。其後糾參浙江三科主考。念慈即其一。遂至終身一蹶不振。可畏哉。

以上十一回。

却見屋裏一個雄糾糾的日耳曼少年。金髮頳顏。風采奕然。一身陸軍裝束。

此影射瓦爾德西也。

請密細斯放心。拍了照。我就遣車送你回去。

此外國皇后。與各國公使夫人拍照。是常事。不必寫來如此神秘。此象片。壬寅以前。彩雲懸諸陝西巷（彩雲回上海後。陝西巷有醉瓊林酒館。即其舊居。）臥榻之前。人多見之。

以上第十二回

米市衕衕潘大人放了。

潘祖蔭與李鴻藻廖壽恒等放會總。是光緒己丑科。是科會元。爲許葉芬。下文云劉可毅者。蓋誤壬辰一科與己丑併爲一談。

還有箇旂人。

旂人會總。是崑岡。

其餘房官。袁尚秋。黃仲濤。荀子珮。那班名士。都在裏頭。同鄉熟人。却有個姓尹名宗湯。字震生。也派在內。

尹宗湯爲楊崇伊。崇伊與袁昶。黃紹箕。均非是科房官。沈曾植則終身未分房。惟壬辰會試。其弟曾桐。與袁昶爲同考。

章騫。號直蜚。南通州。聞鼎儒。號韻高。江西。

章騫爲張謇。字季直。聞鼎儒爲文廷式。字芸閣。

姜表。號劍雲。江蘇。米繼曾。號筱亭。江蘇。

江費並是科進士。

蘇胥。號鄭龕。福建。

蘇胥爲鄭孝胥。字蘇堪。

呂成澤。號沐庵。江西。

呂成澤爲李盛鐸。字木齋。是科中式。

楊遂。號淑喬。四川。

楊遂爲楊銳。字叔喬。

易鞠。號緣常。江蘇。

葉昌熾是科中式。

莊可權。號立人。直隸。

莊可權爲張權。字君立。之洞子。

繆平。號奇坪。四川。

廖平是科中式。

他有個閨中談禪的密友。却是個刎頸至交的嬌妻。

刎頸至交。爲梁鼎芬。鼎芬妻爲其會試房師善化龔鎮湘之女。王先謙之甥女。

那位至交。也是當今赫赫有名的直臣。就爲妄劾大臣 。 丢了官兒。自己一氣。削髮爲僧。

鼎芬劾李鴻章。罷官後。曾居焦山海西庵。未嘗爲僧。其妻亦未遯跡空門。余家與萍鄉文氏四世交。先曾祖與廷式之祖叔來觀察。同官粵東。咸豐間。先曾祖殉節乳源。觀察殉節嘉應州。余姑母爲廷式嫂氏。余於姑母處嘗見其人。廷式之子公直。即龔所生。

那章直蜚。是在高麗辦事大臣吳長卿那裏當幕友的。

吳長卿爲吳長慶。張謇因通州知州孫雲錦介紹。入其幕。同時吾鄉人在吳幕者。有海門周家祿。泰興朱銘盤。

這坐監的原因。就爲直蜚進學時。冒了如皋籍 。認了一個如皋人同姓的做父親。屢次向直蜚敲竹槓。直蜚不理會 。誰知他竟硬認做眞子。勾通知縣。辦了忤逆。革去秀才 。關在監裏。

張謇爲海門長樂鎮沙民。幼時在如皋撫幼塾讀書。入學名張育才。以無籍貫。稱如皋人張銓之子。爲張銓家所持。關通撫幼塾董事。學師姜堉南楊泰瑛。押之於學宮。未嘗革秀才也。知縣爲周際霖。

幸虧通州孫知州。訪明實情。

孫知州即孫雲錦。

那時令尊叔蘭先生。督學江蘇。纔替他昭雪開復的哩。

時江蘇學政爲彭久餘。徇知州請。以歸宗咨部。移通州籍。謇遂爲通州人。

原來尹震生。是江蘇常州府人。

楊崇伊是常熟人

楊遂諸人。

楊銳未成進士。

朗朗的賊了姓劉名毅起來。

劉毅爲劉可毅。壬辰會元。是翁同龢爲會總所取中。第三場策。問高麗事。以張謇曾隨吳長慶至高麗也。劉卷條對較詳。咸以爲張謇。及拆彌封。乃劉可毅。翁大不快。後閱黃體芳言。劉亦江南名士。黃所刊江左校士錄。多其所作。乃始釋然。劉初名毓麟。夢天榜。見會元爲劉可殺。乃易名可毅。而紅錄竟刻爲劉可殺。當時衆口以爲不祥。不料庚子出京。竟爲拳匪所殺。

錢端敏大人。從湖北任滿回京。在外求見。

汪鳴鑾廣東任滿。非湖北也。

門生想朝廷快要考中書了。

已丑考內閣中書。文廷式第一。

余中堂。

余中堂爲徐桐。

前日山東大名士汪蓮孫。

汪蓮孫爲王懿榮。號蓮生。

以上第十三回。

如今且說筱亭的夫人。是揚州傅容傅狀元的女兒。

傅容爲徐郙。號頌閣。嘉定人。同治壬戌狀元。女名原仙。能畫。歸費念慈。嘗乞余題秋窗論畫圖。畫折枝花卉四幀爲報。

太太帶着兩位少爺。兩位小姐。都到了。

兩位少爺。爲毓桂毓楷。兩位小姐。後一嫁沈鵬。一嫁文永譽。廷式子也。

明明我的卷子第一。不知怎的。發出換了第十。

費念慈殿試二甲第六。是第九本。非第十。是科第一爲張建勳。

我是紅頂子堆裏養出來的。仙鶴錦雞懷裏抱大的 。這會兒背上給你馱上一隻短尾巴的小鳥兒。看了就觸眼睛。

仙鶴爲一品補服。錦鷄二品。短尾巴鳥兒。則七品也。

今懽內就是闊相。赫赫中興名臣威毅伯。就是懽內的領袖哩。

伯夫人爲太湖趙氏。嘉慶丙辰狀元。山西按察使文楷孫女。道光辛丑翰林。高廉道昀第女。名繼蓮。其弟繼椿。爲余同年。

革職充發到黑龍江。算來已經七八年了。

張佩綸戍察哈爾。非黑龍江。己酉出口。戊子釋歸。亦無七八年。

今年恰遇着皇上大婚的慶典。

大婚慶典。在己丑年。

立着個不長不短不肥不瘦的小姑娘。

光緒甲午。佩綸避兵居上海北京路慶源里五弄。有人見伯夫人之女。短而肥。

現在敢替崙樵說話。就是威毅伯。加今變了翁婿 。不能不避這點嫌疑。你們想。誰敢給他出力呢。

佩綸戍所歸。參直督幕。復爲言官論劾。驅逐離天津。庚子議和。於賞編修。尋以四五品京堂候補。其謝恩摺有云。官制所頒。卿才綦重。參列侯而決議。遠溯漢儀。改九寺而正名。近稽唐典。會李鴻章卒。張遂不再起用。

詩酒唱酬。

佩綸潤于集，有與其夫人蘭齋聯句。

就此受了風寒。得病嗚呼了。

寶廷罷官後。築室西山。光緒庚寅年歿。

以上第十四回。

孽海花閒話（六）

冒鶴亭

俄國鐵路。已接至海參威。

海參威本屬吉林省。咸豐庚申。割於俄。其西伯利亞鐵路開工。事在辛卯年。

德意志大帝國陸軍中尉瓦德西。

彩雲與瓦德西事。實報紙讕言。庚子京城陷。有德國格知府翻譯葛麟德。（原是廈門海關三等幫辦。）與彩雲稔。彩雲要其攜赴南海一遊。葛曰。瓦德西於南海紫光閣辦事。軍令嚴。婦女不得入也。彩雲乃乞丁士源。於謁瓦德西時。易裝為僕人。隨之入。然是日瓦德西值外出。丁歸。告其同寓鍾廣生沈藎。鍾沈各戲草一稿。一寄游戲報。一寄新聞報。謂彩雲如何得幸。及儀鸞殿火。樊雲門作後彩雲曲。遂附會瓦德西挾彩雲。裸而出。俗語不實。流為丹青。因是瓦德西回德。頗不容於清議。至發表其剿拳日記。以反證明。彩雲即不與瓦德西接。原不得謂之為貞。但其事則莫須有也。

以上第十五回。

世界有名虛無黨女傑海富孟的異母妹。

海富孟最不喜基督教。從家庭逃亡出外。投身革命。以一八八一年。當光緒辛巳年三月一日。俄皇亞力山大第二。於巡視聖彼得堡時。被炸死。捕入獄判死刑。改無期徒刑。一八八二年。當辛巳年。

瘐死獄中。下文云。海氏科氏。同受死刑。略誤。

父名司愛生。本猶太種人。移居聖彼得堡。爲人鄙吝頑固。

猶太人迷信基督教最深。

逼嫁了科羅特揩齊。

科羅特揩齊。一譯作科洛克維奇。在恐怖主義中最著名。

直到一千八百八十一年三月。海富孟隨着蘇菲亞．趁觀兵式的機會。炸死俄皇亞力山大。海氏科氏。同時被捕於泰來西那街爆藥製造所。受死刑。

蘇菲亞本俄貴族。爲柴可夫斯基團女團員。以炸死俄皇。與科羅特揩齊。並於一八八二年。判處死刑。

又見鮮黎亞博。蘇菲亞。都遭慘殺。

鮮黎亞博一譯作熱利亞博夫。爲蘇菲亞情侶。

遇見了樞密顧問官美禮斯克罘的姑娘魯翠。

魯翠。一譯克魯賽。爲彼得堡縣自治會長。

所以夏雅麗竟得列名虛無黨中最有名的察科威團。

察科威。一譯作柴可夫斯基。以自己名字。爲團體名字。於一八五九年。當咸豐己未年成立。同時民粹派。尚有巴枯寧一派。均主張社會革命者。巴枯寧爲急激派。柴柯威斯基爲溫和派。

一個叫克蘭斯。一叫波兒麻。

克蘭斯。一譯作克拉西可夫。波兒麻。一譯作蒲列哈諾夫。

就因一千八百六十六年 。告發莫斯科亞特俱樂部實行委員加來科梭。謀殺皇帝事件。

一八六六年。當同治丙寅年。加來科梭。一譯作加拉可佐夫。是大學生。其實在是年四月四日。

一次卡米匿橋下的燧道。

事在一八七九年。當光緒己卯年。

一次溫宮後街的地雷。

事在一八八〇年。當光緒庚辰年。街名意大連斯加。

以上第十六回。

咄。爾速答我 。能實行千八百八十一年二月十二日民意黨上書要求之大赦國事犯召集國會兩大條件否。

此書爲一八八一年。當同治辛未年。上俄皇亞力山大第三者。時亞力山大第二被炸。方十日。其主筆。爲詩人米海洛夫斯基。與民意黨同時者。有黑土分配黨。黑土分配黨。爲民主勞動黨之濫觴。民意黨。爲民主革命黨之前奏也。

魯翠姑娘。也在一千九百零四年五月十一日 。把爆藥彈擲皇帝尼古拉士。不成。被縛。

尼古拉士。爲亞力山大第三之子。卒於一九一七年。當民國丁巳年。國內大革命。被迫退位。翌年。與其后及皇太子等。同下獄死。

清國俄德奧荷公使金均。三年任滿 。現在清廷已另派許鏡澂前來接替。

文卿以庚寅年七月召回。許景澄繼任。

以上第十七回。

有一座出名的大花園。叫做味蒓園。

味蒓園舊屬張氏。今改民居。

記名道日本出使大臣。呂大人。印蒼舒。號順齋。

黎庶昌是年七月自日本召回。

前充德國正使。李大人。印禮賓。號台霞。

李鳳苞在德使任內。被司業潘衍桐奏參。甲申回國。

直隸候補道前充美日秘出使大臣。雲大人。印宏 。號仁甫。

容閎無出美日秘事。

現任常鎮道。前奉旨游歷英國。柴大人。印龢。號韻甫。

柴龢爲蔡鈞。號和甫。

大理寺正堂。前充英法出使大臣。俞大人。印耿。號西塘。

俞耿爲裕庚。號朗西。乙未年。始以惠潮嘉道。出使日本。其使法已在己亥年。文卿歿久矣。

還是去年七月。奉了出使英法義比四國之命 。誰知淑雲奉命之後。一病經年。至今尚未放洋。

薛福成自湖南按察使。出使英法義比四國。在庚寅年。

被脚靴手版。膠擾了一日。

吳昌碩嘗詣彩雲。彩雲問貴班。曰知縣。問何省。曰江蘇。彩雲笑曰。我隨使節時。你們知縣大老爺來稟安。從人展開手本。極似一柄摺叠扇也。昌碩連呼不色頭。滿座大笑。

郭筠仙侍郎。喜談洋務。幾乎被鄉人驅逐。

郭筠仙為郭嵩燾。中國第一任出洋公使也。所著使西紀程一書。奉旨禁毀。京朝官謂其在英國。與安集延及逆回白彥虎之黨往還。歸國時。湘人至不許其登岸。當時風氣之閉塞如此。

聽說俞西塘京卿。在家飲食起居。都依洋派。公子小姐出門。常穿西裝。

裕庚女即德菱。著御香縹渺錄者。然輩行遠在後。

弟在海外。就知閣下搜輯甚多。

黎庶昌刻古逸叢書。同時楊惺吾。亦得古畫甚多。其後日人重貲購吳興陸存齋皕宋樓藏書。宋元舊籍乃東渡。所以補前此遺憾也。中國於是始有古物流出外洋之禁。

即如那年。朝鮮李是應之亂。日本已遣外務卿井上馨。率兵前往。幸虧我兵先到。

此壬午年事。丁汝昌率超勇揚威威遠三兵輪。於六月二十七辰刻先至。吳長慶繼至。擒大院君李是應歸。置之保定蓮池書院。

可惜後來伊藤博文到津。何太眞受北洋之命。與彼立了攻守同盟的條約。

此約僅三條。（一）。議定中國撤駐紮朝鮮之兵。日本國撤在朝鮮護衛使館之兵弁。自畫押蓋印之日起。以四個月爲期。限內各行盡數撤回。以免兩國有滋端之虞。中國兵由馬山浦撤去。日本國兵由仁川港撤去。（二）。兩國均允勸朝鮮國王教練兵士。足以自護治安。又由朝鮮國王。選雇他外國武弁一人。或數人。委以教演之事。嗣後中日兩國。均勿派員在朝鮮教練。（三）。將來朝鮮若有變亂重大事件。中日兩國。或一國。要派兵。應先互行文知照。及其事定。仍即撤回。不再留防。而朝鮮已成兩國共同保護。其後又欲顧條約。又欲顧朝鮮爲我屬邦。羝羊觸藩。進退失據。遂有甲午之戰。

況且我們新滅了波蘭。又割了瑞典芬蘭。

俄滅波蘭。當乾隆時。其割瑞典芬蘭。當嘉慶時。均不得云新。

還有圖爾齊斯坦各部。

土耳其斯坦疆域北臨黑海。東北界外高加索。俄人侵土耳其。爲彼得大帝以來傳統政策。

近年我已在黑海旁邊。得了停泊善澳。

一八五六年。當咸豐丙辰年。巴黎條約。規定黑海中立化。不准設置兵工廠。及海軍。普法戰爭後。俄始恢復黑海行動之自由。

北邊又有煤礦。

烏拉爾區南部。鄂畢河上流。爲俄礦業中心。

又在庫島得了海口兩處。

白令海。鄂霍次克海。

倘要濟師。丹馬海峽。也可借道。

丹馬海峽。即丹麥之波蘭海峽。

近日北洋海軍。經威毅伯極意經營。丁雨汀盡心操演。

丁雨汀爲丁汝昌。號禹廷。

以上第十八回。

忠華囘湖北。

徐建寅由張之洞調至湖北。製造無烟火藥。藥炸裂。殞焉。事在光緒末年。其弟華封。亦善製造。

世兄大名。不是一個「南」字。雅篆叫做稚燕嗎。

張蔭桓有二子。長塏徵。刑部主事。即侍其父出塞者。次琬徵。恩蔭知縣。此當爲塏徵。

職道魚邦禮。號陽伯。山東濟南府人。

魚邦禮爲魯伯陽。似是安徽人。

這位王老爺。又是城裏半壁街上有名的大刀王二。

大刀王五。以護送御史安維峻至謫所。得任俠名。後爲拳匪所殺。

給總管連公公。是拜把子。

連公公爲李蓮英。得慈禧歡心。頗招聲氣。然其做事則甚精細。姑舉一端言之。某太史欲得南書房。謀於蓮英。蓮英曰。汝能畫乎。曰能。曰明日畫一扇來。碰汝運氣。時暑熱。蓮英乃持扇爲慈禧扇。慈禧見所畫花卉。著色甚鮮。取觀之。蓮英佯問此畫較南書房翰林若何。慈禧曰。有過之。無不及也。越日。保送南書房人員引見。慈禧憶某太史名。即畫扇者。某太史遂得南書房差。向使慈禧不取扇以觀。蓮英亦無能力也。然則小人固亦有才。而慈禧英明。則遠非明熹宗比也。

他一生飽學。却沒有巴結上一個正途功名。

往時京僚。重門第科第。張蔭桓以捐納起家。受知於閻敬銘丁寶楨。驟躋卿貳。清流多薄之。不與往還。

這幾行字兒。是誰寫的。剛剛還是雪白的牆。

寫王五遂成一水滸傳之武松。兒女英雄傳之十三妹。非事實也。

在他的雲臥園。

盛昱家有意園。

況且朝廷不日要考御史。聽說潘龔兩尚書。都要勸純客去考。

李慈銘考御史。在庚寅年。李逢庚年必得意。道光庚戌秀才。同治庚午舉人。光緒庚辰進士。庚寅考取御史。亦一奇也。

戶部員外。補闕一千年。

慈銘捐郎中。分戶部。非員外郎。

一疊連三。全是妄人兩字。

李慈銘善罵。初由余七外祖介紹。得交潘祖蔭。繼而趙撝叔公車入京。外祖又爲潘言。潘有一室。榜書曰。非讀五千卷者不得入。室中所儲。皆金石碑板之屬。趙得入。李不得入也。乃嗤趙。兼嗤及於介紹之人。其日記所稱曰天水妄子。指趙。所稱曰蜮。指余七外祖也。此長箋滿紙之妄人。即張之洞。以之洞所寄金未到也。

以上第十九回。

孽海花閒話（七）

冒鶴亭

原來純客還是初次到園。

慈銘與盛昱同年。又皆名流。如何云初次到園。

只見兩邊蹲着一對崆峒白石巨眼獅。

京師宅門。只有下馬石。無石獅。

倚秋指着池那邊說。你們瞧扈橋雙槳亂划。

京師園亭無水。水源在西山。雖城河亦不放。惟宮中有之。此外則十刹海而已。然不可泛舟。故士夫水嬉。多往二閘。

馬季長雖薄劣。誰能不替絳帳中人一洩憤憤呢。

絳帳中人。指瑾珍二妃。

這位是福州林敦古兄。

林敦古爲林旭。號暾谷。然上云李慈銘將考御史。下云潘祖蔭逝世。皆在庚寅一年。林尙未中解元。無緣入京。

快別老師門生的挖苦了。只要不考問着我敦倫就彀了。

李慈銘雖狂。對李文田却不敢肆其輕薄。惟庚辰榜後。謁見座主翁同龢。甫下拜。翁即口稱越縵先生。以學。則我當拜汝作老師。慈銘出。謁房師林紹年。林少年科第。謂老弟自是翰苑中人。今後詞賦。宜多用功。此次闈中詩用紫霓霓字作仄聲。我昬改作紫電。否則要犯磨勘。慈銘遽起曰。門生會作詩時。恐老師尙讀人之初耳。

拂衣遽行。歸而記曰。今日所見之人直不是人。其荒謬至此。其後林官御史。以直言敢諫。出爲雲南昭通府知府。始以詩送之行。復爲師弟。

我愛我的西嶽華山碑。

華山碑。世上相傳只有三本半。半本在李文田家。其三本後全歸端方。故顏其庵曰寶華。相傳前明時。華陰令奉到新頒御製碑文。以山峻石巨。不易推挽。使匠人覓廟中無名舊碑磨刻之。惟此碑前無結銜。遂致遭劫。余游泰山。見磨崖所刻唐太宗泰山銘。字如椀大。有明時一地方官。(記是閩人林姓。)大書深刻四字。(似是忠孝節廉。)於銘後。隨扈諸臣銜名上。眞無如此輩不學無術之人何也。

你還提起那王士祿的然脂集稿本哩。

先巢民徵君影梅庵憶語云。董小宛夫人。嘗欲著奩艷一書。未成。王西樵因有朱鳥逸史之作。亦往往津逮及之也。

純老的日記。四十年未斷。

慈銘日記。尙有數册在樊雲門處。未印出。中多罵雲門語。

要推董小宛的小像。

李文石家。有先巢民徵君畫一臥病美人。云是董夫人像。文石精賞鑒。此幅則贋物。徵君生平不解畫也。（光緒間。士夫忽有董夫人入宮說。此眞齊東野人之語。董夫人墓。在如皋南門外毛雉河側。陳其年詩集。有春日同巢民先生挐舟南郭訪董姬墓五律一首。可證也。沈子培嘗語余。此重公案。閻羅如提審。則我亦不免票傳。當日與盛伯羲諸君。戲言章皇帝何至因一董鄂皇后之逝。捨身出家。此其才色。除董小宛外。殆無人能當之。易實甫以爲新奇。將董皇后行狀。及影梅庵憶語合刻。不意遂成口實。余謂民間婦女。若已正位中宮。一旦升遐。爲故夫者。敢作纏綿之憶語。流布海內。海內人士。復從而弔之和之。當時文網。恐不如此之疎。至年紀之懸殊。又不必論也。子培稱是。）

說敦古的相是奇格。貴便貴到極處。十九歲必相位操大權。凶便凶到極處。二十歲橫禍飛災。弄到死無葬身之地。

林旭得軍機之日。與余飯於義勝居。言相者言其三十歲可至軍機大臣。此時我只愁短命。若三十歲不死。殊有希望也。但不云何人所相。知交中號有笏字者。祇左笏卿。朱幼笏。左能詩。朱能醫。皆不能相。此余笏南未知何人。留俟知者。

近來俄人逐漸侵入。英人起了忌心。不多幾時。送了個祕密節略。及地圖一紙。給總署。其意要中國收回帕境。隔閡俄人。

光緒壬辰。俄出兵。欲取帕米爾。以通印度。英人防之。英領璺利南。出所繪圖。證明喀什噶爾阿富汗之間。並無俄地。請中國收回帕米爾。俄堅執文卿新圖爲辭。欲循烏斯別里山脊。一直向南。爲自然界。山勢是向南轉東者。如是不特大小帕米爾將盡棄。回疆西藏。亦失藩籬。我方欲從烏斯別里山口南北經線爲界。相持數年。議久未決。

誰知昨日。又有個御史。把這事揭參了。

參文卿譯圖舛謬者。尙有大理寺少卿延茂。右庶子準良　。不止一人。

吾兄快些發一信給許祝雲。一信給薛淑雲。在兩國政府運動。

時許景澄使俄。薛福成使英。

以上第二十回。

匡次芳要見你。說是新放了日本出使大臣。

汪鳳藻出使日本。在壬辰年。

餘外余雄義。繆仲恩。俞書屛。呂旦聞。

余雄義爲徐用儀。繆仲恩見第十三回。俞書屛爲徐樹銘。呂旦聞爲李端棻。

如今壽香撫楚。珏齋撫粵。肇廷陳臬於閩。

張之洞以山西巡撫升兩廣總督。無撫楚事。自甲申至己丑皆在粵。大澂撫粵。則在丙戌至戊子。皆與下文潘祖蔭歿年分不合。顧肇熙是台灣道署臬司。

你們還不知我得了潘大人的信兒。

潘祖蔭歿。在庚寅年。與上下文均不合。

現在國家又派出工部郎中楊誼柱。號叫越常的。專管帕米爾勘界事務。

楊誼柱爲楊宜治。號莢裳。

麻加剌廟。想就是東華門內的古廟。那個地方。本來是內監聚集之所。

瑪加剌廟。在東華門內南河沿。明英宗奪門復辟之所也。順治時。攝政王所居。吳梅村詩所謂松林路轉御河行。寂寂空倉宿鳥驚。七載金縢歸掌握。百僚車馬會南城者是也。廟藏攝政王一盔。一鐵甲。甲表爲繡花黃緞。其裏則闊四五分長寸許之鐵。以鐵絲綴之。若魚鱗然。便伸縮也。盔特大。戴之可蒙至頸。明人奏章。謂滿州人頭大如笆斗。口中吐火。吐火者。吸關東煙葉。頭大則信不虛也。廟後改留學生會館。盔甲不知落何處矣。余生平所見。尙有尙可喜之盔。在其後人畜臣方伯家。吳三桂名將馬寶之鐵甲。會稽鍾厚堂廉訪。得之雲南者。

你看見今天宮門抄上。載有東邊道余敏。不勝監司之任。著降三級調用的一條旨意嗎。

余敏爲玉銘。所放是四川鹽茶道。非東邊道也。

下去罷。還當你的庫丁去罷。

玉銘奏對。自承是木廠老闆。

那不是我們珠官兒陪著嗎。

珠官爲翁斌子。名之潤。下文云姪孫。誤也。當改姪曾孫。

以上第二十一回

郭掌櫃此時在東交民巷番菜館。

此番茶館名紫筑辦館。

我怕的倒是你們那位姑太太。

費念慈夫人也。

這消息還是我們姑爺。在聞韻高那兒聽來的。

姑爺即費念慈。念慈與文廷式兒女親家。

還是天天都察院下來。到這兒溜搭溜搭。

徐郙授都察院左都御史。在壬辰年。

勝佛先生和鳳孫兄。

勝佛爲譚嗣同。湖北巡撫繼洵子。鳳孫爲張端本。前山東巡撫張曜子。下文章一豪。即張曜也。曜官河南布政使時。言官參其目不識丁。其後乃一志向學。刻一印。曰目不識丁。卒謚勤果。未列爵也。此云鳳孫新襲子爵。則誤。鳳孫以蔭後官南韶連道。

捱著這瘦長臉兒來是曾侯爺敬華。

敬華爲曾廣銓。字敬詒。以蔭後官雲南糧道。亦未嘗襲侯爵。

這會兒天津鎮台。不是有個魯通一魯軍門嗎。

魯通一爲衛汝貴。字達三。寧夏鎮總兵。

以上第二十二回。

敢情爲了預備老佛爺萬壽的事情。

慈禧萬壽。在甲午年。

就看見京報上。果然上海道放了魚邦禮。

魯伯陽到江蘇。劉坤一以人言嘖嘖。調爲常鎮道。仍不令到任。伯陽買缺。從借貸來。日爲債家所迫。遂至發瘋。未幾死。下文云革職。誤。

讓我把高麗商務總辦方安堂的一封要緊信。寫了再說。

方安堂爲袁世凱。字慰廷。

原來那東學黨。是高麗國的守舊黨。向來專與開化黨爲仇。他的黨魁崔時亨。自號緯大夫的。忽然現在全羅道的古阜地方起事。

東學黨帶宗教性及排外性。而亂民實雜其中。其先黨魁喬某。曾被戮。事在同治乙丑年。至光緒癸巳。黨人爲喬訟冤。明年甲午三月。崔時亨作亂於全羅道之古阜。攻陷縣邑數十處。又北竄陷全州省治。國王李熙以洪啓勛爲招討使。勦之不勝。乃乞兵於我。此爲中日開戰之導火線。至己亥。時亨被捕。服絞刑。孫秉熙繼之。改東學會爲天敎道。其徒李容九與孫秉熙。復立一進會。李宋皆逼韓王退位。及請將朝鮮合併於日本者。始以排外。終以賣國。則所謂其父殺人報仇。其子行劫者也。

這回比甲申年金玉均洪英植的亂事更利害。恐怕要求中朝發兵赴援哩。

金玉均曾游日本。與洪英植朴泳孝徐光範徐載弼等。謀殺朝中執政。英植總郵政。宴中外賓於郵署。獨日使竹添進一郎不至。酒半火起。亂黨入。殺朝官於座。禁衛大將軍閔泳翊亦受傷。玉均借日本兵入王宮。殺輔國閔台鎬等八人。英植自爲右參政。泳孝等咸典兵。欲廢王。朝鮮臣民籲我駐師吳長慶靖難。長慶斬英植以徇。玉均走日本。

倒連累金貴妃。寶貴妃。都革了妃號。降做貴人。

金貴妃爲珍妃。寶貴妃爲瑾妃。均工部侍郎長萃女。

兩妃的哥哥致敏。貶謫到邊遠地方。

致敏爲志銳。廣州將軍長善子。二妃之堂兄。以妃故。出爲烏里雅蘇台參贊大臣。

以上第二十三回。

話說雯青提出了阿福。

阿福後在袁樹勳家。

那時帕米爾的事情。楊誼柱也查覆進來。知道國界之誤。已經幾十年。並不始於雯青。

光緒辛巳。改訂伊犂條約後。又訂南路西北界約。帕米爾諸地。以俄界轉西向南。中界轉爲正。南界以紅線。而迤東本屬我者。已屬諸俄。

給英俄兩政府交涉了一番。終究靠着英國的勢力。把國界重新畫定。

俄侵帕米爾。在光緒辛卯。至甲午。英俄擅自割分我領土。交涉終了。文卿已歿一年。

忘了招呼從人。剛從辦事處。走到大堂廊下。

向例。堂司散值。必先套車伺候。文卿即未招呼從人。蘇拉見堂官起身。當然招呼套車。若逕走到大堂廊下。無此體統。

孽海花閒話（八）

冒鶴亭

彩雲恰從城外湖南會館。看了堂會戲回來。

湖廣會館。在虎坊橋。凡堂戲。必至上燈。文卿甫散值歸。如何能散戲。此亦不合情事。

原來奉如這幾年在京沒事。倒很研究了些醫學。讀幾句湯頭歌訣。看兩卷本草從新。

本書於陸潤庠，多尖刻語，如第十一回，譏其不識說文，及自云與何邵公沒有交情，可謂形容盡致，至謂其讀幾句湯頭歌訣，看兩卷本草從新，則殊非事實也，陸太翁懋修，家世岐黃，深於醫學，有一事足概其生平，而爲人所鮮知者，因論醫及之，民國四年，移宮之說甚盛，陸方小病，謂此時吾可以死矣，日自定一方，使家人市藥服之，家人以其知醫，不之怪也，逾半月，而病不可爲，乃延蘇人汪逢春診之，汪視舊方，則一日大涼，一日大熱之藥，於是始知其實自殺也，病革時，徐世昌來問疾，陸拱手請致語袁世凱，勿加郵典，隨語家人曰，我附身衣內，有小紙包，是辮繩，我自往一間房所購者，勿匆遽遺之也，言訖而瞑，其人雖不學，其大節則凜凜，余挽詩所謂地下鬼猶依帝座，路旁人敢薄科名也。

又結了朱陳新好。

洪陸爲兒女親家，文卿子爲陸壻，名洛，以蔭官工部郎中。

却把箇文園病渴的馬相如。竟做了玉樓赴召的李長吉了。

文卿歿在癸巳年，下文即接朝鮮東學黨之亂，相差一年。

去叫雯青的長子金繼元到京。

金繼元爲洪洛。

叫北洋大臣威毅伯。先派了總兵魯通一。統了盛軍馬步三千。提督言紫朝。領淮軍一千五百人前去救援。

魯通一即二十三回之衛達三，言紫朝爲葉志超，案是時李鴻章得朝鮮請兵平亂之電告，所遣派者，除水師外，爲直隸提督葉志超，率太原總兵聶士成，帶淮軍一千五百人出發，此云衛葉，誤也。

藉口那回天津的攻守同盟條約。也派大鳥介圭　。帶兵逕赴漢城。

光緒乙酉，條約訂定，將來朝鮮若有變亂重大事件，中國派兵，應先行文知照，及其事定，即行撤回，不再留防，大鳥介圭時爲駐韓公使，方回國，急於五月初，帶兵四百餘名，由陸路赴漢城，商輪兵輪，先後載四千餘人續至，統將爲陸軍少將大島義昌，我駐韓總理袁世凱，囑韓廷阻止，無效。

後來黨匪略平。我國請其撤兵。不但不撤兵。反不認朝城爲我國藩屬。又約我國協力干預他的內政。

外務省初得我國公使汪鳳藻照會，即復稱從未承認朝鮮為中國之屬邦，至是仁川漢城亂事已定，乃倡言由兩國派委員改革朝鮮內政，設置必要之警備兵，蓋以共管朝鮮之難題相難也，同時由大鳥介圭，提出改革五綱領二十六條目於韓廷。

時威毅伯雖然續派了馬裕坤。帶了毅軍。左伯圭統了奉軍。由陸路渡鴨綠江。到平壤設防。

馬裕坤為馬玉崑，左伯圭為左寶貴，案是時葉志超駐牙山，續派衛汝貴統盛軍馬步六營進平壤，馬玉崑統毅軍二千進義州，由大東溝登岸，此云馬左，亦誤。

聽說朝王虜了。朝妃囚了。牙山開了戰了。

先是大鳥介圭，對韓廷提出哀的美敦書，迫令廢華約，逐華兵，即由大島義昌，以兵入漢城，擁立大院君李昰應，流閔妃之族於遠方惡島，並在牙山外，開砲擊沉我所雇運兵械之英商輪船高陞，戰端遂開，時甲午六月二十三日也，七月一日，遂同時宣戰。

無怪有名的御史韓以高。會了全臺。在宣武門外松筠庵開會。提議參劾哩。

韓以高為安維峻，以六月十八日，片參軍機及總署，此云牙山開戰後，稍誤。

上回南北會操時候。威毅伯的奏報。也算得舖張揚厲了。

鴻章以甲午四月間，奏報閱軍情形，軍容甚盛，不數月，殲於黃海，此最痛心之事，茲將北海軍兵力，列表於後：

分隊職分	船名	船式	噸數	馬力	速力	砲數	船員	進水年分
主戰艦隊	定遠	鐵甲	七、三三五	六、〇〇〇	一四、五	二二	三三〇	光緒八 一八八二
	鎮遠	同	七、三五五	六、〇〇〇	一四、五	二二	三三〇	同
	經遠	同	二、九〇〇	三、〇〇〇	一五、五	一四	二〇二	光緒十三 一八八七
	來遠	同	二、九〇〇	五、〇〇〇	一五、五	一四	二〇二	同
防守艦隊	致遠	巡洋	二、三〇〇	五、五〇〇	一八、〇	二三	二〇二	光緒十二 一八八六
	靖遠	同	二、三〇〇	五、五〇〇	一八、〇	二三	二〇二	同
	濟遠	同	二、三〇〇	五、五〇〇	一八、〇	二三	二〇三	光緒九 一八八三
	平遠	同	二、二〇〇	一、五〇〇	一四、五	一一		同
	超勇	同	一、三五〇	二、四〇〇	一五、〇	一八	一三〇	光緒七 一八八一
	揚威	同	一、三五〇	二、四〇〇	一五、五	一八	一三〇	同
	鎮東	砲船	四四〇	三五〇	八、〇	五	五五	光緒五 一八七九
	鎮西	同	四四〇	三五〇	八、〇	五	五五	同
	鎮南	同	四四〇	四四〇	八、〇	五	五五	同
	鎮北	同	四四〇	四四〇	八、〇	五	五五	同
	鎮中	四	四〇〇	七五〇	八、〇	五	五五	光緒七 一八八一
	鎮邊	同	四四〇	八四〇	八、〇	五	五五	同
練習艦	康濟	同	一、三〇〇	七五〇	九、五	一一	一二四	光緒七 一八八一
	威遠	同	一、三〇〇	八四〇	一二、〇	一一	一二四	光緒三 一八七七

補助艦	泰安	同	一、二五八	六〇〇	一〇、〇	五	一八〇	光緒二 一八七六
	鎮海	同	九五〇	四八〇	九、〇	五	一〇〇	同治十 一八七一
	操江	同	九五〇	四〇〇	九、〇	五	九一	同治五 一八六五
	湄雲	同	五七八	四〇〇	九、〇	四	七〇	同治八 一八六九

附水雷船

(船名)	(船式)	(噸數)	(速力)
左隊一號	一等水雷	一〇八	二四
左隊二號	同	同	一九
左隊三號	同	同	一九
右隊一號	同	同	一八
右隊二號	同	同	一八
右隊三號	同	同	一八

我今做了一篇征討的摺子。

文廷式於六月四日，奏陳明賞罰增海軍審邦交戒觀望四策，爲廷臣主戰之最早者，張謇別有疏參李鴻章，在九月，下云謇運著者誤。

載兵去的英國高陞輪船。已經擊沉了。

我雇英國商輪凡三艘，曰愛仁，曰飛鯨，曰高陞，分運兵械至牙山，乃間諜在津賄通電報生，將師期洩露，愛仁飛鯨先到，高陞以七月二十三日，駛近牙山口外之豐島，被擊沉，而運送軍械之操江差船亦被擄。

牙山大營也打了敗仗了。

牙山者，朝鮮之縣邑，値漢城西南一百五十里，仁川之左腋，沔江之口，羣島羅列，與我山東之成山頭相値，葉志超以援兵久不至，海道已梗，乃移師公州，使聶士成守牙山東北五十里之成歡，被側面攻陷，志超亦棄公州，渡大同江，至平壤，與大軍合，猶揑報勝仗，以是士成賞勇號，志超亦賞翎管小刀荷包火鐮，以示優異云。

以上第二十四回。

我和高中堂。自奉派會議朝城交涉事後。天天到軍機處。

六月初十日，諭戶尚翁同龢，禮尚李鴻藻，與軍機大臣，總理衙門，會同詳議韓事，從奕劻之請也。

却被景親王。

景親王爲奕劻，是高宗子永璘之後，由貝勒以是年晉封親王。

恰好我的姪孫弓夫。

弓夫即翁弢夫，名斌孫。

必須另簡資深望重的宿將。如劉益焜劉瞻民等。

劉益焜爲劉坤一，劉瞻民爲劉銘傳。

還要停止萬壽的點綴。

慈禧六旬萬壽，在甲午年十月十日。

陸軍統帥。最好就派劉益焜。

坤一以欽差大臣守榆關，關內外各軍，統歸節制，當時京師以劉坤一拼命守榆關，對衛達三含寃赴菜市也。

何太眞既然自告奮勇。何妨利用他的朝氣。

吳大澂在湘撫任內，電請赴韓督戰，優詔允之。

威毅伯始終迴護丁雨汀。樞廷也非常左袒。海軍換人。目前萬辦不到。

李鴻章奉旨以丁汝昌畏葸無能，巧滑避敵，難勝統帶之任，諭令遴選勝任之員，鴻章於二十九日奏覆，詳述海軍情形，作海軍力之比較，以缺乏快船，故不敢輕於一擲，但令游弋渤海內外，以作猛虎在山之勢，並以海軍將才難得，各將領中，尚無出汝昌之右者云。

金玉書畫。固是他的生平嗜好。

大澂在陝學任內，得愙鼎，自號愙齋，收藏金石書畫甚富。

山西辦賑。

大澂與丁壽昌黎兆棠辦山西賑務，事在丁丑年，事竣，賞侍讀學士銜。

鄭州治河。

大澂於鄭州，防河築壩，事在戊子年，事竣，實授河東河道總督。

吉林劃界。

大澂以庚辰春，加卿銜，隨同將軍銘安，赴吉林勘界，時伊犁交涉未竣，俄越東邊設卡也。

北洋佐軍。

大澂於甲申四月，以通政使會辦北洋事宜，同時陳寶琛會辦南洋事宜，張佩綸會辦福建海彊事宜，均專摺奏事。

玨齋却祇出使了一次韓城。辦結了甲申金玉均一案。又會同威毅伯。和遼國伊伊丞相。定了出兵朝城彼此知會的條約。

大澂以甲申朝鮮亂事，派往查辦，明年，伊籐博文來天津，訂定條約，即朝鮮有變，兩國派兵，先互行文知照之約也。

刻了一篇槍砲準頭說。

大澂防屯吉林時，習槍法，成槍法準繩一書，刊布之，非槍砲準頭說也，孫子十家疏，未見。

如編修汪子昇。中書洪英石。河南知縣魯師曾。連著畫家廉菉夫。骨董掮客余漢青。都追隨而來。

汪子昇為王同愈，字勝之，洪英石為翁琪綬，字印若，魯師曾疑魯悅，廉菉夫為陸恢，字廉夫，余漢青為徐熙，字翰卿，其父名康，即著前塵夢影錄，元和江氏刻入靈鶼閣叢書者。

添保了幾個湘軍宿將。韋廣濤季九光柳書元等。索性把俞虎丞也加入了。

韋廣濤為魏光燾，季九光為李光玖，柳書元為劉樹元，俞虎丞為余虎恩。

祇見一個一寸見方。背上縷着個伏虎紐的漢銅印。製作極精。翻過正面。刻着度遼將軍四個奇古的繆篆。

以度遼將軍印歸大澂者，為安吉吳俊卿，時俊卿方投効也，此云徐翰卿所購，誤。

陸軍方面。言魯馬左四路人馬。第一次正式開戰。被殺得轍亂旗靡。祇有左伯圭在玄武門死守血戰。中彈陣亡。

葉志超從牙山退平壤，擁萬四千人，所部將則衛汝貴，馬玉崐，左寶貴，豐陞阿，八月十六日，平壤陷，寶貴死之，志超退安州，陸戰之敗，敗於此役。

海軍方面。丁雨汀領了定遠鎮遠致遠十一艦。在大東溝大戰。又被打得落花流水。沉了五艦。祇有致遠管帶鄧士䄍。血戰彈盡。誤中魚雷。投海而死。

丁雨汀即第十八回之丁汝昌，字禹廷，鄧士䄍爲鄧世昌，是時我戰艦十一艘，以噸數言，彼僅得我之七成，然艦小於我，速率大於我，大砲少於我，而快砲則多於我，經遠致遠揚威超勇沉，餘者鎮遠定遠來遠靖遠濟遠平遠廣丙七艘，入旅順修理，彼僅西京丸，爲定遠擊沉，致遠管帶鄧世昌，當船受傷時，鼓輪欲撞吉野丸，與之俱沉，不中，中魚雷，世昌死之，濟遠管帶方永謙逃時，與揚威相撞，揚威遂沉，永謙遁入旅順後，李鴻章電令就地正法，又當北洋大閱海軍時，英人曾勸鴻章，添購快船二艘，時方以萬壽，撥海軍經費三千萬，修頤和園，同龢長戶部，亦藉口欵絀，英船遂爲人所購，其一吉野，此次黃海之戰，擊沉我艦多艘者也。

朝旨把言魯逮問。

葉衛先後拿交刑部後，多方運動，刑尙薛允升，力主伸國法，汝貴斬於市，志超卒免死監禁。

威毅伯也拔去三眼花翎。褫去黃馬褂。

當議譴時。張之萬尙力爭，而李鴻藻翁同龢主之甚力。

起用了老敬王會辦軍務。

恭王以甲申法越事出軍機，至是兪禮侍李文田之請，九月一日，遂派管理總理衙門事務，會同幫辦軍務。

添派宋欽領毅軍。劉成佑領銘軍。依唐阿領鎮邊軍。都命開赴九連城。

宋欽爲宋慶，劉成佑爲劉長佑，依唐阿爲依克唐阿，然是時與宋慶依克唐阿守九連城者，爲劉盛休，非劉長佑，宋慶恇怯，不能守，九月二十八日，城陷。

連破了鳳凰岫巖。直到海城。

十月二日鳳凰城陷，二十二日岫巖州陷，十一月十六日海城陷。

孽海花閒話（續完）

冒鶴亭

補上龔平高揚藻。又添上一個廣東巡撫耿義。

耿義爲剛毅，與翁李同入軍機。

一直到開了年。正月元宵後。纔浩浩蕩蕩的出了關門。直抵田莊台。進偪海城。

大澂以乙未正月出山海關，抵田莊台，李光玖駐二台子，魏光燾駐三台子，劉樹元駐四台子，環海城而軍者，兩將軍，依克唐阿，長順，一巡撫，吳大澂，一提督，宋慶，共百餘營，六萬餘人，而牛莊陷，當時京師以翁同龢兩番放鶴，對吳大澂一味吹牛。

（以上第二十五回。）

方知道他被御史參了三欵。

大澂以軍餉不至久駐山海關，至十二月爲御史高燮曾張仲炘糾參。

好在唐卿新派了總理衙門大臣。

嗚鑾與敬信，派在總理衙門行走，事在甲午七月。

十多年的情分。

彩雲以光緒丁亥歸文卿，至癸巳，文卿死，無十多年。

雯青有一部元史補證的手稿。是他一生的心血。一向欄在彩雲房裏。

元史譯文證補一書，實未譯完，文卿生前，將已譯未譯稿本，統交沈子培，託其續成，子培以託武進屠敬山，久久不歸，催之亦不理，乃由陸鳳石將其已譯者先刊布，子培深恨敬山，近年敬山蒙兀兒史，已出版矣，此云稿在彩雲房裏，非也。

金寶兩妃的貶謫。老師是知道的了。今天早上。又把寶妃名下的太監高萬枝。發交內務府撲殺。

珍瑾兩妃，以祈請干預降貴人，甲午十月二十九事，明日，慈禧面諭軍機大臣，以珍妃位下太監高萬枝，諸多不法，交內務府愼刑司立斃杖下。

恰好太后的倖臣西安將軍永璐。也來京祝嘏。太后就把廢立的事。和他商量。永潞說。祇怕疆臣不伏。

永潞即榮祿，廢立之說，盛於戊戌政變之後，以江督劉坤一有君臣之分早定，中外之口難防一電而止，其後大阿哥之立，傳聞樊雲門爲榮祿所獻策，此時兩宮不知則有之，遽云廢立，尙早。

那時他他拉氏。也有兩個女兒在宮中。就是金妃寶妃。

秀女如何能在宮中。

清帝便結了婚。歸了政。

事在光緖己丑年。

（以上第二十六回。）

皇后梳頭房太監小德張。

隆裕時，小德張權力，不下於李蓮英。

領着玉瀾堂裏喂養的一隻小袖狗。

宮中喜蓄洋狗，耆壽民語余，德宗在瀛台時，歲暮，內務府大臣繼祿，見窗簾下截已壞，易以新者，越日，慈禧以他事召繼祿，賞其勤，以一洋狗賜之，繼祿謝恩出，捧狗當胸，狗亂竄，唯恐其中道逸，至手被咬，頸被抓，朝珠散於地，外褂亦破，自樂壽堂至宮門，行里許，始得上車，狼狽不可言，心知為易簾之故，玩弄之也，若德宗以死狗置皇后被裏，事太兒戲，我未之聞。

她特地叫繆素筠。畫了一幅金輪皇帝袞冠臨朝圖。

繆素筠為雲南人，以畫得幸於慈禧，然所畫皆花卉，無人物，光緒戊申，兩宮幸農事試驗場，余隨班接駕，曾見其人，漢裝裹足，已五六十餘歲。

寇連材。

寇連材後以太監上書言事，違祖制，杖斃，相傳與文廷式有連。

道光十四年十月初十日生。

慈禧生道光十五年，非十四年，射狐事未聞。

白雲觀就是他納賄的機關。高道士就是他作惡的心腹。

白雲觀為邱長春眞人所居，每年正月十九日，京師游人最盛，高道士名峒元，結交內監，招權納賄，福興居有一著名菜，以齊菜泥及雞茸，製成太極圖，為高道士設也。

侍郎錢端敏常𤤺。

常璘即長麟，其後與鳴鑾以離間兩宮，同日革職。

把淮軍夙將倪葦廷。調進關來。

倪葦廷爲聶士成，字功亭。

門生聽說江蘇同鄉。今天在江蘇會館。公讌威毅伯的參贊馬美菽烏赤雲。

馬美菽即第二回之馬眉叔，烏赤雲爲伍廷芳，字秩庸。

赤雲道。孫子曰。知彼知己。百戰百勝。

伍廷芳不甚讀中國書，嘗與余言，於論語只知孔子說過己所不欲，勿施於人兩句，是從外國書翻譯得來。

你們可發一電。給羅道積丞。曾守潤孫。

羅積丞爲參贊羅豐祿，字稷臣，曾潤孫侯攷。

適間得福參贊世德的來電。

福世德爲科世達，美國人。

已雇了公義生義兩艘。

鴻章當日乘德商兩船，爲禮裕公義。

第二天。就交換了國書。移入行館。第三天。正式開議。

交換國書，在春帆樓，爲乙未二月二十四日。（以上第二十七回。）

幸虧我國一個大俠天弢龍伯。

天弢龍伯，爲宮崎寅藏。

伊伊陸奥兩大臣。得了消息。慌忙親來慰問謝罪。地方文武官員。也來得絡繹不絕。第二天日皇派遣醫官兩員。並皇后手製裹傷綳帶。

鴻章歸時，經方尚留與陸奧談話，聞報，陸奧急偕伊藤來慰問，日皇派醫官來，日后賜御製之綳帶，並看護二人。

這日正是山口地方裁判所。判決小山六之介謀刺罪案。

刺鴻章之兇手小山豐太郎，經審判結果，證明純屬謀殺未遂，並無指使者，按律起訴，處以無期徒刑。

這就是陳千秋。是有名的革命黨。支那青年會的會員。

陳千秋是長素大弟子，戊戌政變之前，偕長素曾遣偕其弟廣仁，詣興中會磋商合作，其後興中會改爲同盟會，康創設保皇會，始成水火，此云革命黨，則當屬之陳清，非康門之陳千秋也。

以上第二十八回。

原來此時兩廣總督。就是威毅伯的哥哥李大先生。

李大先生爲李瀚章。

在上海破獲了青年會運廣的大批軍火。軍火雖然全數扣留。運軍火的人。却都在逃。

乙未以前，民黨無運大批軍火事，惟惠州汕尾港一役，由日人萱野長知，購定軍械，附幸運丸接濟許雪秋起事，以無帆船接應，遂赴香港，復由香港將軍械運回日本，爲日本警察所扣留，明年，幸運丸與他輪撞沈於門司港外，日人以不幸運稱之，下文云，德國公司船上，被稅關搜出無數洋槍子藥，誤也，此項軍械，由馮自由先付日金一萬餘元，餘欵概由山下汽船會社主人三上豐夷担保淸償，此云邱菽園所助，亦誤，其事在光緒丁未年五月，若乙未九月在香港保安輪船拿獲之紅毛泥桶，內裝小洋槍子藥一案，則陸皓東等同時拿獲，皓東死之，此爲民黨流血之最先者。

是王紫詮派。

王紫詮爲王韜。

他有個舊友。叫做曾根的。

曾根爲曾俊虎，自稱原籍山東，爲先儒曾子後裔，著有太平天國戰記一書，乙未後，陳少白東渡始識之，此時出之太早。

是熱心扶助貴國改革的俠士南萬里君。也是天弢龍伯的好友。

南萬里爲平山周可，天弢龍伯爲宮崎寅藏，光緒丙申丁酉間，與宮崎均以犬養毅荐，派赴中國調查各省民黨情形，平山向北京，宮崎向香港，下文云，宮崎到北方，平山到南方，誤也，戊戌政變，梁啓超逃入東交民巷日本使館，即平山之力，宮崎即著三十三年落花夢之白浪滔天，其兄名宮崎彌藏，下文云，令兄宮崎豹二郎，即是人，然亦出之太早，又日本人有南溟緒方，曾著中國工商業考者，此恐是誤以南溟爲平山，故射名南萬里也。

湖南是哥老會老巢。我這回去。結識了他的大頭目畢嘉銘。陳說利害。把他感化了。又解釋了和三合會的世仇。

畢永年爲湖南人，其介哥老三合會龍頭李雲彪等，合於興中會，在光緒己亥冬，其後李等以興中會給不至，乃與保皇會合，畢憤投普陀爲僧，此列之乙未，亦嫌太早。

星加坡裘叔遠。

裘叔遠爲邱煒萲，字菽園。

廣東城內國民街上。有一所高大房屋。裏頭崇樓傑閣。好像三四進。這晚上坐着幾十位青年志士。

廣東無國民街，時尤烈方任廣雅書局內之廣東興圖局測繪生，因得借用該書局內南園之抗風軒，爲秘密聚會所，會員寥寥。

演台上走下來的。正是副議長楊雲衢君。

楊雲衢爲楊飛鳳，字衢雲，興中會初成立，楊爲會長，非副議長也，楊初學機械，斷右手三指，轉習英文，卒業後，爲香港國家書院教授，旋充招商局書記長，於香港設輔仁文社，後始改爲興中會，光緒庚子，三洲田失敗，爲粵吏派人刺殺，兇手陳林，後亦爲粵吏假他事殺之以滅口。

左邊二位。却是歐世傑何大雄。

何大雄爲胡漢民，初名衍鴻，時尙在侯官沈氏教讀，庚子中舉後，由粵省派赴日本學法政，始由其堂弟毅生，介紹入同盟會，此時不得在坐。

堅如願以一粒爆裂藥。和着一腔熱血抛擲於廣東總督之頭上。

史堅如後以庚子九月，埋炸藥於撫署後樓房，謀炸署督德壽，事發捕斬，年方二十，是時在坐，亦嫌早，史爲道光庚子翰林澄之後，其花園在雙槐洞，被封，粵督告示，有出身士族，如果父兄認眞拘束，何致若是之語。

內地則南關陳龍。桂林超蘭生。

陳龍爲陳虁石，超蘭生爲趙聲，陳字少白，革命最早，丁未防城之役，粵督派統領郭漳率兵二營，營標統趙聲率兵一營，馳赴欽州往援，趙駐廉州，始通於革命黨，此時不應出之，趙爲江蘇丹徒人，此云桂林，亦誤。

他說姓摩爾肯。

摩根，英國人，己亥庚子間來中國，陳少白李紀堂招待之於香港，其後摩以革命黨經濟漸困，供給不周，頗有去志，香港保皇黨員聞之，陰助以旅費，摩遂與保皇黨員發生關係，然未幾保皇黨供給亦斷，摩於是悵然歸國，此云摩爾肯，譯音不同，然出之太早。

姓陸名崇滙。號皓冬。

陸崇桂爲陸中桂，號皓東。（以上第二十九回。）

那天是內務府紅郎中官慶家的壽事。

官慶爲慶寬。

貞貝子貞大爺。一定要叫他和敷二爺合串四杰村。

貞大爺爲載振，敷二爺爲載搏，案宗室中能串戲者，首推鎮國公溥侗，世稱紅豆館主人者是也，次爲肅親王善耆，又次爲載洵載濤兩貝勒，載振搏兄弟，均不能串戲，且是時年尚幼也，載振後以挾妓謝姍姍，納妓王翠喜，先後爲御史張元奇趙炳麟所參，姍姍驅逐出京，翠喜則覆奏云天津商人王竹林所納妾，趙以言事不實，回原衙門行走，載振亦自請罷農工商部尚書之職，而外傳因買王翠喜納於載振，而以道員新放黑龍江巡撫之段芝貴亦罷，啓霖既奉旨回翰林衙門，乃乞歸，余輩公餞之於龍樹院，翰林院侍讀學士惲毓鼎亦在座，且同攝影，尋惲奏參軍機大臣瞿鴻禨，謂其交通報館，授意言官，報館指汪康年，言官則趙啓霖也，瞿以是出軍機，此亦光緒朝一大公案。（以上第三十回。）（全文完）

輯五

關於《賽金花》

賽金花本事

劉半農・商鴻逵

我本姓趙，生長姑蘇，原籍是徽州，家中世業當商，我的父親就生在徽州。十二歲上，因鬧長毛（卽太平天國，以其披髮，俗皆呼曰長毛），我們徽州很受蹂躪，家人都四散奔逃了，他隻身便跑到蘇州找我祖父，那時我祖父在蘇州與一個叫朱鬍子的合夥開當舖，後來亂事平定，也沒有回本鄉，就在蘇州落戶了。我的母親是蘇州人，姓潘，容貌長得很美，性子又溫和，親友們都稱她賢惠，生我那年，是同治末年，她整整三十歲，這時候，我家住在蘇州城內周家巷。

我的祖父叫趙多明，人極忠厚，篤信神佛，天天燒香磕頭，求着多子多孫，後來果然求得八個兒子，但不幸因鬧長毛都流離失散了，以後也迄無音訊，不知死活，膝下的祇有我父親一人。

我的祖母是一位很有才幹很有經驗的人，家務都歸她主持，只是脾氣太大，約束家人嚴厲極了，偶犯小過，便遭申斥，家裡沒有不怕她的，唯獨對於我却特別鍾愛，從未打過一下，罵過一句，一切飲食服用，也都很精心細意的給預備，這也是因我小時就很聰慧，會伺候她的緣故。她身體原來很健康，因我嫁了洪家不久，便要隨洪先生赴歐洲，她着實捨不得叫走，却又無法攔阻，心裡總是在罣念，到了歐洲，我又不能常寫信給家裡，因此使她漸漸的竟悲慮成了病，以致不起，臨危時，還叨叨絮絮的說盼望見我一面，這樣遼遠的路程，怎麼容易回來呢？

我還有一弟弟，中年病歿，已娶妻，無子。

「彩雲」是我的乳名，姓傅是假冒的，因那時常常出去應酬客人，為顧全體面，不好意思露出真姓氏，便想得一個富字，取「富而有財」之意，後來人們都把它寫成人旁的傅字了。嫁了洪家，洪先生給取名「夢鸞」，脫離洪家後，又改為「夢蘭」。

我們趙家在徽州也是大族，人口繁殖，後分二支：一曰千戶堂，一曰積禧堂，有兩個祠堂，修蓋得非常壯麗。

附言：或謂伊之姓趙，也是冒出，實乃姓曹，為清代某顯宦之後。

我小時就很聰敏，什麼禮節全懂得，也會款待人，七八歲時，家中有親友來，總是先打招呼，裝煙倒茶，陪着家人談話，親友們因此都很喜歡我，一到我家，便忙着打聽我，找我。我祖母本來是個最講究體面的人，見我如此，便對我更加疼愛，常常聽到她在人前誇讚她的孫女如何如何的好。

我到了十幾歲，出落的俊俏非凡，又天性喜歡妝飾，就愛擦胭脂抹粉穿好衣裳，一打扮起來，人都說好看，都說「這小妮子，不知將來要被那個有福的娶了走呢！」漸漸蘇州城內沒有不知道周家巷有個美麗姑娘的了。有時我在門口閒立，撫臺學臺們坐着轎子從我跟前過，都向我凝目注視，常常弄得我很害羞的跑進家去。

我們徽州有一種食品，叫「狀元飯」，是用紅莧菜加豬油拌飯，我小時最愛吃這個，有人便說：「我將來必定要嫁個狀元。」後來果然嫁了洪先生（名鈞，同治戊辰科一甲一名進士），這也是前生註定的姻緣罷！

我從小就說蘇州話，官話是後來纔學會的。我家裡人都說徽州話，只有我母親，因是蘇州人，她說蘇州話。

這時候，我家的經濟狀況已漸漸感覺困難，祖父同朱鬍子合夥開的當舖，已因賠累不堪倒閉了。父親是沒有什麼能力出去作事的，家裡又沒有多大積蓄，差不多全靠着借債典賣度日，我祖母整日價愁得什麼似的。但爲顧全體面，還竭力支撐着門面，不願意顯出困窘的樣子，叫人家知道笑話。

我家有一使女，名喚小阿金，是我母親陪嫁過來的，後來家裡的境況越來越窮，就把她打發走了。她出去先跟了別家，後又歸一姓金的，名叫金石泉。金有一妹子叫雲仙，當時是蘇州很出風頭的個拉縴的，交際很廣，蘇州的濶人差不多她都認得。她久已聞知我的豔名，想着引誘我爲娼，從中圖利，只苦於無法着手。小阿金一到她家，她有了法子，就授命小阿金托詞來我家閒玩，尋機會先把我誘到她家，俟慢慢的熟了再下手。

這時我纔十三歲，雖然聰明，究竟幼穉，又從小便喜歡同小阿金在一塊，現今她能常常來我家伴我嬉戲，更邀我出去遊玩，心裡怎不願意？每次都是瞞了祖母偷偷的走，她若知道了，是不會叫我出去的。

有一天，是個春季，小阿金把我領到金家，金雲仙道：「今天天氣清爽，我們一同到外邊逛逛，好麼？」我是貪玩，那裡都願意去，我們就出了城，見河裡有許多隻船，佈置全很講究，船上人有的在那兒猜拳吃酒，有的唱曲，煞是熱鬧。一會兒，船上有人向我們打招呼，金雲仙就領我上了那船，坐下後，船裏的人都和我攀談鬧笑，我覺得這很好玩，也不害羞，在一船上坐了功夫不大，又到一船，也是這樣說說笑笑，一連串過有十幾隻船，纔同她們回家。心裡只知道這是玩，那曉得原來這是她們假詞遊逛，騙我到花船上去「出條子」。當時每一個清倌條子是給四塊銀圓，這次金雲仙借着我，憑空的賺了好幾十圓錢。

以後，便連着同她出去過幾次，家裡人全不知曉。一天，又隨她到一處，恰巧有本地官員在座，睹我驚訝道：「這不是周家巷裡的那個姑娘麼？」我聽着暗笑，心裡說：「怎麼不是。」

漸漸外邊人們有些說閒話的了，家裡也已知道，我祖母很難過，過了些時，還是我母親竭力的勸解，說：「家裡的境況，這幾年很是困難，叫彩雲出去賺幾個錢回來，多少總能有些補助，過一二年再給物色一個才貌兼全的夫婿，好好的嫁了也沒有什麼不對。」祖母想了想，家裡也實在是沒有辦法，只好答應。

我是只作清倌人，應酬條子，蘇州那時候也沒有「花捐」。妓女在家裡不招待客人，多半都在花船上，或逕到客的宅裡。

到了五月裡，因有個吳三大人，脾氣太倨傲，一日招我侑酒，嫌我對他太不客氣了，大鬧一頓，摔毀許多器物，把我嚇壞了，從那次就沒有敢再出來，後來還是洪先生派人來叫我，說了些謙遜話，纔又出去的。

這時候，蘇州的花船很多，停泊的地方，都在倉橋浜一帶，往來於閶門虎邱之間。這種船都是雙開門，四面有玻璃窗，外邊周圍帶欄干，彩繪很精麗，船裡面也夠寬敞，能擺下兩桌筵席，一切的佈置講究極了，掛着很多的華燈，還有用茉莉花穿成的花籃，桌椅全是紅木花梨嵌大理石的。

當時最著名的花船，是焦八張大魁及石姓各船，這些船自己都帶幾個姑娘，叫作「坐艙姑娘」，又有些船不帶姑娘，叫作「清船」，客人若不願意要坐艙姑娘，也能隨意到外邊去叫。花船生意最好的時候，是在六月，這時老爺們都出了場，普通是在進場以前就把船預定妥的。

叫「條子」的規矩是，誰叫的條子，姑娘就搬個凳兒坐在誰旁邊，船上侍役便過來給姑娘倒上一盃茶，都用蓋碗，這是專爲給姑娘喝的。姑娘陪客不許吃酒，可以吃水果、嗑瓜子，這時候還沒有紙煙，雪茄倒有，但吸的人很少，普通都用水煙，也有很多抽鴉片煙的。

姑娘們也有些隨身應帶的東西，如粉盒、檳榔盒等等，尋常都是銀質的，濶一些的還有用金質的或鑲寶石的；粉盒是爲預備隨時傅面用，檳榔盒裡裝着些檳榔荳蔻等物，客人在飯後，可以隨便取食。姑娘們都帶着娘姨。

條子錢，清倌四圓，紅倌五圓，但實收却是一樣，因姑娘臨走時必須給下人錢，清倌一圓，紅倌兩圓，這叫坐「坐艙裡」。把錢放在茶盤底下，等下人來收拾桌子時，把錢拏起來向船板上一丟，噹啷一響，便喊「某小姐賞」，外面就齊大嚷着：「謝謝」，語音頗爲動聽。

船上全代辦酒席，價錢清船比較便宜，連酒飯費在內，一天有二十四五圓錢卽夠，花船（卽帶姑娘的）就貴多了，每天非百圓左右不可，可是它的一切也都比清船濶的多。客人上船，總在下午，開飯須待掌燈以後，如果覺飢，可以隨便要些點心來吃，大約十點鐘船起進城了。

這種船都是雙槳雙櫓，駛人技術很精，能叫船快慢自如，並且還會弄許多樣把戲，最好的是「打招」，一篙下去，船在水中打盤旋，四周圍水如濺珠，真個有趣！

這時候的姑娘差不多都會唱幾段小曲，有的還能唱整齣的崑腔。用的樂器，就是笛子和琵琶，琵琶是自己彈，笛子有師父給吹。我不會唱，因爲從小沒有下過工夫，臨時趕着學些，那就差多了。

我十三歲那年，出的工夫不多，就認識了洪先生，這時候他正丁憂在家，初次一見面，我倆便很投契，他愛我極了，只要在一起，話總是不會說完的。

洪先生的家在蘇州城北內張家巷。他不常出門，都是把我叫到他的府上，同他常常在一起的朋友，有吳承儒、姚念慈、沈問之、老潘四大人幾位，都是當時蘇州很有名的人物。他們悶了時，常鬭一種牌，名叫「打黃河陣圖」，這種牌也有花、么一二等，輸贏很大，他們每次鬭牌，總叫我旁邊陪着。

洪先生一天不見我，便想我，他的朋友們就說：「你既對彩雲這麼好，爲什麼不娶了她？」他道：「我年紀太大了，覺得有些不好意思。」這時洪先生是四十九歲。後來他的朋友們竭力慫恿，就託人向我祖母提說；我祖母嫌是做偏房，執意的不肯。他們又託許多人過來，長說短說，我們這邊所提的條件，洪家也一一答應了，這纔說成。媒人算是吳承儒、姚念慈。

翌年正月十四日，把我娶了過去——我十四歲，洪先生整五十——婚禮也很莊重，坐的是綠呢大轎，前面打着洪狀元紗燈，儀仗甚多，好不氣派！

洪先生名鈞，號文卿，祖籍也是是徽州，三十歲中的狀元，正太太比他長兩歲，南京王家的小姐。還有一個姨太太是揚州人。有一個少爺是正太太生的，少奶奶是陸家的小姐（陸潤庠之女）。一家人都很和藹，正太太待人尤好，我過去，他們都很喜歡我，都稱呼我「新太太」。

到四月，洪先生三年服滿，帶我進京，五月裡便放了出使俄、德、奧、荷四國欽差大臣，沒有能在京多住就動身了。

由北平到天津坐的長龍船（創於曾國藩，以其船身頗長故名）。這種船身子很長，兩邊用許多船夫，駛起來快極，一路上迎接欽差的很多，真忙個不了。由天津到上海，改乘輪船，應酬纔少些。

到上海我還鬧了一個笑話：我們下了船，我見洪先生已上了轎，我也就隨着上轎，這時候驀然響了三聲大炮，我不知道是作什麼，把我嚇得臉也發了白，身上打起抖來，女僕們趕忙牽着我纔上了轎，原來這是放一種表示敬禮的砲，我那裡經驗過？事後一想，覺得真可笑。

我們在上海住的是天后宮。（清出使外洋大臣，多以此爲行轅。）

陪洪先生到歐洲去的家屬祇有我一人，正太太因須要留家操持家務，不能夠去，那個揚州姨太太身體也過弱，常常抱病，禁不起輪船的顛蕩，此外還帶了些隨員和男女僕人。隨員中，他的學生和我們出洋的一切裝束，全是中國樣子，或便衣或官服，洪先生最討厭人穿洋服，可是我們在船上吃的却都是洋餐。我們是過了中秋節，又就擱些日子纔動的身，到柏林已屆十一月了。

柏林的中國使館（非今館）很是濶氣，起先是一位公爵的別墅，景物很幽雅，一座長形的樓，有三層高，建築得閎麗曲邃，院的周圍種植了許多花木，到春天，樹青花豔，再配上那茸茸像綠蕨似的細草，真好看極了。樓後有一道小河，能划船，閒暇時蕩漾其中，叫人心爽意快。樓裡面的裝置也很講究，如宴會廳、辦公室、臥房等等，無一不備。我同洪先生就住在樓內的右邊，佔了有十幾間房，這房是租賃人家的，手主本來要賣掉它，先索價很低，洪先生不願買，後來想買又貴了，終於沒有買成。

我去歐洲，只帶了兩個女僕，因那時的人多不開通，一說到外洋，誰也躊躇不敢去，有去的索工資也過昂，這兩個女僕每月的工資就是五十兩銀子。到歐洲感覺着不夠使用，又雇了四個洋丫環，工資倒很便宜，一月四十兩，還是她們自己吃自己。洋丫環很會服侍人，體貼極了，比起中國的僕人對主人，還要忠實聽從得多。

我們在歐洲還是吃中國飯，一去時就帶了兩名廚師，烹調技術都很精，都是洪先生用了多少年很得意的人，後來歸盛宣懷家用了。洪先生對於飲食上最愛講究，也最有研究，家裡每次請客，調製出的菜品，有許多樣是外邊做不來的。使館裡有請客時，我們也是給預備中餐，歐洲人也最愛吃，不過要囑咐廚師把菜作清淡些，減去油膩，因油膩，是中國菜的一個大缺點；吃的方法仿洋餐各自分食，他們吃完以後，都極口稱讚說：「中國菜滋味最美，最好吃。」——話可不是容易獲得的呀！因為那時廚師少，忙不過來，隨便找個人又幫不上手，都是我幫忙，有時候手脚不閒的忙上好幾天，纔能弄完，真累極了！最可笑的，是叫洋丫環揀燕窩，她們那裡弄過這個？把眼睛全弄紅了。

我在歐洲還請了一個女陪伴，這種人也是伺候人的性質，不過比起普通女僕却高貴，可以和主人在一起吃飯，彼此相待的有些客氣。我請的這個女陪伴，沒有什麼事叫她做，除了早晨給我梳梳頭，整日便陪着我閒玩，我的德國話就是從她學會的。

有人說，我在歐洲的舉止很闊綽，每次由外邊來，都有四個洋丫環提着明角燈引導我上樓。這事倒有，不過，我在國內時，也有四個丫環給我打燈籠。又有人說，我在歐洲常常到各跳舞場裡去，那却是一派胡謅，要想一想，我是個纏脚女子，走動起來是如何的不方便，而且我在歐洲就連洋裝也沒有穿過，叫我怎麼跳得起？休說到跳舞場，便是館裡遇着請客，按照外國規矩，欽差夫人應該出來奉陪，可是我只出來打個招呼，同他們握握手，就退回去。洪先生是最反對外國禮節的，常說他們野蠻，不可仿習。

德皇同皇后，我都見過幾次。覲見時，我穿中服行西禮，鞠躬或握手，有時候也吻吻手。時候常是在晚間。那時宮裡還沒有電燈，全燃蠟燭。有名的俾斯麥宰相，我也見過，是一位精神矍鑠的老翁，長長的鬍子，講起話來聲音極洪亮。

我住柏林最久，也到過聖彼得堡、巴黎、倫敦等處，但只是遊逛性質，不幾天便回。我在柏林還生了一個女孩，因生在德國，取名叫德官。

洪先生人雖精明，只是性子太固執，到了歐洲一點洋物也不肯用，還是穿那三道雲式的福字履，布襪子。有一次出去應酬，因多走了些路，回來把脚都磨壞了。我勸他換穿洋襪子，他一味的不肯，苦苦的勸了半天，他纔說，要我做的便穿。我就叫洋丫環做了幾雙，假說是我做的，哄騙了他一下，他纔穿上了。纔到歐洲時，人家都要給他照像，他怎麼也不肯，等我們歸國時，德國人又擬爲我倆製臘像，留在給柏林臘人館作個紀念，他更是不肯。不然，現在還能有個少年像在那裡。

洪先生在歐洲整整三年。這三年中的生活，除去辦公務以外，差不多全是研究學問。他最懶於應酬，悶倦時便獨自一個人到動物園去散步，回來又伏案看起書來。他的身體羸弱多病，也就是因他用心過度所致。洪先生不懂洋文，連一句洋話也不會說，參考外國書籍，是一個比國人給作翻譯，常常見他到各圖書館裡去替洪先生尋找材料。他名叫根亞，有個中國姓是金，我們都稱呼他金先生。

這時候，日本在歐洲也有了外交官，他們却都是穿洋服，不像洪先生還是穿中國裝。有一年高麗也派了外交代表到俄國，它本是我國的屬邦，竟越過不顧；把洪先生氣急了，給國內打了多少次電報，商辦這件事，後來幾乎弄裂了要同國。

附言：已往小說中，皆謂賽旅歐時，行為浪漫，風流勾當頗多，實則，伊係一纏足女子，抵歐時年僅十四，及歸亦不過十七，以此稚齡，兼之洪文卿又是一個很古板的人，事實上非惟不許，且恐有不能也。

朝鮮對俄遣使，正值洪任，爾時我國辦理外交者，大都昏瞶無識，不知以屬國無外交理由，向各國聲明否認，只管爭些虛體面，什麼「派使須先請示中朝」吧，「流使須先謁華使」吧，當時有所謂「三端」之約：一、韓使初至各國，應先赴中國使館具報，請由中國欽差挈同赴外部，以後即不拘定。一、遇有朝會公讌，酬酢交際，韓國應隨中國欽差之後。一、交涉大事關係緊要者，韓使應先密商中國欽差核示。（據「清季外交史料」卷七三李鴻章致總署電）這個折衷妙法，虧得他們纔想出來！

洪先生由歐洲歸來，便留京任兵部左侍郎職。中間為採辦軍器，曾被參一次，很是寃屈，這都因他的性子太鯁直，辦事容易開罪人，他已忘了，人家却還記在心裡，遇機會便圖報復。那次還虧得慈禧太后平日對他很信任，不然，就了不得了！頤和園裡的那些滑水車小火輪，還是洪先生在歐洲時買來獻給太后的。

我們在京住前門外小草廠，後來因太狹窄，又在東城史家胡同買了一所較大的宅子，間數很多，局樣也好，因擬拆去後邊的一部，為我重新蓋幾間洋式樓房。那想到，家還沒有搬，洪先生就得了病，病時，正值被派督修東西陵天壇等處的工程。

初得是一種痧氣，恰巧宅裡有個雇用多年的剃頭匠，嫻於針術，常見他給人家治好了病，這時便想教他治一治。洪先生不願意；嗣經我竭力的勸說，纔應允了。札過幾針，病果見效，但挨時未久又復犯。這次轉入黃病，請來多少的名醫，也都束手無策了，就這樣的不治而歿！享年五十五歲。

歿後，朝廷頗加優禮，賞賜卹金，並派大臣致祭，儀式隆重得很。所派致祭的大臣是高陽的李鴻藻相國。這時候我真痛苦呀！洪先生一死，京裡除去幾個族人僕人以外，只有我同我母親，親戚朋友們人家是不便給作主張的，我那裡經過這樣事？簡直都弄糊塗了，後來還是有人說，趕緊着先給少爺打個電報，叫他來京奔喪吧，這纔打了去。

裝殮時，我在棺材裡面放了許多珍貴器物，記得有二十幾挂朝珠，佛頭都是很好的，四個鼻煙壺，兩個翡翠的，兩個白玉的，又燒了不少的衣服。裝殮完畢，棺材的蓋暫沒有上楔，淨待着少爺來，這樣待了有七八天，他纔來到。

洪先生的靈柩是奉了旨特許進城，出的朝陽門，到通州，由運河上船同籍。途中，少爺因有病，也沒有伴靈，抵家後不久就去世了。

附洪鈞小傳：洪鈞，字陶士，號文卿，先世自歙遷吳，遂爲吳縣人。幼穎異，家貧，令習賈，涕潤泣請讀書。十八歲補縣學生，同治三年中舉，七年廷對第一成進士，時年三十歲。授翰林修撰，八遷至內閣學士，中間曾纂修穆宗毅皇帝實錄，充陝西山東鄉試正考官，提督湖北江西學政。旋丁母憂，服闋後，簡派出使俄德奥荷四國大臣。任滿，受代歸，陞兵部左侍郎，在總理各國事務衙門行走。光緒十九年八月二十三日以疾卒於京，年五十又五。著「元史譯文證補」三十卷，元和陸潤庠，其親家也，爲校寫付梓。子洛，縣學生，以蔭考授通判，改工部郎中，不勝喪而卒。

（參據清史本傳，費念慈撰墓誌銘，陸潤庠「元史譯文證補序」。）

洪先生歿後，所遺下的財產很多，臨危時曾對我說：「你跟我一場，很不容易，無論守不守，給你五萬塊錢，當年我也有過這話。」這是我歸洪家時，洪先生對媒人說的：「彩雲跟了我，幸而能偕老，便無話說，不麼，我必給她留下相當的資產，使她生活無憂慮」，蓋也覺自己年長，恐不及白頭也。當時我聽着洪先生的這種遺命，心裡只是難過，啼哭，不敢說什麼，也不知道說什麼。洪先生就把筆款子交給了我們一個本族兄弟名洪鑾的，原意是託他把我送回娘家，替我安置安置，誰想回到蘇州，他昧了良心，把款子私自吞沒，藏匿起來不見我。我派人四下裡尋找，也沒有找着他，還是第二年的冬天，在上海馬路上碰見他，我向他討索，他支吾着說：「新嫂子，你請放心吧！轉過年我一定給你。」轉過年又躲遠了，因我沒有拏着什麼憑據，也無法同他打官司，歸結便這樣白白的讓他侵吞了。

最初，我本沒想到能脫離洪家，我們少爺覺着我很年輕，怎麼能叫守寡，一般親友也都不主張我守，我家裏也不願我守。我同他們一船伴靈到了蘇州，在接官亭便與他們分手，我攜帶着自己的東西，逕歸了娘家。從此以後，也就沒有再入洪家的門。我那四歲的女兒——德官，也給洪家留下了。唉！我那裏捨得？後來德官長到十九歲，因病死去。第二年正月裏，我在上海還生了一個遺腹子；生下十一個月，也夭折了。這都是我命該如此呀！

脫離洪家時，爲我提親事的很多，有人便勸我不必再配了，到了上海立個門戶，掙它一萬八千很容易。我一時也拏不定主意，想了想，還是先到上海再說吧。到上海住在垃圾橋保康里。這時候，上海正在繁華，勾欄林立。我一看事情頗能望好，心裏拿定了主意，但須要先找一個人來給撐門立戶，在二月間，就由我的女僕找到了孫作舟——字少棠，天津人，在天津娘娘宮開過首飾樓。他的父親名在棠，父子倆都喜歡唱戲，也算是津沽一帶的名票，與孫菊仙同族，菊仙是少棠的族叔。他長得並不怎麼好看，臉上許多黑瘢，還有痳子，只是體格魁梧，性子也柔和，故我倆情愛甚篤，他行三，上下都稱呼他「三爺」。

我從洪家出去因沒有拏到什麼，手裏很是空虛，這時候須要先墊補許多錢，自己就折變了些東西，還是不夠，又拋着臉向各處借了幾個湊上，合有四五千圓，便在二馬路鼎豐里旁邊的彥豐里賃了一所五樓五底的房子，裏面全帶有傢俱，又化兩千多圓錢包了兩個姑娘，一叫月娟，一叫素娟，姿色都長得夠標緻，就教她們挂牌應客。我不出名，但遇到熟交或感情契合的客，也出來陪陪，這種派頭算是半「住家」半「書寓」。慢慢想見一見我的人太多了，他們都勸我也挂牌罷，後來我覺着也實在是推脫不開，便規定每禮拜日兩天見客。名字用的是「曹夢蘭」。這麼一來，每到這兩天，真是客人絡繹，車馬盈門，忙得我連吃飯的工夫都沒有，累固累，可也真賺了錢。

這時候滬上名妓，所謂四大金剛，林黛玉、金小寶等都在大興里，她們很聯絡我，結拜成義姊妹，勸我也搬到她們那邊去。我倒也願意，只是嫌那地方「野鷄」過多，後來我費了許多力量纔把她們攆走了。我搬過去工夫不久，旁人都看着了，都搬了過去，但最低都是長三，沒有再下的。

上海的妓院分若干等級，最上的叫「書寓」，次叫「長三」，再次叫「么二」，再往下就是「花煙館」「野鷄」之流了。書寓稱「某某書寓」，長三稱「某某寓」，少一書字，么二稱「某堂」。書寓、長三的門口都掛着牌子，上面標寫妓女姓名。

很下等的我們不提它，書寓和長三最不同的一點，就是書寓姑娘全要會唱曲，這是一個必須的條件，她們在名義上也只是說擔任唱曲，與北方的「清吟小班」性質差不多。客人初到書寓，認識了一個姑娘，姑娘總要唱一段曲給客聽，這叫作「堂唱」。這在長三，因為不一定要唱，便叫「加茶碗」；么二叫「攀相好」。

客一到，認識的姑娘便出來讓到她的房裏，客若偕有生疏的朋友，就給介紹一下，坐下後，姑娘敬上煙茶，——煙有鴉片煙、水煙、雪茄等，還有各樣的乾鮮果品。書寓算是最講究的了，水果都是按着四季預備，橘梨、蘋果、楊梅、菱藕，無不應有盡有，任客啖食。

書寓姑娘是例不陪宿的，偶然留客住宿，那都是日子已久，客與姑娘的交情很契膩了，姑娘願意留下。長三住宿雖比較容易些，但也須經過相當時間，彼此肆熟以後，擺擺席纔可。

「擺席」，也叫「擺酒」，也叫「開臺面」，這是住宿的第一關，非要經過不可。好排場的客，在那時都要耍一耍濶氣，有弄雙臺的，有弄雙雙臺的。擺席的錢不能先付，先付便是瞧不起姑娘。有一種「下脚錢」，是賞給傭嫗們分的，却要先給，普通是四圓，大方些的也有多給的；擺席錢是十三圓。

擺席時，書寓姑娘都要唱曲，有烏師在下邊伺候着給鼓衩吹笛，終了也要給他們下脚錢，這時候唱的曲，雖然也有京腔了，還是崑曲多，記得常唱的有「佳期」、「樓會」、「八陽」、「思凡」、「長亭」、「鬻賣」等等。

姑娘出局都是坐紅圍子的綠呢轎，用兩個人抬，後面打着一個氣死風燈籠，跟局的大姐同烏師都在後邊跟着走，轎子走得飛快，可是一步也丢不下他們。那時也時興馬車了，有單雙馬的，但坐的人還不很多。

那時候嫖娼，差不多全是記賬，按三節——端陽、中秋、除夕——償付，常常也是鬧嫖賬。

在那時開一妓院，當一妓女，都很不容易。幾間看得過去的屋子，佈置佈置，便需一千八百，什麼五色保險洋燈，著衣大櫥，自鳴鐘等物，都是不能缺少的，箱篋、牀榻、桌椅，再添上屋裏的些應用的零碎東西，及被褥、四季衣服、首飾等等，真是了不得。就說我吧，出去時頭上戴一根大簪，三排小簪，每排是四根，全都是翡翠的，梳着五套頭，——當時最時興的樣式——頸上掛金鍊，帶着瑺瑯銀錶，冬天穿狐裘都是按着顏色深淺遞換；我耳朵上帶的那副牛奶珠墜子就值幾千兩。

當姑娘最講究的是應酬，見了客要有「十八句談風」，陪客時，處處都要有規矩，那像現在「打打鬧鬧」就算完事。

光緒二十四年的夏天，孫三爺想同天津，就慫恿我也跟他到北邊來。我離開北京已有五六年了，心裏倒也很想來玩玩，把上海的事情略略的結束了一下，便跟着他到了天津，先住在高小妹的班子裏。不多工夫當地的人就都知道了，都來捧場，每天的客總是應接不暇，我一看事情既是這樣望好，便打算自己開班子，同我母親和三爺商量又商量，他們也願意，於是就在江岔胡同——那時這個胡同內南方班子很多——租賃了一所房，房底原也是個班子，又接了五個南邊姑娘，我自己也出名應酬客，班子名就叫「金花班」。

在這個時期中，我結識了不少的顯貴人物。有一位楊立山（內務府蒙古正黃旗人，官至戶部尚書，庚子時，因反對義和團被殺，死後，家人不敢收其尸，伶人姜妙香與之交契，購棺殮之，時人稱義），性情極豪爽，和我最要好，初次見面，就送給我一千兩銀子，以後三百兩五百兩是常常給。又有一位德曉峯（名馨，滿洲鑲紅旗人，曾任浙江江西巡撫），人也誠懇，和我最投契。這兩位算是我在天津這個時期中所交最知己的朋友。

第二天，楊立山的老太太作壽，我由天津來京給她拜壽。恰巧德曉峯也在京，事畢時，他們便同着一些朋友懇切的挽留我長住在京裏，無論如何不讓再回天津了，有的便趕忙去給我租房子。他們的這番美意，我很難違拂，並且想了想，有他們幾位在旁關照，也決沒有什麼舛錯，況且，北京又是我最愛的一個地方，隨着就派人把天津的班子收拾，搬來京裏。

我們在京就住在李鐵拐斜街的鴻陞店內——這時如韓家潭、陝西巷、豬毛胡同、百順胡同、石頭胡同等地方，住的差不多全是妓女，這一帶非常繁華。京裏在從前是沒有南班子，還算由我開的頭。

我在京裏這麼一住，工夫不久，又經諸位摯好一替吹噓，幾乎沒有不知道「賽金花」的了，每天店門前的車轎，總是擁擠不堪，把走的路都快塞滿了。有些官職大的老爺們，覺着這樣來去太不方便，便邀我去他們府裏，這一來，我越發忙了，夜間在家裏陪客見客，一直鬧到半夜，白天還要到各府裏去應酬，像莊王府、慶王府我都是常去的，尤其是莊王府，只有我一個人能去，旁的妓女皆不准進去。

「賽二爺」的稱呼，也是從這時纔有的，因爲楊立山給我介紹了他一好友，名叫盧玉舫，人極有趣，見我幾次面，就想着同我拜把兄弟，我竭力的推辭，說不敢高攀，他偏是不允，便換了盟單，磕了頭，他行大，我行二，從此人們就都稱呼我「賽二爺」。

過了些時，我嫌南城一帶太髒太亂，想在內城找一所清潔寬敞的房子，就在刑部後身高碑巷內看好了一所房子，便租了過來。搬去還沒有一個月，房東要賣房，我因裝置修飾化了不少錢，捨不得搬走，便打算買了它，同房東豁了豁價錢，講妥二千五百兩銀子，才要寫契撥款，趕上官廳禁止「口袋底」的曲班，內城不許立樂戶了，那些被驅除的姑娘們，就有躲藏在我這裏的，房東一見恐怕受什麼牽連，發了慌，房也不租也不賣了，只催促着我趕緊搬家，天天來同我吵鬧。我一生氣，覺得還是天津好，就又回到了天津。

後來又到京一次，看情形還是不很好，便又返回，這時已是光緒二十六年了。這時班子裏姑娘們出趟門都很難，雖然京津間已通火車，可是沿途上「混混」（卽土棍地痞）過多，馬家堡（距永定門數里，京奉鐵路行抵北京的車站，那時卽在此）的混混尤甚厲害，常常發生搶劫姑娘的事。我那次來，還是同蔭午樓一塊兒搭的頭等車，爲的仗着他保護。

轉過年的春天，天津就有了義和團，說什麼練神拳能避鎗砲，先都說須要童年人練習會靈；後來練的却都是些遊手好閒的人和地痞，正經人誰肯練這個？漸漸就一天比一天多起來，等過了端陽節，城裏各鎮都成立壇場，差不多全是他們了。他們的裝扮是：紅布包頭，短衣服，腰繫紅巾子，手裏拏着一把大刀。聽說那時候刀舖的刀都被他們買乾淨了呢。

神能附體這回事，我却不敢說是真是假；可是曾親眼見一個義和團裏的人在院中弄法，只見他作完揖，口裏嘟囔了幾句咒語，舉起拳來請神。一會兒神便伏伏的上了體，兩隻眼睛發直，掄刀亂耍，說也奇怪，照他自己肚上連砍了幾刀；只顯一道道的白印，一些也不會破。問他是什麼神？他道是孫悟空，隨着就打了一趟拳，有懂得的人說打的倒真是猴拳。

後來又有了紅燈照，都是些年輕小姑娘，身穿紅衫紅袴，頭上挽個髻，手持紅帽，夜間提紅燈，白天拿着一把紅摺扇，連扇骨子都是紅漆髹的，打扮起來也很鮮豔，只是臉上模樣不大好看，全帶幾分兇氣。她們修練是找一塊潔淨地方，幾天內便能把法術學成，據說那時候用扇一搧，就能夠飛躡天際，她們對她們的首領稱呼「聖母」。後來總督裕祿也信服了，還用黃轎子接她，其實，就是那糧船上的一個船婆，我見過她多少次呢！

最初，洋人也真有些害怕，有一次在街上，一個洋人剛下車，拉車的向他作了個揖，意思是要多討幾個車錢，他以爲是義和團精神，嚇得回頭便跑。

後來，義和團越鬧越厲害，便焚燒起教堂來，說有神相助，不燃自着，其實是他們早預備下的煤油柴草在裏面點的。結果也沒有能把洋人燒死多少，人家早已都躲開了。

無論什麼都不許有洋物件，什麼洋燈洋傘，有就得越快毀棄，誰敢不聽從？弄得滿街上都是些木頭玫瑰玻璃屑。可是義和團繫腰的紅巾，也還是洋布。

他們隨便就把一個人抓到壇上，大師兄焚三道表，問問你是不是好人，表焚後，如果升起，你就是好人，升不起，你就是「直眼」「二毛子」（義和團對學科學及嫻洋文者的稱謂）立刻把你剁死在地，當時冤死的人不可數計！

過了些天，人們傳說義和團要攻租界了，一般住民都驚駭的了不得，街上紊亂極了。我一看不好，我們住的地方離法界很近，倘若法國人開鎗，頭一家便是我們，於是趕快叫家裏人把能夠帶的東西收拾收拾，五月二十那天就逃了出來。走到河邊要雇船，這時候那還有船？找了半天，纔找到一隻破陋不堪，連篷子都沒有了的小船，也管不得它破不破了，逃命要緊。怎料一上去發覺船竟是個漏的，正在這着急發愁的當兒，天不絕人，恰巧對面又來了一隻船，雖也窳敗，但還不漏，便忙着招呼過來搬了上去。這時候，洋兵正在一個橋上與義和團對敵，砲火忽斷忽起，喊殺連天。我們的船又是必須要從這橋底下穿過的，嚇得我渾身打哆嗦跪在船裏，拭着眼睛，一動也不敢動，船夫緊忙的撑船，冒着險纔穿了過去。還算萬幸人都沒有受傷。

河的沿岸各村鎮，差不多全被義和團佔據了。他們不許有婦女露面，恐怕沖了他們施展法術，船夫用蓆篷把船蓋起，叫我們蹲在底下，這樣便不會看見了。一路上檢察的也很嚴，幸虧我身上帶着義和團裏一個頭目那老師的一張名片，遇着什麼爲難或盤詰，便拿出來叫他們看看，憑着這個得到了不少的融通。等走到了離天津十幾里路的小稍子口，天已昏黑，下了船住在那裏。我們的初意是，暫住幾天，聽聽天津的消息，若能安靜，還希望回去。那料風聲一天緊似一天，消息一天壞似一天，都說洋兵已佔據天津，水師營全被打敗了。這時候已見着有成羣成夥的敗兵逃下來。我一看這情形，心裏慌起，有些人就說通州最好，是有名的「太平州」，永不會遭刼的。我聽了這話，也沒什麼旁的主意，只好就逃往通州吧。

到通州，住在一家店裏，名叫長發棧，包租了一個跨院。我們的人也還不少呢，連姑娘帶男女傭僕總有好幾十個。

真也是倒霉！我們在天津時，因預備逃難，把銀子換成了金子，爲的是便於携帶，換時，金價正漲，受損失很多；等到現在，金價又大大跌落，一兩金子纔值幾十吊制錢！

在通州住的進了七月，外面風聲越發緊急了，通州城裏的有錢人家都紛紛逃難，我一看這個太平州也恐怕要不太平，還是上北京吧，那裏總比較要好些。這時，他們都勸我不要走，因路上兵匪過多，任意搶掠，着實危險。只是我的走意堅決，誰說什麼也不聽。叫他們把東西全捆好了，我自己把些最值錢的珠翠等物，偷偷的裝在一個舊茶葉筒裏，帶在身上，又用很新的洋縐絲棉被，換了人家兩條破舊的被子，爲的蓋在車上，遮人眼目，化七十五兩銀子雇妥了兩輛轎車，一清早把東西都藏在車箱裏，蓋上那兩條破被子，就出了通州南門。

剛走出不遠，見前面有許多官兵檢查行人，那裏是檢查，簡直是搶東西。其中有兩個官長還嚷着「不許你們拿人家的東西呀！」這些兵怎麼能聽這個，只管胡翻亂搜，東西抛得滿地皆是。我們那兩個趕車的一見這種情形，無論如何也不肯往前走了，說：「我們還是回去吧！七十五兩銀子不能不要命。」我聽着這話又急又氣，對他們講了許多好話。祇是一味不聽，我真恨極了！這時候，身上還帶着人家送給我的一隻手槍，恨不得掏出來，一槍把他們倆打死，但心裏雖是這樣想，手却是軟的，怎麼也下不得手。終於又跟着他們往回走。走到城底下，我還是一心想去北京。叫車子載着東西同幾個姑娘僕人進城，仍住在長發棧；我同我的母親、孫三爺又步行下來。我心裏已拿定主意，就是走也要走到北京。

走了幾里路，實在覺累，便坐在了道旁歇息。一會兒來了十幾個兵，他們說是送裕祿靈回來的，也坐在一塊兒同我們攀敍，我看出他們沒懷什麼好意，可是又不敢不敷衍。他們總是鬼頭鬼腦的端詳我，端詳了半天，一眼看見我的那隻舊茶葉筒，便道：「這個茶葉筒倒很好看，送給我們吧！」我一聽這話就一發怔，怎敢說不給，跺了下脚，把心一橫，說：「好。你們拿去吧！」把這些最值錢的東西一失，我心裏十分難過，精神怎麼也打不起了，三爺便挾着我一步一步的慢慢往前挨，路又不平，天上還下着濛濛的細雨，渾身通淋濕了。走到一個地方叫八里橋，我的鞋底全被磨破，實在沒有氣力再走了，心裏想，這還有什麼活路，倒不如跳在河裏死了痛快，趕緊走幾步，到了河邊就要往下跳，孫三爺一把拉住我的手，勸道：「這麼淺的水，就跳在裏面也淹不死呀，還是慢慢的走吧！」我心裏一陣難受，便大哭起來。

正在這時，後邊來了一羣馬隊，還帶着幾輛砲車，看見我這哭哭啼啼狼狽的樣兒，爲首的那個官長——後來問了問，知道他的稱呼是「玉四爺」——便問「你們是爲什麼？」三爺就把我實在累得不能夠走了的情形告訴了他，他點了點頭，又問：「她可會騎馬？」我在一旁聽得這話，忙着答應一聲：「會騎。」我何嘗會騎，只是爲逃掉這條生命，盼望着能走就得了。玉四爺拉過來一匹馬，又教了教我怎樣勒韁，怎樣騎坐。可巧這匹馬又沒有蹬，三爺只好抱起我向馬上放，玉四爺一見立刻就照着他的耳朵摑了一下，罵道：「你怎麼連伺候人上馬也不會？你伏下身子，讓她蹬着你不就上去了嗎？」三爺挨着打，一聲也不敢作，老老實實的把身子伏在地下叫我蹬。

我騎上馬跟在在砲車後面緩緩的走着！唉，那裏騎得了，身子不是歪一下，就是斜一下，我用足了勁抓住韁繩，一些也不敢鬆手。這時候，雨還是下，渾身的衣服全被淋得濕透了，走了一會，回過頭來一看，把我母親和三爺都丟得很遠。我母親也是纏脚，又上了幾歲年紀，怎麼能追得上我們？想等等他們吧，又不敢說，這時心裏便禱告：「求老天爺讓前邊的砲車掉在溝裏。」禱告才完，只聽咕隆一聲，果然有一輛砲車掉在溝裏了，我不由得念了聲「阿彌陀佛！」等到把砲車抬出，我母親和三爺也趕到了，於是又向前走。

走到一個村子，名叫八里莊。進了村，敲開一家的門，出來一位老太太，把我們都讓了進去。我們這些人簡直是又餓又乏。她給我們煮了一鍋小米稀粥，又端來一碟醃蘿蔔，我喫了一口，鹹得不能下咽，我活了這麼大，那兒吃過這些東西？這位老太太對我說：「前天我們這村裏被兵搶了，有些年青婦女也都被他們強姦，還逼死了幾個！現在婦女們都藏在山裏去了，村裏中剩下些年老的，我明天當一早，也要到山裏去。」說話時不住的咳聲嘆氣。玉四爺同他的馬隊喫完飯，喝了些水，就要動身，晚還要趕到北京，問我們走不走。我們實在累，我走不動了，只好謝謝他，說了句「京裏再會吧！」他們便去了。這時候，我因歇了一歇，累勁發上來，渾身酸痛，想要睡覺，老太太說：「後面倒有兩間空房，只是停着兩口棺材，你們怕不？」我那還顧得那許多？就請她領我們到了後面，剛睡下，只聽外面人聲馬嘶，越來越近，一會兒前面有人敲門要水喝，原來是天津的兵散下來了。我們又都起來幫着老太太，給他們燒了一夜的水。到天亮，那位老太太要到山裏去了，也邀我們同去。我還是一心要奔北京，向她謝了謝，就又趕奔北京而來。

在下午，好容易纔走到東便門，到到城下一看，城門已經關閉，叫了半天也沒有人理會。待一會，跑來一些馬隊。城下纔答話，說安定門還開着，可以進來。可憐我們一夜沒得睡，又從早晨到此刻滴水粒米未進口，還只得忍着飢渴，順城牆的小路，又趕奔安定門。路上聽那很高很深的高粱地裏，傳出來女人的哭喊聲，求救聲，嚇得我藏藏躲躲，孫三爺便拖着我拼死的向前疾走。

到了安定門，天已發黑，我就靠在一家剃頭棚的門外，再也動彈不得了，慢慢有許多人圍攏過來看我們。問我們沿路的情形，到什麼地方去？我們把路上的情形告訴了一遍，並且說，我們是來投許大人的——即許景澄，我同他太太是乾姊妹，來京原打算先投奔他家。當中一個年輕的人聽了，用手指給我們那邊的一隊人道：「你們看，那些人就是剛斬許大人同來的！（庚子七月四日殺吏部左侍郎許景澄，太常寺卿袁昶，二十七日殺戶部尚書立山，工部尚書徐用儀，內閣學士聯元，五人皆因反對義和團，指爲通夷被禍。）我聽了這話，如同冷水澆頭，幾乎暈絕過去。只好央告這些人，救救我們，先要度過這一夜。還算好，其中有一位老者，很慷慨的說：「到我家去吧！」他說着就找來一輛小車子，把我們推着到了家。

他家在後門方磚廠，一個很大的院落，當中擺放着許多鳴挑子，原來是個作魚行生意的。進了屋子，我們喝了一點水，我母親已經有兩天沒有吸煙了，這時很想吸，這位老者不知從什麼地方替她找來一支破水煙袋，又找了些火紙。我想，今晚總算有住所了。那想到，一會兒對面房裏一個女人忽然罵了起來，喊着說：「你這個老東西，不要命了！把從什麼地方推來的二毛子，你還想活不？」一聲一聲罵個不休。我們在屋裏聽着他罵，心裏實在有些聽不過去，都低下頭想法子，忽然想起從前一僕人叫杜陞，人很忠實，家住在定王府邊，我們就打算投他去。老者說：「我既然要救你們，就救到底，還是我用車推你們去吧！」這時候，天空中的槍彈刷刷的亂飛，砲聲隆隆的直響，我縮在了車上一動也不敢動。

到了那裏，找着杜陞，老者就告辭要同去，我們着實感激他的這番好心，我把我身上還剩下的幾串錢取出送給他，他無論如何也不肯收，說：「我救人救到底，心裏最痛快了！錢是不要的。」說着推起車子，道了一聲：「再見吧！」便走去，像這像的好人真是難得呀！

這時杜陞家裏也一點喫的都沒有了。隔壁一家有棵大棗樹，我們有時就打下些棗來煮煮充飢。過了兩天，搶起大街上的糧食店來，杜陞也跑出去搶來些米麵，這纔有了吃的。

我在杜陞家裏，有一晚上對門一家忽然着起火來，四鄰都跑去救火。只見那家的老爺，穿的整整齊齊的朝服，掛着朝珠，眼巴巴的望着火，見人們來救，便嚷道：「好鄰家呀！你們千萬不要救，你們要救，就是害我！」這時，從火窟中跑出來兩個光頭小孩，那位老爺一見，直叫：「孽畜！孽畜！」自己奮身就要往火裏跳，大衆趕着上前拉住。後來聽得那家下人說，他們老爺在內務府當差，看見洋兵已經進城，就打下殉難的念頭。前一天傭僕們都開發走了。到這晚，叫他的太太、少爺、少奶奶等，每人抱一束乾草在屋裏燃起，自己等着火着起來，再往裏跳。跳出來的那兩個小孩，就是他們的小少爺，太太同大少爺同奶奶等都燒死在火裏了。第二天，我們還看見那位老爺帶着兩個小孩來燒過一回紙。（據「庚子京師褒卹錄」所載，殉節被難者，有二千人之多，此舉固無補於國家，但這種「捨生取義」的精神，確叫我們欽仰不已！）

附錄：庚子年拳匪弄禍，自春迄秋，凡四閱月，把京津一帶鬧得天翻地覆，等到辛丑約成，賠款四百五十兆兩，我國從此一蹶不振，思之殊心痛也！今將庚辛諸史籍所載拳匪之驕縱誕妄舉動，及地方所受蹂躪，檢其要者，抄幾段補作參看：

「五月十九日，燒宣武門大教堂……是日，余適退值經此，見彼輩所謂大師兄者，紅巾帕首，手持長刀，於屋之四周以刀劃之，若分界限然者。劃畢，告左右鄰居無驚恐，所燒祇教堂，火不出界外。已而兩手持香向拳民喃喃誦呪。少頃，一縷青煙，自其堂中起，火勢騰上，不旋踵全屋煨燼。」（王彥成：「庚子西巡大事記」卷首）

「各京官住宅及殷實富戶，無不被掠一空。其先至者，蜂擁入室，以刀破箱，出衣物於庭中，揀佳者取以去。甫去，而他匪又至，則取富次者，約數起而衣物告罄矣！其銀票等物，亦必搜攫淨盡。其或閉門不納者，匪卽踰垣而入，放鎗以恐嚇之，然後飽掠以去。設與爭論，卽被擊斃；如所掠尚不滿意，卽火其居。時滿街塞巷，無非搶物之匪徒，而兒啼女哭之聲，尤使人聞而心碎。街市間，屍骸橫臥，亦難數計。顧各處雖多被搶，尚不及住居附近東交民巷一帶之甚，蓋與使館爲鄰，故受禍尤慘也。」（同上）

「（五月）二十日，庚申，大禍作矣！團匪結隊燒大柵欄德記洋貨肆，又焚屈臣氏藥房，自大柵欄及觀音寺，出珠寶市至廊房頭二三巷，門框胡同紙巷子，煤市街，西月牆至荷包巷，上撲正陽門樓，飛燄入城。自棋盤街，東交民巷，近城南御河橋一帶，直至臺基廠肅王府以東，西單牌樓三條胡同，直同焦土。」（林紓：「京華碧血錄」）

「鼓樓東大街劉家胡同口教堂洋樓特高……少頃，三義廟拳壇下令，合郡商民戶戶焚香，高聲誦佛，又令喊殺助威。一時脚聲殷地而來，爲首一大師兄操異鄉音，髮已間白，拳衆皆擧香刀至堂前轉，轉身向東南跪伏，倏焉起立，喊殺震天。大師兄率衆焚香擲去，齊呼燒燒，着着着，又令商民聲呼叫，火光熊熊，自下而上。……鄰居驚慌恐延及，擬灌救之。拳匪曰：此神火，斷不旁延一椽一柱。乃祝融無情，竟延燒廿餘戶，計房數百間。……羣匪又齊集鎭羅前教堂，匪酋率衆作如前狀，全堂燼焉！」（僑析生：「京津拳匪記略」）

「旋刼掠宮北新泰興洋行，與恒慶錢局爲鄰，掠洋行一空，隨入錢肆，見有存銀錢櫃，匪又喘而呼曰：此地雷鐵箱也，揮六匪舁而行。……旋刼估衣街播喊鐘錶行，誤花露水爲洋酒，一飲而盡，殊不甘旨，怒而碎其餘。又指得弇風爲地雷機器。掇得皮人一具，握之戛然有聲，乃持刀而呼曰：妖怪！妖怪！擬握之使碎，一握一鳴，愈握愈怒，擧刀猛斫，一指落矣，暈於地，羣匪舁之去。播喊罄矣！金表皆入匪腰。」（同上）

「由津……一直到北京城下，只是一片荒涼毀掠之景而已。沿途房屋未經被毀者，極爲罕見，大都早已變爲瓦礫之場。凡建築較大之物，如廟宇之類，則至少內部曾受重大毀損，所有佛像以及其他偶像，皆已打成碎塊。……從大沽經過天津直至北京之路線上，至少當有五十萬人，變成無屋可居。」（王光祈譯「庚子聯軍統帥瓦德西拳亂筆記」）

在杜陞家住着，天天總是躭驚害怕。這時候街上紊亂極了，槍聲砲聲不斷的響，站在院裏看見那四外被燒房所升起的煙火，濃煙如雲，火光滿天，令人不忍卒視。我們用木槓撐住了大門。天剛亮，便爬上屋藏在龍溝裏，傍晚纔下來，在屋內地下鋪一領蓆，夜間就倒在上面睡。

後來洋兵進城了，西太后同皇上都逃出京去。人心惶惶，謠諑四起，有的說：「洋人要做皇上啊！」有的說：「洋人要重新再扶保一位有福的出來做皇上啊！」

過了些天，稍見平靜。我在那裏因生活沒有辦法，就想着往南城搬，這時街上全是洋兵佈崗，盤查行人嚴極了。我挺着膽子帶着孫三爺向前疾走，一路上遇到幾次攔問，幸虧全是德國兵，我會說他們的話，占了許多便宜，不然，便要害苦了。

到南城，房子很不容易找，就暫住在李鐵拐斜街一家熟識下處的門房裏。這時南城的洋兵很多，最無紀律，整日間在外邊喫酒尋樂，胡作非為。有一天晚上，聽見外面一陣格登登的皮鞋革聲，一直往裏院去了，工夫不大，又走出來，站在我們房前敲門，怎敢給開呀？他們見不開門就用脚猛踢，我看這情形不好，不開門是不行，便忙着答了聲，把洋燭點着，開開門讓他們進來，原來是幾個德國的小軍官們，舉動先是很不禮貌，後來見我能說德國話，又向他們問德國的某官某先生，他們不知我有多大來歷，便對我顯出了很恭敬的樣子。坐了一會兒，他們要走，對我說：「回去一定報告元帥，明天派人來接，請在家等候，千萬不要躲開。」

翌晨果然派了兩個護兵，套着一輛轎車來接我。到了他們的兵營裏，見着他們元帥瓦德西——我同瓦以前可並不認識——他問我：「到過德國嗎？」我說：「小時同洪欽差去過。」又問：「洪欽差是你什麼人？」這時候我却撒了一句謊，說：「是我姊丈。」他一聽，喜歡極了。我們越談越高興，很覺投機，當下就留我一同喫飯。在那時，我乘便就把我怎樣從上海到天了津，因鬧義和團又逃來北京，途中狼狽情形及到京生活的瑣碎情說他聽，他隨着便拿出來兩套夾衣服，都是青緞繡花的；又取出一個小箱子，裏面裝着一千塊錢，都是現洋，對我說：「東西很少，請先拿去用吧。」我正在這窮愁交錯的時候，遇到這樣優待，心裏實在感激，忙着謝了謝，便收下了。

一直待天黑，我要回去了，瓦德西很捨不得叫走，千叮嚀萬囑咐，希望我能常常來他營裏，又親自把我送出來多遠，我倆才握手而別。

從此以後，差不多每天都派人來接我，到他營裏一待就是多半天，很少間斷的日子。我初次見瓦德西時，他對我說，他們乍到北京，人地生疏，種種軍需，都還沒有辦法，請我幫助辦一辦。我聽了這話，很覺爲難，無論如何我總是女子，糧臺大事，那有經驗！便竭力的推辭。怎奈他一味的不允。過幾天，我到他營裏，他又對我說，請幫助辦辦，叫我實在不好意思再推辭了。纔騎着馬——這不似在通州郊外了——也有膽騎了有幾個小軍官陪着，到街上找各商戶。這時候，誰還敢出來？只見兩旁的鋪戶住家都緊閉着門，路靜人稀，荒堆破壁，呈出來一種悽慘的景象？

在這種情況下，叫我怎麼着去找呢？想了半天，只好挨着戶去敲門罷。結果有幾家出來，我就對他們說：「你們不必害怕，洋人是最講道理不過，公買公賣，不欺不瞞，現在是辦糧臺，由我主持。

你們誰願意承辦，就請到琉璃廠羅家大門去找我，——這時我已搬在此處——有賽二爺給你們作擔保。」經我這樣一說，第二天果然有些膽大的就來找我，表示願意承辦。我一見有人敢承辦，心裏很是喜歡，立刻就帶着他們到了德國兵營，把一切承辦手續全商議好，又給了每家一面德國旗子，叫插在門首，為的來回搬運，不受人欺擾。這些承辦人後來差不多都發了財，至少的也賺得幾萬。他們的貨物定價太貴了，一個鷄蛋賣五分銀洋，比較平日增高了好幾十倍。

洋兵纔進城時，一點紀律也沒有，任着意兒姦淫搶掠，京城婦女因之戕生者，不知道有多少？他們最大的仇敵就是義和團了，只要見着一個情形稍有些可疑的，便指是義和團，也不問究竟是真是假，立刻按倒就殺，這也算是一種因果報應啊。在一個月以前義和團也正在這樣的殺他們呢！我每次出去，只要碰着了這樣事，就急忙跑過去說：「他不是義和團，我敢擔保，我敢擔保。」這時候洋兵差不多也都認得我，見我一擔保，他們就放開了。就這麼着，很救下了不少人的活命。待後，我乘機向瓦德西說：「義和團一聽你們要來，早逃得遠遠的了，現在京城裏賸下的都是些很安份守己的人民，我們已經受了不少義和團的害了，現在又被誤指是義和團，豈不太寃枉？」瓦聽了我這話，便信以為實，隨着就下了一道命令，不准兵士們再在外邊隨便殺人，洋兵見到這命令，行動才稍稍斂迹。其實，那時北京城裏當過義和團的人還多着哩！

這時候，洋兵對待中國人不論你是官是民，是年邁，是幼小，只要用着了，就隨便拉去充苦力。你的力量若薄弱不能勝任時，就用皮鞭子抽打一頓。在街上，常常看見一個弱不勝衣的白面書生，或皓首龍鍾的老頭兒，拼着死替他們扛東西，叫人看着心裏實在難過。有一天，作過都御史的陳璧也被洋兵抓作苦力，我一見真急了，我同陳是很要好的朋友啊，趕緊着跑了過去，對他們說了說，纔解脫下來，咳！這時候簡直成了亡國的狀態了。

因德國公使克林德在北京遇了害，德國兵也就最恨慈禧太后。他們一到北京，就在各處裏找她，打聽她的蹤跡。他們常氣憤憤的對我說：「中德兩國的邦交，素來很和睦，爲什麼無緣無故的把我們公使給害了？那都是這個老女人的意思，非得把她的肉剮成一塊一塊，曬成了乾子帶回國去，方能消恨！」我總是勸解他們，說：「害死你們公使的不是太后，是義和團。她整天間住在宮裏，又不常出來，怎麼能曉得外邊的事？」他們又問，「她到底躲在什麼地方去了？」我說：「誰也不知道她躲在什麼地方去了。」

「賽二爺」這個名兒，在那時，也弄得傳遍九城，家喻坊曉了。每天拿着名片來謁見我的人，一個挨一個，有爲聯絡情誼的，有懇求代爲說項的。我這個人又是「有求必應」，生就來的一種好管閒事的脾氣，有些王公子弟便拜我作乾娘，爲的當成了親戚走動，好借些庇護。

這時候，我練得很會騎馬，人家見我喜歡這個，也就買馬送給我，我自己遇着好馬也買，我有四匹最好的馬：一叫鐵皮青滾地雷，一叫煙薰驊騮，都是一色純青，好瞟頭，稱得起上駟之選的；一匹小高麗馬，是內務府宗二爺送給我的，個子雖小，却極健幹，又好勝，同大馬在一齊走時，牠不許大馬在牠頭裏走；一匹「塁裏藏針」的騾子。我出門的時候，常是騎馬，也不走很快，後邊跟着幾個僕人和馬伕，大家一看便知是賽二爺過來了。京裏人同我感情都算很好，有一次，我正騎着馬在街上走，看見一個十幾歲的小孩子，手裏拿個瓶子，裏面打的醋，我問他：「你買醋作什麼？」他答：「

喫餃子。」我說：「回家告訴你媽媽，多包點兒，賽二爺一會兒到你家去喫餃子。」這家果然就包下了許多餃子等着我，我不過是閒磕牙罷了，那裏好意思的真擾人。

北京的街道，那時太骯髒了，滿街屎尿無人管。洋人最是嫌惡這個，便下了個命令，叫商家住房自各打掃門前的一段，倘有一點污穢，查出來是先打後罰，他們這種辦，固然太厲害些，可是北京的街道却從此潔淨了許多。後來西太后廻鑾抵京，看見街上比從前又整齊，又乾淨，很是歡喜，很稱讚洋人們能幹。

說起宮裏失火的那回事，便想起一般無聊的人，揑造蜚語，作踐我的可恨了！他們說我天天夜裏和瓦德西一同睡在西太后的龍床上，有一天，睡到半夜，着起火來，我倆都赤裸着身子，由殿裏跑出，這簡直是汚辱我，罵我。我同瓦的交情固然很好，但彼此間的關係，却是淸淸白白，就是平時在一起談話，也非常的守規矩。從無一語涉及過邪淫。這都是有人見我常常同瓦騎着馬並轡在街上走，又常常宿在他的營裏，因此便推想出我們有種種不好的勾當來。

瓦德西雖住在宮裏，可並不在殿裏睡，他是在儀鑾殿（在西苑）的旁邊，覓了一塊靜潔而又風景幽麗的地方，搭起一個帳篷，辦公睡覺差不多全在裏面。那次失火是因爲幾個兵士的不加小心，損失很不小，把一個參謀長燒死在裏頭。

他們的那些軍官感到寂寞的時候，到也想找個姑娘來陪着喝喝酒，常是懇求我給他們作介紹。我推辭不過，便派人到外邊去叫，叫來的都是些班子裏的姑娘，他們因貪圖掙錢，也都很願意來。來一趟是給一百塊錢。她們在裏面去陪酒時，我獨自一人便在旁屋內閒坐，悶了就燒口鴉片煙抽。我的煙癮就是在這時習染上的。

瓦常常對我說：「宮裏的東西，你喜愛那件，儘管拿走，沒有什麼關係。」我總是想：皇家的東西，人民怎麼應該隨便拿着走？口裏只好說：「謝謝」便算了。有一個「五福捧壽」的瓷盤，釉質彩繪都很精細，款式也好，瓦用它盛水菓，我一見很喜愛，他就說：「送給你吧。」立刻就要派人給我送到家去，我忙着說：「等一等，我自己帶着走。」這樣纔敷衍過去，我怎麼能隨便拿宮裏的東西呢？

瓦回了德國，還連着給過我幾封信，我都是託一個留德的學生替答覆，因我只能說德國話，不能執筆寫文，後來那個學生離開了北京，無人代我寫信了，漸漸的音問遂疏。

附錄：聯軍挾戰勢餘威，入據京城，行動無所顧忌，任着意兒姦淫搶掠，實堪痛恨，惜庚辛史籍對此事記載多不能詳，玆錄數節於此：

「聯軍皆大掠，鮮得免者，其祖匪之家，受傷更烈，珍玩器物首皆掠盡。……婦女慮受辱，多自縊，朝衣冠及鳳冠禮服之屍，觸目皆是。有自縊已久，項斷屍墜者。」（羅惇曧：「拳變餘聞」）

「聯軍佔領北京之後：曾特許軍隊公開搶刼三日。……在英國方面，關於此類行軍特長，却曾被以一種特別方式，所搶之物，均須繳出，一齊堆在使館大屋之前，加以正式拍賣，如是者累日。由此所得之款，按照官級高低，加以分派，其性質略如戰時掠刼金。因此之故，無一英人對於搶刼之事，視爲非法行動。而且英國軍官爲余言曰：印度軍隊，對於戰勝之後而不斷以搶刼一事，實絕對不能了解。所有此地各國軍隊，無不一致推尊印度兵士，專善尋出各處密藏之金銀寶物。是以爾時京津兩地等於十室九空，人民慘死者纍纍，千古浩刼，思之猶有餘悸。據日本某將軍之報告，只天津一處搶刼所得者，即有二百萬之多。至於美國方面，對於搶刼之事，本來禁止，但美國軍隊頗具精明巧識，能破此種禁令爲其所欲。俄國軍隊搶刼之方法似乎頗稱粗野，而且同時盡將各物毫無計劃的打成粉碎。此外法國軍隊對於各國軍隊之搶刼行爲，亦復絕對不曾落居人後。」（王光祈：「庚子聯軍統帥瓦德西拳亂筆記」）

附言：據曾繁訪問記

「瓦德西的外孫來了中國，我原不願把金花的白頭困境，流露於人間，但經朋友的轉達，說他很同情於我，很誠意地決定要拜訪我。我想過於拘扭倒也不必，便和他相見。當日他還在陝西巷口的一家西菜館設筵相待，館前不遠，便是我當日墮馬的所在。席間他說德國當年的人物，今仍健在者尚有幾個，晚輩們對於我庚子和議的斡旋功績，仍表示感意，他們覺得兵士們多半是遠別妻兒來到中國，倘若和議不成，兩國交兵，將士效役沙場，死亡定多，裹骨還鄉，便不堪設想，而且感戴和平恩賜的，不獨是德國。」

「他的相貌，略略帶有一點瓦德西將軍的遺容。」賽金花歸結了這段談話。

「瓦德西自回到歐洲後，也曾通過音信嗎，」我問。

「他自回抵德國後，即給我來了一封信，說旅次平安，現在已經到達柏林了。又問我傷口可曾結疤，當時我並沒有回信，後來我又搬家了，此外便不曾再接到瓦德西的第二封信。」

當開和議時，態度最蠻橫，從中最作梗的要算德國了。他們總覺得死了一個公使，理直氣壯，無論什麼都不答應。尤其是那位克林德夫人，她一心想替她丈夫報讎，說出來許多的奇苛條件，什麼要西太后抵償呀，要皇上賠罪呀，一味的不饒，把個全權和議大臣李鴻章弄得簡直沒有辦法了。我看着這種情形，心裏實在着急，又難過，私下裏便向瓦德西苦苦的勸說了有多少次，請他不必過於執拗，給中國留些地步，免得兩國的嫌恨將來越結越深。瓦說，他倒沒有什麼不樂意，只是克林德夫人有些不好辦。於是我便自告了奮勇，作了個說客去說她，

我見着了她，她對我的態度還很和藹，讓我坐下，先講了些旁的閒話，然後我便緩緩的向她解釋，說：

「殺貴公使的，並不是太后，也不是皇上，是那些無知無識的土匪——義和團，他們闖下禍早跑

得遠遠的了。咱們兩國的邦交素來和睦，以後還要恢復舊好呢，請您想開些，讓讓步吧！只要您答應，旁人便都答應了。」

她道：「我的丈夫與中國平日無讎無怨，爲什麼把他殺害？我總要替他報讎，不能就這麼白白的死！」

我說：「讎，已算是報了。我國的王爺大臣，賜死的也有，問斬的也有，讎還不算報了麼？」

她又道：「那不行，就是要太后抵償，也要皇上給賠罪。」說這話時她的態度表示很堅決。我想了想遂說：「好吧！你們外國替一個爲國犧牲的人作紀念，都是造一個石碑，或鑄一個銅像；我們中國最光榮的辦法，却是豎牌坊。您在中國許多年，沒有看見過那些爲忠孝節義的人立牌坊麼？那都能夠萬古流芳千載不朽的！我們給貴公使立一個更大的，把他一生的事情和這次遇難的情形，用皇上的名義，全刻在上面，這就算是皇上給他賠了罪了。」

經我這樣七說八說，她纔點頭答應了。這時我心裏喜歡極了，這也算我替國家辦了一件小事。聽說條約裏的頭一項就是這事哩！

這個牌坊就豎立在東單牌樓北邊，克林德遇害的那個地方。等到民國六年歐戰告終，德國戰敗了，中國政府把牌坊拆除，搬到中央公園（今中山公園），改稱公理戰勝牌坊。當時曾舉行過一個盛大的紀念會，他們因我和牌坊有關係，也邀請我去參加。那天蒞會的人很多，錢能訓、段祺瑞諸先生都有演說。會後還合攝一影，裏面有個女子站在前排，那便是我。

附錄：弈劻李鴻章等所擬之克林德碑文

「國家與環球各國立約以來，使臣歷數萬里之遠，來駐吾華，國權所寄，至隆且重。凡我中國臣民，俱宜愛護而恭敬之者也。德國使臣克林德，秉性和平，辦理兩國交涉諸務，尤為朕心所深信。迺本年五月，義和拳匪闖入京師，兵民交訌，竟至被戕隕命，朕心實負疚焉！業經降旨特派大臣致祭，並命南北洋大臣於該臣靈柩回國時，妥為照料。茲於被害地方，按其品位，樹立碑銘。朕尤有再三致意者：蓋睦鄰之誼，載於古經，修好之規，詳於以法，我中國夙稱禮義之邦，宜敦忠信之本。今者，克林德為國捐軀，令名美譽，雖已傳播五洲，而在朕惋惜之懷，則更歷久彌篤！惟望譯讀是碑者，覩物思人，懲前毖後，咸知遠人來華，意存親睦，相與開誠布公，盡心款洽，庶幾太和之氣，洋溢寰區，既副朝廷柔遠之思，益保亞洲昇平之局，此尤朕所厚望云！」（據清「季外交史料」卷一四五）

這是我一生最危險的一樁事，現在想來還為之戰慄不已！

有一天下午，我騎着那匹名叫鐵皮青的馬，到王長林家裏去閒玩，——長林同我們孫三爺是拜盟兄弟，這時他雖已搭班演戲，但還不甚紅。——玩了大半天，天已深黑，我就派僕人回家去拿燈籠，因出來的時候，原想早些回去，沒有帶着。僕人去了很大工夫，也不見回來，我等的起了急，不耐煩再等，就要獨自騎馬回去。長林竭力攔擋着不叫走，說：「再等一會吧！若還不來，我送您回去。」我覺着沒有什麼要緊，全是熟路，一個人怎不能夠回去？便道：「我自己能夠回去，你們給我一個燈籠好了。」長林的兒媳婦就忙着給我點了一個燈籠，我上了馬，把燈籠掛在馬鞍上，便緩緩的走下來。

走到了陝西巷口，快要抵家了，忽聽得那邊一陣轆轆的車聲，嚇得我一發怔，定睛看時，原來是跑下來一輛騾車，我的馬一見，驀的吼了一聲也狂奔起來，牠往前跑，那輛騾車就在後面追，把我嚇得亂嚷大叫。這時候差不多已在半夜裏，舖戶住家都關門睡了覺，街上很是冷靜，所以那麼嚷叫，也不見有個人出來。我的馬是飛也似的跑，我怎麼勒也勒不住牠，只好伏下身子緊緊的抓住了馬鬃隨牠去跑。等跑到韓家潭，路很狹窄了，我怕把我的脚撞在旁邊牆上，就趕忙丟開蹬，這時馬往上一竄，一下就把我扔下來，跌在一家門首的石階上，立刻便暈了過去。後來聽他們說，那輛騾車緊跟着就要到了，幸而被人截住，不然就把我軋了！

亂了這麼半天，人們纔聽見，跑出來進前一看，說：「呀！了不得，這不是賽二爺麼？我快快扶起來！」那時血已從傷處淌下，染了一身。還記得，那天穿的一身很漂亮的衣服：裏面是雪青洋縐裏的庫緞大襖，外面套四鑲的巴圖魯坎肩，腰間束一條銀白繡花巾子，一雙新快靴。待一會兒，我家裏得了訊，都忙着跑來，用布把我的傷口裹好，抬回家去。

京裏的一班摯交們，得着訊都來看視，有的便薦大夫，瓦德西也派來了一個軍醫。這時候我頭上還梳着大辮子，大夫把我的頭髮分開，剪下一束，用藥水洗了洗傷口，敷上些白藥粉，外面用藥布裹住，據他說：「離後腦僅還隔着一層薄膜，若要再破了，腦漿便流出。」這是多麼危險哪！

過了幾天，知道的人更多了。各方送來很多的滋養藥品，什麼人參鹿茸等等。我這一摔，倒苦得人家化了不少錢。

瓦德西隔幾天就過來看看我。這時，再有兩月他就要回國了。臨走以前，還親自給我拿來的藥，對我說了許多安慰話，相對款敍良久，才悒悒的各道珍重而別！

我的傷一直轉過年開春，纔完全長好。

自從庚子那年由天津逃難到了北京，就常住下去。這時候，雖然家裏也有幾個姑娘。總是「住家」的派頭，也不隨便接見客，來的人都是些熟朋友，或是經人介紹過的。這樣過了有三四年吧，有一位金四爺，著名的堪輿家，專給宮裏看風水，和我最要好，我也最信服他。一天，他見着我，便說：「二爺，我看着了一所屋，太好了，若要開班子，一準發財，做旁的生意可不行，因它的形勢像個龜。你有意思租沒有？」我聽了他這話心裏有些活動，就託他替我把房子租下來，這房就在陝西巷，入民國後曾開過賽瓊林大菜館。報捐掛牌以後，事由兒果然很好，每天除去開銷能淨賺一個元寶。

不幸，這年秋天，我弟弟病死在蘇州，我回家辦理喪事。第二年四月裏纔返京，五月就發生了這件倒霉的事，就是我的一個姑娘服毒死了。有人說：這是有仇人乘我回家時候，背地裏設法破了我那房的風水所致哩！

這件事的經過是把我弟弟埋葬完畢，又辦些雜事，住的過了年就由蘇州到上海。在那裏挑選了幾個姑娘，一個叫秦鳳雲，使了我兩千五百圓錢；又買了一個，名叫秀鈴，是蘇州人，身價三千圓，連上其他花銷，總夠四千；又加林香君姊妹兩個；還有兩個年歲大些的，一共是六個姑娘。我把她們帶到了北京，見班子裏還有幾個空房頭，就打算遇機會再買一個，那想到就買了這個寃家！買的時候，已算是受了騙。憑中人說，是個良家的姑娘，武清縣人，長得很美，要賣在茶室裏，問我要不要。我讓他領來先看看。她來時，穿的一件藏布衣裳，紮紅腿帶，還梳着抓髻，像個剛從鄉下來的樣子，可是模樣兒長得還不錯：瓜子臉、雙眼皮、水汪汪的一對俊眼、皮膚很白嫩，講了講價作一千二百兩銀子，一千歸她家裏，二百算是中人的佣錢。給她取了個名叫「鳳鈴」。我自己買的姑娘都帶鈴字。過了幾天，我打聽出，她原來已經在小李紗帽胡同茶室裏混過，名叫小五子，因有個熟客，想用八百銀子為她脫籍，沒有辦成，領家怕他們攜手潛逃了，纔急着賣她；漸漸又發覺她還有鴉片煙癮。這怎麼會是良家的姑娘呢？我心裏雖知道上了當，可是看她的樣子還很老實，也就裝個「啞子喫黃連」，未曾發作。

這時候，我忙極了，整天價要到各處去應酬，在班子裏的工夫很短，班裏一切事務都交給了孫三爺照管。有一天半夜裏，我們都睡了，有位潘二爺，也是熟客，同着幾個朋友來敲門，他們是因在隔壁一家班子裏，不知爲什麼吃了醋，轉到這邊來。看門的給他們開開門，請進來，又把自己的姑娘全都喚醒，拉開桌子就打牌，又說又唱，一直玩到天大亮他們纔走。我因白天去陶然亭，騎馬回來，路上受了涼，身上覺有些發燒，早早便歇了，也沒起來打招呼。第二天，是鹿中堂的少爺約定在班裏請客喫午飯，八、九點鐘，姑娘們就都忙着起來妝扮，那時正時興梳辮子，專雇了一個剃頭的給他們打辮，別人的全打好了，只剩了鳳鈴，她伏在桌上，低着頭，也不動也不說話，秀鈴在旁邊就問：「你是怎麼啦？」她也不理。她們就跑來告訴我，我過來看，她仍然伏着桌子，就問她：「鳳鈴你怎麼啦？身上不舒服嗎？還是同那個嘔了氣？」她是一聲也不哼。我就扶起她的頭來一看，眼睛通紅，兩隻手只抓胸口，我看樣子不好，像是吞了鴉片煙，握着她的手急問：「鳳鈴，鳳鈴，你吃了什麼東西啦！是鴉片嗎？你不要想不開，有什麼心事，儘管對我講，有中意的人，可以隨便走，沒有不好辦的，平日我也沒有待錯呀？何必竟尋此短見？快快告訴我！」她聽了我這話纔說是吃了鴉片，說着也掉下眼淚。原來是前幾天，管崇文門的崔老爺的小少爺給我送來一盒煙膏，我只燒了幾口，賸下的就放在小櫃櫥內，不曉得什麼時候被她拿去了，還吃了很不少。我趕緊派着夥計到街上買來藥，撐開她的嘴，灌了下去，見她還是不吐。這時候已快十一點鐘了，還要伺候鹿少爺請客呢，我就叫他們把她先抬到後邊，繼續灌救，恐怕鹿少爺來到，這成什麼樣子？一會兒，客人都來齊。我只顧陪他們吃酒也沒有到後邊去看。等席散以後，他們纔告訴我鳳鈴已經死了！這孩子也算很伶俐，落得這樣死，真是可憐！

這時我急得什麼似的！先打發三爺用二百五十兩銀子買來一口棺材，不敢就這麼裝殮哪，還要報城官來驗屍。有個蒲二奶奶，是開裁縫舖的，來給我送衣服，一見這種情形，就說：「這樣去報，恐怕不妥當：不如我冒出個名，作為鳳鈴的生母去報，擔起這個錯兒，你們可就輕省多了。」夥計們聽了她這話，都覺得很有理，我心裏是又煩又慌，隨口說了句：「好，就憑你去報吧！」等一會，城上派人來驗了一驗，也沒說什麼就去了。我想，這就算完了，淨等着領抬埋執照了。不料，生出枝節，也不知道從那裏跑出來的屍親，他露頭不依不饒了，我班子裏的幾個夥計，還裏勾外串的從中傳消息，說壞話，說什麼鳳鈴是因受我虐待，被逼服毒的，在城上這麼一告，城上只得派人來傳我。我一聽真要氣昏，忙着披上一件褂子，就跟他們到了城上。我覺得我沒有作虧心事，害怕什麼。唉！那裏曉得這裏面有洪先生的幾位老親友如陸潤庠、孫家鼐等，早想着找個碴兒把我押起，解散了我的班子、強迫我回籍呢！

到城上，一句話也沒有問，就把我送了刑部。幸虧刑部裏的一班人差不多我都識得，很得了些關照。進門也沒有過鐵鍊子。這時候刑部正堂是孫家鼐，他隨駕往頤和園去了，故此沒有叫我過堂就押起來。在監裏，一點罪倒也未曾受，部裏的諸相好給我預備的太周到了，連澡盆全有，還許抽鴉片煙。悶了時就同旁的罪犯談談天，故不甚感覺寂寞，只是心裏總罣念着家中的事。他們是不許有人來看我的，後來只有德國使館派的四個武官來看了一次。他們先聽我遭了官司，就派四個武官到我家裏探詢，家裏有一個小聽差名叫小七，他跟我學會說幾句德國話，對他們說「賽太太在城上呢。」他們到了城上，城上推說不知，後來他們打聽出我在刑部，又到刑部，刑部的人一見，都驚惶的了不得，又不敢不放他們進來：我見了他們謝了謝，說：「不為什麼要緊的事，因我有一個姑娘死了，幾天便可完事出獄，請回去告知貴公使放心吧！」他們又坐了一會，看我沒判有什麼罪，纔告辭去了。

我入刑部，說起來也有些因果關係，庚子前一年我住在高碑胡同，離刑部很近，總想進去看看，沒有去成；這回可算進來看了！

我在監裏很遇到幾個案子：我進刑部那天，就有個名沈藎的，是革命黨被捕，因不招口供，打死在堂上。又有一位中堂大人，不知犯的什麼罪。與我同日進來，還叫他過鐵鍊子，北京城著名的女棍小撲戶也在監裏押着——她會摔跤，到處敲詐不講道理，人人都怕她。因為她惱了桂八爺，被捕入獄。在堂上很受了不少重刑，她真有骨勁，都煞過去，一哼也不哼。我原來不認識她，她見了我先打招呼，說話聲音洪亮，高高的身材，紫紅臉膛，很是威武。我們一談還很投契，想不到在獄裏交了這麼一個朋友。還有一案：是母女二人，犯罪的是姑娘。案情是：姑娘的父親是個厨子，品行汚濁，她們姊妹三人，她兩個姐姐全被她父親姦污了，她出嫁後，永不敢歸寧，一天，因事到娘家，被雨留住，就宿在厨房裏，夜間她父親來撥門，她急了，蓄足力氣開開門，照他父親下身猛的一拳，便把他打暈栽倒，撞在石上就死了，她覺着這種醜事，怎麼向外說，只好就認是自己故意打死的。他母親知道此事，不肯叫女兒抵償，就說是自己打死的。審判官也知她們很是寃枉，可是她們不說實話，沒有辦法。我同小撲戶很憐恤這個姑娘，就勸他說：「你若再不翻供，可就要定罪了，殺死父親是罪該凌遲的，他這禽獸既不把你當女兒，你還給他留的什麼體面？」在最後的一堂，她聽了我們的話，纔把實情訴出，總算減輕她的罪，沒有死。

等孫家鼐回來，把我提出，略問了問，就叫帶下，判的是罰我「三錢七分二厘」銀子，說就放我出去。待了幾天，又說要解我回籍，不准再住北京。我知道這都是陸潤庠同孫家鼐商量好了的要攆我走。

這時候，我的班子裏已糟塌得不堪了。我母親同三爺都嚇成呆儍，總以為我在刑部一定受多少罪，只管化錢打點，一千兩千的胡扔，都被人家騙哄了去。也有趁機來敲詐的。等我出來時，貴重一點的東西，只剩一隻珠花。我房裏的幾隻箱子，也被夥計跟媽子等趁火打劫的搶走了。馬廐中三十多匹馬沒賸下一匹，底下人是走得精光。

發解回籍，就是那麼一說罷了，我並沒有同解差一齊動身，他們先行！我又住了幾天，摒擋些雜事，纔赴天津，由那裏乘火輪到上海，再返蘇州原籍到案。這時候我的寡弟婦還在蘇州。

在家裏住的工夫不久，就又到了上海，這時候已是光緒末年了。

附記：小撲戶，卽小撲虎之轉音，是一個女流氓，因她善摔跤而又兇悍有膂力，人都懼怕；這個名字就是形容她的兇猛，有如一隻撲虎。她是旗人，丈夫開剃頭店的，小撲虎雖然兇悍，但是生得一等好模樣，圓方臉、大眼、高鼻、小嘴、身段有如我們的顧媽，不長不短，她雖然長得很好看，但是力氣很大，又善摔跤，常常到天橋披上棉坎肩，便和男人動手，因摔跤是一種柔術角力，摔死了官廳也不管的，但小撲虎却未曾敗北過。她有一次在路上遇見槓紋銀上官庫和庫兵，坐了驢車經過，小撲虎虎眼看機會難得，一把將爲頭的庫兵拉住，雙手把他舉起來，全車的兵都嚇得呆了，誰也不敢近前，小撲虎高聲說：「快拿銀子來，不然便把我手上的庫兵摔死。」大家都知道她是一個兇悍的女人，誰還敢和她講理，結果是送了她一些銀子了事。其實這些庫兵所以懼怕她的原因，是因爲他們每當上庫的時候，便想法子偷官銀，但是庫裏檢查得很嚴的，每個庫兵，在庫裏上下都不許穿衣裳，只准裏一條能遮掩下體的三角形的布，防他們的夾帶官銀。但他們偷銀却另有妙計，他們的妙計只有兩條，一條是特別預備一個兩層底的茶壺把銀子藏在茶壺底，然後上面蓋上一塊磁片，再投上一點茶葉，誰也看不出破碇。還有一條就是把光滑的銀條弄進肛門裏，任你怎樣仔細檢查，也決不會注意到這個妙處，即使檢查官知道了，也決不能把庫兵的肛門掙開，看看裏面有沒有銀子，他們便以這個爲偷銀上策。後來官庫房想出一個法子，把十幾張長凳擺在門口，他們必定要跨過十幾張長凳，才可以出門，沒有夾帶的當然連跨帶跳的奪門而出，有些夾帶了銀條的也一樣能從容跨凳而過，但倘若你一個不得法，銀子便會脫離你的尊臀，掉了下來，這個，他們叫做「下蛋」，其實是，庫兵下銀子，他們事前必要服一付開骨散，使得恥盤骨易於撞開，這樣慣了身體自然軟弱。你想，那裏經得起小撲虎之一舉一摔呢！所以祇好屈服。

又有一回她和人家賭酒席比武，結果是她勝了，於肆筵請客席間，朋友和她說：「你能和男子一樣摔跤，你也能和男子一樣到澡堂洗澡嗎？」小撲虎不假思索地回答說：「成，你們幹甚麼我便幹甚麼。」朋友們於是又和她打賭酒席，只要他敢一同到澡堂洗池子，他們便認輸。小撲虎一聲：「走」，拿起帽子便同朋友洗澡去。那時女人很流行男子打扮，她戴了一頂翻沿紅纓珞，穿着古銅色的長袍，腰間束一條白縐紗帶，外面套上一件馬褂，走路時扳起腰，挺住胸，誰也不敢說她是女子。到了澡堂，別人脫衣裳，她也照樣脫衣裳；別人下池子，她也照樣下池子。澡堂裏發現了這樣一個怪女人，把客人都嚇得鷄飛狗走。小撲虎生平諸如此類的事跡很多。

我二次又到了上海當妓女，却是爲了生活的驅使，不得不然哪！租賃了一所兩樓兩底的房子，月租是一百二十圓。門上寫：「京都賽寓」，旁邊附註洋文，還是像住家的樣子，也不報捐，也不掛牌。一班舊交們知道以後，倒都來捧場，事情很是不錯。因我在北京遭那件倒霉事受了打擊，對「

妓女生活」起了一種厭惡心思，不似從前那樣的有興緻了，總想遇機會覓的一個合適的人，能匹紅終身，就不再作這勾當了。

在民國二年，便認識了魏先生（名斯炅，字阜甌，江西金谿人，做過江西民政廳長，參議院議員），他因從事革命，逃難到上海。我們認識以後，很覺得投機，感情日益濃厚，他是個性子爽直的人，又有俠氣，故我們對他很敬佩。這時候他正在作革命活動，時來時走，行蹤不定，但每次到上海，總要來家看看我。慢慢，在言語間，他就露出向我求婚的意思，我是早有了意思，只須要作多方的考慮，還躊躇着沒有決定，直到六年，我跟魏先生一同到北京，住在前門外櫻桃斜街，住了有幾個月，纔完全決定了我倆的婚事，七年又回到上海，把些雜事都結束了一下，六月二十日便在上海旅社舉行婚禮，那天賀賓來的還很不少，有滬上名人倪鴻樓等，證婚人是信昌隆報關行的經理朱先生。婚禮純是新式，用的花馬車，軍樂隊，這年我是四十五歲，想起我十四歲的嫁洪先生，坐綠呢轎，打紅紗燈，前後相隔已三十幾年了！

魏先生同我雖然可以算正式結婚，但他家裏還有一個太太，和一個因從事革命逃難到南洋時娶的姨太太。

我們結婚後不久，便來北京，這時魏先生正做參議院議員。

魏先生待我好極了，可謂「體貼入微」，對待我母親也頗盡孝心。十一年春天，我母親因病死在京裏，他很哀痛，裝殮發葬都很厚，出了一個大殯，我着實感激他。那想到，同年閏五月，魏先生忽然死去，他的身體素來很強健，一點病也沒有，就因洗澡用冷水澆了一下，激着了，得病不幾天便死去！

魏先生一死，他家裏人平日就和我有些嫌怨，常常是起齟齬的。這時他們更要給我造謠言，放冷語了，甚至說，魏先生的死都是我害的，在江西會館開弔時，輓聯上的話有好些都是駡我，他們這樣的欺侮我，我怎麼能同他們同居下去呢？實在不得已，纔帶了自己的東西，同顧媽（伊女僕，自民初相隨至今，主人雖貧困已極尙戀依不忍去，忠實可風）搬到居仁里的這個房子裏。我們一主一僕，僦居迄今，十年來因素鮮與外面通款曲，幾無人知余尙在人間矣！

附言：遞解回籍以後的些事，伊多推諉掩蓋，不肯說出。據撰者所知，在光緒末宣統初間，伊尙嫁一滬寧鐵路職員黃某，黃死，再至上海，始識魏，意其不肯說出者，或箇中別有隱衷歟？伊最愛談嫁魏事，每談起輒刺刺不休；實則伊嫁魏後之一切生活，已極爲平凡，無可足以傳述矣！

（**編者按**：賽金花——傅彩雲——於民國二十五年十二月三日沒於北平。本文是賽金花口述，由劉復（半農）和商鴻逵筆錄，單行本民國二十三年北平星雲堂書店出版。一九六一年香港上海書局有重印本。亦收入「某書局出版的「半農文選」中。此據「半農文選」排印。）

賽金花故事編年

瑜壽

一八六四年（清同治三年甲子）

賽金花一歲。（是年之十月初九日，生於蘇州。）

關於賽出生地的街巷名稱，有周家巷、蕭家巷二說。經作者在蘇州了解：周家巷根本無此地名，蕭家巷在觀前街東首，是一古巷，但這裏的老年住戶，雖知道賽的名字，却都以堅實的口氣，肯定賽不是生於此地。

賽的正確姓氏，爲趙。原籍安徽休寧縣。祖父業商，賽生時，祖母尚在，祖父已死。她的父親乳名八哥，母親潘氏，吳縣人。

一說：賽的祖父曾與人合夥開過當舖，一說是業「朝奉」，非東主。賽未生時，家道已中落。賽生下來後，家裏實際已窮困不堪，她的父親有一長時期並無固定職業，有一短時期做過挑水或轎夫。

是年，洪鈞年二十六歲。在南京舉行鄉試獲捷，成了一名舉人。

關於賽的眞實年齡，據多方考證，實生於一八六四年。她自己一再虛報，有時自稱爲辛丑年生（一八七一年），有時自稱爲甲戌年生（一八七四年）。根據冒廣生「孽海花閒話」，指證賽嫁洪鈞時的確實年齡是二十四歲來推算，她應是生於本年。

同時也可以推定：賽逝世於一九三六年之時，已經是七十三歲了。當時報紙紛紛記載爲六十多歲，是不可靠的。（賽逝世後一年，其女僕顧媽，曾向作者承認：「太太成仙時，的確已過了七十。」）

一八六八年（清同治七年戊辰）

賽金花五歲，在蘇州。

她的祖母爲她取了乳名「彩雲」，此時她的家計已入於赤貧，祖母還憧憬於往日的富裕生活，每天儘和賽講些如何如何繁華的空話，在賽小小的腦子裏起了相當作用，這影響於她後來生活的發展很大，使她畢生浸潤於虛誇與幻想的精神狀態中。

賽的母親潘氏，是一個自幼寄養於戚屬的貧家女子，性格善良。在這個沒落的家庭裏，她除了担任一般家庭婦女的通常勞作外，還要做額外的工作，以支付她婆婆和她丈夫的烟酒費。賽父親此時的職業，不詳。

是年，洪鈞在北京參加會試殿試，以一甲一名進士及第，授翰林院修撰。

洪鈞，字文卿，吳縣人，原籍安徽歙縣，在本年高中後的一年（己巳、一九六九），照例回歙縣東鄉桂林掃墓，此後，他和歙縣洪氏的關係，逐漸淡化。嗣後，他除了供職北京外，即定居蘇州。

洪在蘇，住懸橋巷，即現時門牌三十四號作爲洪氏祠堂的那所房子。其地在蕭家巷北一里，安徽會館附近。賽金花說自己是生於蕭家巷，可能是她最先和洪同居的所在。

一八七一年（清同治十年辛未）

賽金花八歲，在蘇州。

賽有弟，佚名，生於是年。賽生前曾對許多人說過，她有弟死於光緒二十八年（一九零二年），她曾回蘇州去料理喪事。並說她的兄弟死時已是中年，遺一妻，無子。既然是「中年」，至少當估計他爲三十歲以上。又據顧媽向作者說：『太太有個兄弟，比她小七八歲，早就已經故世了。』

從賽弟的生卒年份上，更可以反證賽自稱爲一八七四年生是絕對不可靠的，世間斷沒有兄弟的年紀反大過姊姊之理。

是年，洪鈞在湖北學政任上。

「孽海花」作者曾孟樸生。

「孽海花」這部小說，在創造新的體式這一方面是相當成功的。魯迅的「中國小說史畧」評介歷代小說，以之爲殿軍，承認它是一部「結構精巧、文采斐然」的「譴責小說」。它的特徵是以小說體裁寫眞人眞事，已近乎後來盛極一時的「政治內幕書」。所以林紓（琴南）也有「孽海花者，歷史也，非小說也」的慨歎。

一八七三年（清同治十二年癸酉）

賽金花十歲，在蘇州。

魏斯炅生。

魏字阜甌，江西金谿人，這個人在賽金花全史中是一個重要人物，他是賽一生唯一經過正式結婚立有婚約的配偶，使賽從一九一八年一直到死，都是以「魏趙靈飛」的名號與身份，登記北京的戶口名冊。據「二南隨筆」上說，魏這個人很豪氣，他娶賽時，賽已五十多歲了。

一八八〇年（清光緒六年庚辰）

賽金花十七歲，在蘇州。

顧媽生於江蘇海門。

顧媽，母家姓蔣，名不詳，就是與賽後期的生活緊密地結合在一起，被一般人稱爲「義僕」的。她出身貧家，父母早死，只留一弟（蔣乾方），依靠她在上海巡捕房做包探的叔叔過活。一九零零年她和一個私鹽販顧某結婚，生二子。一九一二年在賽金花上海妓院中當娘姨，以後即一直跟到賽死，前後有二十五年之久。

一八八三年（清光緒九年癸未）

賽金花二十歲，在蘇州。

賽的父親趙八哥死。賽曾和作者談到：『我嫁洪先生的時候，父親已死掉四五年了，「孽海花」說洪先生討我，除付身價一千元外，又賞我父親二百元，又說我父是當轎班的，那有此事？』根據這般話推算，趙八哥可能是死於本年，或後一年。

賽金花（一八六四——一九三六）

依照賽自己的說法，她是十三歲時出條子（而且是瞞過家裏的），一出來便紅，一紅便結識了洪鈞，這在常情上是不大可能的，故我們可以如此推定，賽在結識洪鈞以前，一定已經歷了相當時間的娼妓生活，其時間必不在三四年以下。因之，可以假定本年的賽金花，已進入這一生活的煉獄了。

更綜合諸家不同的記載，（一說：賽是先由其家作價押與大郎橋巷娼家，（一說：賽家本來就在大郎橋巷），所以洪鈞給付的身價，她家裏得不到。賽自己也曾說過：『有一位吳三大人鬧標勁，把她船上的陳設東西打爛』，這些都可以證明她所過的是一種成熟期的娼妓生活，她既然不是出於「娼妓世家」，則到達這種程度，是需要一段較長時期的煎熬。

是年，洪鈞在北京，升任內閣學士，兼禮部侍郎銜，他以母老請開缺終養，南歸蘇州。

一八八六年（清光緒十二年丙戌）

賽金花二十三歲，在蘇州。

本年是賽承認正式爲妓的一年，榜名「富彩雲」，一般訛爲「傅彩雲」，是跟着「孽海花」小說錯下來的。「孽海花」處理其中人物的姓名，往往更動一二字，因爲它本來的目的，是只在影射，而不在確指。

賽此時爲妓的領家，是蘇州「妓閥」金家，據賽自述，從中說合勾串的，是她家的舊婢小阿金。（她說小阿金比她大一歲，此時却已嫁了兩次，如果依照賽金花自認的年齡，本年只有十三歲，那麼，十四歲的小阿金竟嫁了兩個丈夫，是在情理上說不通的。這也可以作爲她年齡考證的資料之一。）

賽在河舫出局，聲名很大，身價也很高。

本年，洪鈞因母喪丁憂，住在蘇州。洪母是兩年前死的（一八八四）。

洪鈞熱戀賽，開始談判嫁娶。洪鈞以少年新貴（三十歲中狀元），又做過幾任學政，揮霍的能力是足夠的。他的狎賽金花，並不稀奇，但也爲他的同階層的士大夫所不齒，則是因爲他狎賽的時間，還在他母喪的服期中。

一八八七年（清光緒十三年丁亥）

賽金花二十四歲，在蘇州、北京，赴歐洲。

正月十四日，洪鈞娶賽爲妾，因母喪服期未滿，不敢接回家中，仍住大郎橋巷。

四月，洪鈞服滿，起復，帶賽金花晉京。清政府外放他去任「出使俄、德、奧、荷四國欽差大臣」，他於是年啓程赴歐，帶賽金花同行。十一月到柏林。

是年，洪鈞五十歲，「二南隨筆」記洪鈞在娶賽後，對她說過如下一段的話：『我年倍於汝，他日倘不測，當畀汝五萬金以終老。』說是「倍於汝」，則賽本年爲二十四歲，正相合。所以賽自述的「十四歲嫁洪先生」，是完完全全不可靠的。

賽隨洪鈞到柏林後不久，小產。

賽祖母在賽留居柏林期間，病死蘇州。

洪鈞雖做了洋務官，還是老官僚的作派。他在柏林强迫他的館屬人員爲賽站班，樊增祥的「彩雲曲序」這樣寫着：「其前隨使節，儼然敵體，魚軒出入，參佐皆屏息鵠立，陸軍大臣某時爲舌人，亦在行列。」所謂陸軍大臣某，就是清末任陸軍大臣而在民國初期連任總統府侍從武官的廕昌。柏林館屬中，有人發起拒絕爲賽站班，這個發起的人後來被洪鈞擯走。

一八九零年（清光緒十六年庚寅）

賽金花二十七歲，在外國各地及北京。

賽女德官生。因生在德國，取名德官。

洪鈞被調回國，攜賽母女回北京。他這時已升爲兵部左侍郎，並派在總理各國事務衙門行走。在東城史家胡同買了房子，並埋頭研究元史，他的唯一具有學術價值的「元史譯文證補」，一直到死，沒有完篇。

洪鈞這次奉命出使四國，而主要的對象，乃是德國。一八八八年，德皇威廉二世即位，對於東方的中國，特別感覺興趣，洪鈞在柏林居留最久，僅有不多的時間到過聖彼得堡、海牙、維也納，賽金花跟着同去。賽晚年和作者談到上述各地，除去柏林和聖彼得堡，她說不出什麼印象。

賽在外國三年，以外交官家屬的身分，覲見過德俄皇室，參加過宮宴及其他宴會，在通常的形式下，接近過俾斯麥或其他外國官吏，可是從來沒有看見過瓦德西。

「孽海花」小說，對於賽最大的侮蔑，是說她在聖彼得堡和德國武官瓦德西私通，而且在小說裏把瓦德西描寫成爲「一個雄赳赳的日耳曼少年，金髮赬顏，風采奕奕，一身陸軍裝束，很是華麗。」

瓦德西是參加過普法戰爭的。他在後來「八國聯軍」之役（一九零零年），以德國侵略軍主帥的資格，爲八國侵略軍的總司令，時年六十餘歲。如由此推算，本年的瓦德西應已五十幾歲。

關於這一段公案，曾孟樸自己也承認是完全出於揑造，據楊圻致「靈飛集」編者的信上說：「文人至不足恃，孽海花爲余表兄（曾孟樸）所撰，初屬稿時，余曾問賽與瓦帥在柏林私通，兄何得知之？孟樸曰：彼二人實不相識，余因苦於不知其此番在北京相見之由……故虛構來迹，則事有線索，文有來龍，且可鋪敍數回也。言已大笑！」這就是作者的自供狀！

一八九二年（清光緒十八年壬辰）

賽金花二十九歲，在北京。

是年曾孟樸二十二歲，在京任內閣中書，他也常常走動洪宅。因爲洪鈞是他闈師的老師，他稱洪鈞爲「太老師」，也便稱賽爲「小太師母」。三十五年後曾有篇自述，描寫當時對於這位「小太師母」的印象，是：「彼時賽風度甚好，眼睛靈活，縱不說話，而眼睛中傳出一種像說話的神氣，譬如同桌吃飯，一桌有十人，賽可以用手、用眼、用口，使十人俱極愉快而滿意。」又說：「是時伊年約二十七八，着水脚繡花衣，梳當時流行之髻，已在洪出使歐西歸來之後。」曾樸所說的「賽年約二十七八」，與我所考證的賽本年的正確年齡爲二十九，沒有什麼出入。[三]

賽是痛恨「孽海花」的，幾十年的積怨，使她在一九三三年左右，對申報記者說出：「曾孟樸在我嫁洪先生前曾弔過我的膀子，爲了失戀，所以寫那部書來糟塌我！」申報把這段話發表後，曾孟樸被迫以自述方式來答辯，說賽嫁洪鈞時年十六，他自己却只有十三歲，十三歲的小兒，根本就不懂什麼叫做戀愛。以年齡來反證賽那一段話是不可靠的。

關於洪宅小廝阿福和賽相戀的一節，「孽海花」曾以冗長的篇幅，出力地描寫，賽堅決否認，認爲「這是曾孟樸最沒有道理的。」據冒廣生的「孽海花閒話」，則證實阿福是有其人，從洪宅逐出後，入袁海觀家服役。

是年，北京發生帕米爾中俄爭界案，傳說帝俄的公使拿洪鈞私人所刻的界圖作爲憑證，於是御史交章彈劾。其實這件事洪鈞倒是有點冤枉，因爲洪圖將帕米爾畫在界外，是根據「內府地圖」，而內府地圖列帕米爾於線外，並不是指中俄界線。後經李鴻章出而替他剖解，得以無事。洪鈞探出御史楊宜治的參奏，有人在背後供給資料，此人即是他在柏林擯走的那個館員，還是「賽金花站班」的餘波，心中氣憤，鬱鬱致疾。

一八九三年（清光緒十九年癸巳）

賽金花三十歲。在北京、蘇州、上海。

八月二十三日洪鈞死，年五十五歲。洪正妻所出的兒子洪洛（是陸潤庠壻。冒廣生的「孽海花閒話」中作洪浴），從蘇州奔喪到北京。

賽在扶送洪鈞靈柩到蘇州後，就和洪的家屬分了手。「孽海花」描寫她是途中坐了小船逃走，賽否認，只承認是在接官廳分了手。她自回母宅，接了她的母親兄弟一同到上海。她的四歲女兒德官，被留在洪宅，母女就此分離。

賽雖然是沒有什麼知識的女子，但是很聰明，看得清眼前的實際問題，有勇氣担承自己的命運。她在北京和洪氏家屬談判離析條件，大約分得了相當數目的錢。若干記載說：陸潤庠、孫家鼐都曾以公親資格，參加這個談判，並提出「賽氏以後不得再來北京」的條件，賽自言分得五萬存欵，被洪鈞的同族洪鑾騙去，也無足夠的資料可以證實。

賽賃居上海垃圾橋保康里，有些在上海的蘇州姊妹，勸她再作妓業，她同意了，但必須找一個名義上的「老闆」來支撑門戶，便和孫菊仙的一個族姪天津人孫少棠（即孫三），正式建立了同居關係。（孫是一個大黑麻子。）

關於孫三和賽的公案，賽並不否認，但不承認在洪鈞未死以前就發生了如一般所說的密切關係。據賽說：「孫三也不是伶人，只是一個票友，父親是經營珠寶業的，乃是天津衛的一個大流氓。」

賽自言是年在滬生一「遺腹子」，十一個月夭折。

一八九四年（清光緒二十年甲午）

賽金花三十一歲，在上海。

賽移居二馬路鼎豐里旁的彥豐里，領妓女兩名開業，她以「曹夢蘭」的化名，做領家，自由決定接客，「狀元夫人」的聲名，鬨動上海。

一八九五年（清光緒二十一年乙未）

賽金花三十二歲，在上海。

賽在彥豐里的寓所，開支浩大，營業不振，賽和孫三所過的生活窮奢極侈，她從洪家得來的財物，將近化光。這時中日戰爭正在北方劇烈進行，一千里外砲火漫天，而上海租界裏的一般生活，顯得驚人的痲痺。一切時髦的游樂場合，總可以發現賽的蹤跡。周夢莊的「雪窗閒話賽金花」，描寫他在靜安寺看「髦兒戲」，曾遇到賽，後至申園看賽蟋蟀，又遇到賽；並出力渲染地寫道：「余遙視之，光豔銀海眩生花，但聞人稱其美而已。」

洪鈞的獨子洪洛死在蘇州，因為沒有兒子，鬧家務。賽表示要回去弔唁，被拒絕。德官是年六歲。

一八九八年（清光緒二十四年戊戌）

賽金花三十五歲，在上海、天津。

上海人好奇的風頭一過，賽妓院的營業顯見衰落，賽金花和孫三過份的密切關係，影響了她的營業，她們吵過好幾次架，也打過好幾次架，賽很想和孫三脫離，被孫三察覺，便極力慫恿賽放棄上海碼頭同回天津。

感情脆弱的賽不能完全擺脫孫三的控制，本年夏季，她們同回天津，組「金花班」於江岔胡同。她自己取名「賽金花」，這是賽金花三字問世之始。（賽母潘氏，時年五十五歲，同北上）

據曾孟樸在答辯賽的「自述」上，追記賽本年被迫離滬的原因，是由於蘇州同鄉的壓力。蘇州旅滬士紳和陸潤庠等認為賽這樣亂來，不僅坍洪家的台，也坍蘇州人的台，羣起而攻，賽乃北走京津云。

這一時期京津的樂戶，顯得特別繁榮。再加上榮祿新任直隸總督，這個人是最愛鬧濶勁的，天津官場風氣很壞，可是賽金花班子裏的生活，却過得不錯。她時時走動北京，住楊梅竹斜街宏興店，認識到所謂上層社會中的一些官僚、名士、豪紳、大賈，其中為賽所指明的：如當時任內務府大臣戶部尚書的立山，曾為浙江江西等省巡撫的德馨，職業不明的盧玉舫等，（此人似只是一個票號管事。）她這時還只是「玩票」性質，不曾在北京組班。

一八九九年（清光緒二十五年己亥）

賽金花三十六歲，在天津、北京。

賽去年到北京「走票」兩次的結果，認為到北京正式組班是一條財路。全家赴京，住李鐵拐斜街，因為房子太小，地點不合式，而那時高等的妓班已有設在內城口袋胡同的，「口袋底」成了一個另一解釋的專門名詞。（北京的口袋胡同，有好幾處，此當是指西四牌樓附近的）。賽在內城高碑胡同看了房子，住了些時，準備買下。恰值北京的步兵統領載瀾下令禁止內城設娼，賣房子的房東臨時悔約，賽無法，又全家返津。

賽這次留京的期間，成為很活躍的新聞人物。有人保存當日舊報數則，這份報紙將賽金花在京的交際活動連載四日，包含了如下的幾段故事：（一）賽在旅店召譚鑫培不至，（二）與余玉琴相狎，（三）由余玉琴介紹，認識立山，（四）立山和御史余某因爭賽而大起波瀾，（五）立山對余某行賄。這是上海報館記者對於賽金花開始惡性描寫證例之一。這個時期，曾孟樸還不曾動筆寫「孽海花」。

賽自言：盧玉舫要和她「拜把」，盧年長幾歲，稱盧大爺，賽稱賽二爺，這在當日京朝社會中是一個風氣，並不是從賽開端。那時稍有地位的老妓，多自稱幾爺，這也可反證賽自稱本年二十幾歲是不可靠的。

又賽這次在京，她的寓所又有北溝沿磚塔胡同一說，據清末曾為巡城御史的陳恆慶在其「諫書稀庵筆記」上說：「（賽）輾轉至京，寓西安門外磚塔胡同，地為樂部羣妓之淵藪，於是聲名藉甚，車馬盈門矣。至吾家相府請安者數四，予因得而識面焉。初見時，目不敢逼視，以其光豔照人，恐亂吾懷也。」

一九零零年（清光緒二十六年庚子）

賽金花三十七歲，在天津、北京。

北京發生義和團事件，京津情勢危急混亂。六月，八國聯軍攻陷天津，進一步侵略北京，七月在通縣發生激戰。

賽金花全家，本年六月從天津逃到通縣，戰火燒到通縣後，又經過千難萬險，逃至北京。這時是八月（舊曆七月），已在八國聯軍攻陷北京之後了。賽躲在定王府附近舊僕杜升的家裏。

八國聯軍佔領北京後的燒殺淫擄，無惡不作，賽是親眼目睹的，但她終於為了全家生活的關係，不得不另打主意，從杜升家裏搬到南城李鐵拐斜街，準備恢復舊業。

她本來所依存的一批北京朝貴，立山已被載漪仇殺，盧玉舫下落不明，其餘大都已逃跑了。孫三跟隨她到北京後，因為他本人曾參加過義和團，也一度懼禍出走。

是年冬，賽又從李鐵拐斜街搬到石頭胡同，重操舊業。

賽自述：「她是在洋兵侵入北京後到京，沒幾天，就遇到德國兵來騷擾，她用德國話應付，德兵大驚奇，於是談起聯軍總司令瓦德西也是相識，德兵回去報告，第二天瓦德西便派車來接。」此時，依照賽的口述，把時間儘量放寬來算，最多不會出八月底，而這時瓦德西根本還沒有到北京。

八國聯軍雖然是在八月十五日攻陷北京城，所謂聯軍總司令的瓦德西，却遲至十月十七日才趕到（見「瓦德西拳亂筆記」），中間時間相差到一個半月以上，這可以證明賽那一段口述，其準確性是有點問題的。

范生所節錄的「章京筆記」，大致如下：

——庚子時期，賽在北京石頭胡同，一個替德軍軍法處長當翻譯的廈門海關三等幫辦葛麟德，是她的一個熟客。

——八大胡同附近的民戶和妓班，經常被紀律最惡的德軍騷擾，賽每每找葛麟德說情，有時也能發生效力，附近人家，對賽非常感激。

——漢奸丁士源，這時候活躍，他爲了掩埋衛生上的種種事情，常和當時的聯軍總部的德國軍官接洽。

——丁士源也是賽的熟客之一，她要他帶着去逛中南海（瓦德西軍部所在），因爲皇家的庭園是難得有機會去觀光的。丁答應，但要她改裝男子，冒充他的僕從。「原筆記」以下就詳細描寫了賽換穿什麼衣服，怎樣穿上男靴。又以下，就詳細描寫了他們一羣怎樣騎了馬，從石頭胡同，經觀音寺，進前門，到景山三座門。又描寫怎樣通過了美軍防地和法軍防地，最後到達中南海大門。

——結果是，丁士源碰了釘子，守門的德國兵不准他們進去，丁說要見瓦德西的參謀長，回說「出去了」，他們掃興而回。

——丁士源回寓後，將這件事告訴他同寓的兩個新聞記者，其中一個是上海新聞報記者沈藎，另一個姓鍾，名廣生，則是專替李伯元的「游戲報」寫通訊的。

——新聞報與游戲報，在當時的上海，是暢銷報，兩篇稿子一發表，謠言便震撼了南北。

范生在本文後段說：

「賽瓦事件，本來就未被歷史家所採用，其正確性並沒有成立。而且在一九零零年，八國聯軍進攻中國的那一段歷史中，中國人民所受的殺戮、傷害與淫辱，事實如鐵，罄竹難書，是中國人民受到帝國主義許多次迫害中最大一件，賽瓦公案的有無，在這個大的暴行下面，已經顯得意義很小了。」

一九零一年（清光緒二十七年辛丑）

賽金花三十八歲，在北京。

她仍然住在石頭胡同。

四月，中南海儀鑾殿失火，八國聯軍總司令瓦德西，倉皇從窗子裏逃出。他事後寫在給德皇的報告中，雖然說他在「倉猝着衣」之後，還帶了重要的東西，從行舍的窗上逃出來。可是在同日的日記中，却大寫軍帽衣服靴子都是他營中的官佐借給他的，可見其當時的狼狽，一般傳說他是赤身挾了德皇頒給他的「帥笏」逃出，很有可能。在這次的大火中，德軍參謀長某甲燒斃。（以上均見「瓦德西拳亂日記」）

儀鑾殿全部燒光，西太后回京後，重行興建，就是後來的懷仁堂。

賽金花在上海所攝照片——露出了她的三寸金蓮

一九零三年（清光緒二十九年癸卯）

賽金花四十歲在北京、蘇州、上海。

賽這時已搬到陝西巷，因爲一位業堪輿的金某，告訴她這所房子風水好。（此處遺址，現在還可指認，後來曾一度開過醉瓊林西菜館。）

賽弟在前一年冬天死在蘇州，賽爲了料理他的喪事，單獨回蘇州去，安排了她兄弟遺屬的生活，便繞道上海，又買了兩個少女，帶回北京，要擴大她的營業。

四月，賽回北京，她的妓院生意，特別興旺，她買了一個武清縣的少女並取名鳳鈴。據賽自述：陸潤庠、孫家鼐干涉她掛牌營業，並恐嚇着要驅逐她出境，乃是這個時候的事。

五月，賽妓院裏發生鳳鈴服毒自殺案，引起官場的大鬨動。賽自從經歷過一九零零年事件，在北京官僚社會裏，仇視她的人很多。命案發生後，賽被捕。

北京官場以私情關係替賽奔走說項的也很多，使賽案表現了極錯綜複雜的情勢，於是「五城御史不敢堂訊，咸曰：此乃命案，例送刑部，乃牒送之。」（陳恆慶記）。用推屍過界的方法，賽案歸由刑部堂訊。賽在刑部獄中，算是一位名人，同時還有兩位名人，一是以中法軍火案被逮的蘇元春，一是以直載時事被捕的新聞記者沈藎。

一九零四年（清光緒三十年甲辰）

賽金花四十一歲，在北京、蘇州。

賽繼續被拘禁在刑部大獄，春間開審，冒廣

生的「孽海花閑話」上，這樣寫着：「光緒癸卯，予官刑部，彩雲以虐婢致死，入刑部獄，案結，以誤殺定徒刑，從原籍徽州計算，一千里至上海也。」

賽自述：「刑部中堂孫家鼐回來以後，當天就提我問話，我生平未作虧心事，鳳鈴服毒，又不是我逼的，當然理直氣壯，在堂上振振有辭，細述本末，經過一堂訊問，就判了三錢七分二的罰欵，釋放出來。」

經過這一場官司，賽傾家蕩產，她那個可憐的老母，拿大把銀子替她塞狗洞，冤枉錢化了無數，才能夠獲得這種輕刑的結局。

六月，賽被起解，老母和顧媽等同行。據陳恆慶記：押送她們上火車的，還是那個開頭捉她的指揮趙孝愚。這位趙指揮送她們到良德縣，縣令還特別到車站來接，願替他們洗塵，其目的不過是有如叫「打樣堂差」而已。於是「賞名花，飲佳釀，次日，趙指揮回城復命，予曰：東坡有句云：使君莫忘霅溪女，陽關一曲斷腸聲，當爲君詠之。」

賽回到蘇州後，照例報到，經過關說，恢復自由。賽將僅餘的一點錢，分給她孀居的弟婦。

賽女德官今年十五歲，仍在蘇州老宅依其嫂姪。洪洛死後，無子，過繼了徽州同族的洪濤爲嗣。這洪濤年紀比他嗣父小不了多少，入嗣後不久就中舉。賽自言「不能回洪家去看女兒，但偸偸站在街外望，肝腸寸斷，涕淚交流！」

本年曾孟樸在上海，創辦小說林書局，出版各種小說。有蘇州人金松岑，把他寫好的六回「孽海花」，寄給曾孟樸看，曾孟樸加以修改後，向金提供意見，主張「以賽金花爲經，以清末三十年朝野軼事爲緯，寫成一部長篇小說。」金松岑敬謝不敏，於是這部書從第七回起，歸曾孟樸續寫，賽金花也就在小說中登場了。

一九零五年（清光緒三十一年乙巳）

賽金花四十二歲，在蘇州、上海。

賽在蘇州閑居大約有一年光景，因爲生活的煎逼，本年全家到上海，賃居小花園，用「京都賽寓」的名字，再開妓院。這時她得到蘇州籍的妓女金小寶幫助很大，金替她設計，解除了孫三的關係。

賽金花這個人，在很多事情上是顯得與衆不同的。她這次在上海開妓院，招牌上還附綴了英文，因此後來有人考證說賽金花應屬吉普女郎的鼻祖云。

孽海花第一集（第一回至第十回）出版，暢銷。

一九零六年（清光緒三十二年丙午）

賽金花四十三歲，在上海。

孽海花第二集（第十一回至第二十回），由上海小說林書局出版。賽的妓業大盛，其閱動程度，超過一八九八年。同時曾孟樸的這部書，因爲有賽存在的現實，也引起社會的高度注意，連出兩集，無不暢銷，使小說林書局很賺錢。（曾孟樸再出「小說林」雜誌，連載「孽海花」第二十一回至第二十四回。）

一九零八年（清光緒三十四年戊申）

賽金花四十五歲，在上海。

賽女德官在蘇州病死，年十九歲。

一九一一年（清宣統三年辛亥）

賽金花四十八歲，在上海。

賽過去幾年的豐富積蓄，在她極端任性的浪費下消失了。上海妓業中的新的人才，不斷出現，她的位置便逐漸下落。

本年賽結識曹瑞忠，撤榜同居。一般記載都說曹是滬寧鐵路的總稽查。

一九一二年（民國元壬子）

賽金花四十九歲，在上海。

曹瑞忠病死，賽第三次在上海爲妓。從一九一二年到一六年，賽所交接的人物，漸漸又換了一批人物，其中有一個金谿人魏斯炅（據賽所述：曾爲江西民政廳長，參議院議員），和賽發生密切情愛。

在此期間，曾孟樸和賽有一次晤面，據曾自述：『賽時已五十歲左右，神氣尚好，惟塗粉甚厚，細看可見其皮已皺，喜着男裝，關於「孽海花」，曾提出二點抗議』云。

據賽告作者：『民國初年，上海石路一家劇場，曾將我的事演過文明戲。』又：『小子和也曾在天蟾舞台演過我的戲，戲名「狀元夫人」。』前者不知是否即石路新民劇場所演的「庚子國恥記」？問賽時，她已不能正確說出。

一九一六年，上海擁百書局出版「孽海花」第三集。（第二十一回至二十四回，另外附刊了一些索引表、人物故事考證之類的東西，薄薄一冊。）

一九一六年，賽氏跟魏斯炅一同到北京，住家櫻桃斜街，準備結婚。

一九一八年（民國七年戊午）

賽金花五十五歲，在上海、北京。

本年賽和魏斯炅一同到上海結婚，在上海新旅社舉行新式婚禮，證婚人是信昌隆報關行經理朱某。魏斯炅其實早已有一妻一妾了，但仍然以夫妻名義立了婚約。賽晚年特別珍視他們所照的結婚像，懸在房中，逢人指點。在這張照片裏，魏着大禮服，甚爲肥胖，賽披紗，衣繡花服，面色蒼老。

她們婚後，同回北京，還是住在櫻桃斜街。本年，北京軍閥所謂直皖兩系，開始暗鬥，北京順天時報載「曹錕福慧雙修」新聞一則，說曹氏私納賽金花爲妾，於是皖系的張懷芝，發電質問曹錕，罵他泥於私情，怯於「公戰」。曹錕也慌忙通電闢謠，否認此事。其實順天時報所指的賽金花，是湖南一個同名的妓女，並不是這位婆娑老矣的賽金花，但當時社會頗爲之聳動。

一九一九年，第一次世界大戰結束，北京政府將帶有庚子悔罪意味的克林德紀念坊拆卸（原在東單西總布胡同口），改在中央公園建立公理戰勝坊，那一天，特別舉行了一個典禮，由段祺瑞主持。據賽自言，她曾隨同魏斯炅去參加，塲中有人提議要賽講話。因爲一般傳說，都以爲賽和克林德的妻子很好，當日用建坊來緩和克妻要挾的計劃，有賽設計成分在內。結果賽以不會演說遜謝。

一九二一年（民國十年辛酉）

賽金花五十八歲，在北京。

一月，賽母潘氏死在北京。年七十八歲。關於這老婦人，各家記載很少提到的，只有「二南隨筆」承認她是一個「性情厚道」、對於賽善良一面的性格有其相當影響的人。據賽自述：「我母性情和藹，從不發怒，我在幼年時候就常常聽到戚友們讚譽她的賢惠。」（按潘氏直至一九四七年尚停柩一個荒寺未葬，以後不詳。）

七月，魏斯炅死。在江西會館開弔時，有許多人送的輓聯，把賽罵了一頓，無非是「女人禍水」一類的濫調。賽很受刺激，和魏家爭執家務，也失敗。據賽說，她經常抽上大烟，是從這時候開始的。

賽遷居香廠居仁里十六號，以後在這裏連續住了十五年，一直到死，沒有再搬過。

從一九二一年到一九三一年，是關於賽生活史資料的中斷期間。在這十年間，已無人提起她，很少有人能說出她當時的具體生活狀況，但可以想象到，她生活過得很苦，她主要的經濟來源，是依靠別人幫助。而這些幫助，據推測，並不是完全如賽後來所說：「他們顧念我在庚子年救過人，情願拿錢給我。」而可能是因爲賽從這時起，已經採取了用仙蹟神話來斂錢的手段，吸引了南城一帶的迷信婦女，到她所設的佛堂裏來燒香、許願或治病。她有時並扮演一些仙佛上身的把戲，以加强那些佛婆們對她的信仰，顧媽是她的得力的幫手。

她這種生活方法，在一九三二年以後經作者眼見而證實，在此以前，可能已是如此了。香廠接近天橋的地區，是北京土着貧民聚居的地點。

一九二五年，顧媽的兄弟蔣乾方，從上海到北京，依靠賽生活。此時的蔣乾方，年二十九歲，賽撫爲義子。他是一個毫無生產能力，近乎半精神病狀態的人。

一九二八年，三十回「孽海花」出版，是爲「眞善美版」。

一九三三年（民國二十二年癸酉）

賽金花七十歲，在北京。

因爲此時生活太窮苦，請求北京公安局蠲免她住屋的房捐大洋八角，有人替她寫了一個呈文，羅述她在庚子八國聯軍時代怎樣怎樣救過人，以强調她有免捐的資格。這個呈文，偶然被一個報館記者拿去登報，立刻震動了北京社會，並且傳播到全國各地，賽金花再度成爲一個新聞人物了。

新聞記者訪賽金花的越來越多。北京大學教授劉復，在訪問過賽以後，決定替她寫一部自傳，答應將這本書的全部收益送給她。劉復自己因爲事忙，找他的一位喜歡弄弄文史的學生商鴻逵合作。也有一些好心的訪客，單純爲了獵奇而來，在和她談話後送她一點錢，或者水果食物，附近一帶街坊，有送她麵粉、煤球的。最奇怪的是有人送了她精印的「魏趙靈飛」名片一百張。

從這個時候起，養成了賽主僕三個對於接待來客附帶必有物質企求的一種習慣。

一九三四年（民國二十三年甲戌）

賽金花七十一歲，在北京。

六月，作者到北京，兩次訪問賽，先後和她作了六小時的談話。她的居仁里十六號住屋，雖是單院獨住，而很小，不是北京普通五合院式，而是齊眉單式。賽蓄袖珍貓四、叭兒狗二，都很俊秀華美，和她全院窮困的氣象不相稱。她的居室是左首朝裏一間，破木牀，帳被都已變色，桌上除破花瓶、火柴、茶壺、黃曆及雜報「叠外」，無他物。近牀一張几上，放了一座金色雙面小自鳴鐘，是她所有陳設中最漂亮的。所着爲拷綢掛褲，已很舊，藍紬鞋子。身矮、面瘦、有煙容，頭髮白的却不很多。說話帶八成北京口音，對客謙和而不委瑣，很注意保持她的身分，顧媽旁立打扇，她完全習慣地在領受着。紙煙癮很大，統計一小時中，她吸了五枝煙或六枝煙，她自己吸一種名爲「萬寶山」的牌子，但當來客敬給她一枝較高品級的，她立刻熄滅了自己的而換上那一枝，面上並微微流出一些滿意的笑。她的鄰室是佛堂，因爲深閉，只從窗口看出裏面正燃着一盤香。

七月，劉復因爲考察西北，染疫疾歸，暴卒。所謂「賽金花本事」的完成責任，就落在他學生商鴻逵一個人的肩上。

張競生在上海替賽募捐，所得很少，悉數滙與賽。張和明星影片公司鄭正秋接洽，希望爲賽拍一部電影，鄭因爲要拍就必須拍古裝片，估計成本要十幾萬元，當時的電影界沒有一家能夠負担得起，謝絕了。張將接洽結果，函告賽金花。張信寫得極長，和賽大談雲霞的變幻、薔薇的開謝，和胡蝶的酒渦問題，被報館記者拿去發表，標題爲「張競生寫給賽金花的情書。」

本年是一九零零年以後賽金花的名字見於報紙最高潮的時期。

北京南城，有一家新開業的飯館，請賽參加典禮，作爲廣告宣傳。

北京舊刑部街哈爾飛戲院，有人藉賽名字演戲，事先在各報遍登廣告，有賽本人登台演說的節目，票價最高五元。臨時賽上台，聲明嗓痛，請他人代說，觀衆大嘩。

申報駐北京記者訪問賽後，將談話稿發表，說曾孟樸是因爲追求本人不遂，所以寫小說誹謗外，並直認和瓦德西有同居關係，曾經在儀鑾殿同居四個月。這和賽對作者或對劉復等所說，是完全不同的。賽不但從未承認和瓦同居過，而且一再辯護她對瓦關係的清白，甚至有一次她矛盾地對作者說道：「他們都是胡說呀，我那兒會和他（指瓦）認識哪！」

這是可以求得解釋的。「賽瓦公案」是一件疑案，賽何以會有時否認而有時又承認呢？這無非是因爲賽晚年的生活在一種變態心理下，她自覺社會已全然忽視她存在，只有在誇張和瓦德西的關係的時候，社會才驚奇地注意起她來，一切物質的賙助也跟着來了。經歷過一個長時期以後，積非成是，她不得不以這種傳奇式的故事作爲商品，經常地去滿足那些購買者了。

一九三五年（民國二十四年乙亥）

賽金花七十二歲，在北京。

曾孟樸死。

劉復、商鴻逵合編的「賽金花本事」出版後，被批評界攻擊得體無完膚，這部書因爲業務經營不得法，沒有什麽利潤，賽無所得，有信向作者申訴。

南京大世界游藝場老闆顧無爲寫信給賽，請她南來表演，保證她每月五百元的酬勞，賽覆信拒絕。

報紙上發生關於顧媽評價的論戰，有人以爲顧媽很狡詐，賽金花後三十年的生活實際是受她的宰制，賽幾乎無權決定她自己的意志；所以在表面上她們是主僕，顧媽還堅持她的許多奴僕形式，而實際上她們早已發展到有如刎頸之交的「戰友」關係了。

本文作者贈予賽金花的王瑩演「賽金花」劇照

一九三六年（民國二十五年丙子）

賽金花七十三歲，死於北京。

本年是蘆溝橋戰事發生的前一年，四十年代劇社宣言要以一部分的所得接濟賽。作者本人贈賽氏以王瑩照片一紙。（王瑩在本劇中演賽金花，金山演李鴻章，夏霞演顧媽。）

次年，四十年代劇社到南京國民大戲院上演「賽金花」，被禁演。

賽因爲積欠房租幾百元，爲房東所控告，法院判令在民國二十六年舊曆端午節以前遷讓。

十月二十一日賽金花在居仁里十六號病故，關於她逝世時的情形，陳穀的「賽金花故居憑弔記」寫得很詳細，摘記如下：『時天已甚冷，無錢加煤，爐火不溫，賽擁敗絮，呼冷不已。顧媽伴賽，同居此室凡十五年，賽有臥榻，顧媽則對榻睡於一極狹之春櫈上，十五年如一日。此時惟有與賽同臥偎抱以取暖。賽氏將死之前一日，不食不言，進以鴉片煙，亦搖首弗欲，後乃示意欲食藕粉，僅哺一勺，即哇而出之。後此不發一言，氣絕時爲子夜，尚能以無光之眼瞪視兩僕。顧媽言時涕淚如雨。蔣乾方則以案上之神主剖示記者，上書「義子蔣乾方立」，賽金花折磨一生，最後剩餘之親人，惟此兩僕而已。』這篇「故居憑弔」，是賽的最後寫照。

賽死後，街坊湊錢替她辦後事。北京報紙上發出新聞，也有些「善人」出來計劃她的殯葬事宜。陶然亭的和尚情願捐贈地皮一方，爲賽建墓。和尚是有眼光的，他那裏佈滿了什麽鸚鵡塚、香塚、醉郭墓之類，是著名的「墳墓展覽所」，很樂意於再添上一個「賽金花墓」，以加强他那個地方的神秘意味。

賽葬在陶然亭，墓前本來沒有碑，一九三七年北京淪陷以後，漢奸潘毓桂替她樹了一個碑，碑上即刻潘作的那篇的誌文，恭維賽可媲美於漢之「明妃和戎」，並說「漢祚賴以延續數百年」，「其功當時不盡知，而後世有知者」，不但完全歪曲了賽當日的生活眞相，而且完全是以他自己的意識來肯定賽金花的意識，這是賽畢生所遭遇的侮辱中的最後一次。

至於顧媽姊弟，截至一九四七年爲止，他們仍在北京，生活情況大致如下：

（一）顧媽年紀過老，已不能勞動。徐悲鴻曾一度找她去，打算請她做女管家，只試工一日，就告退了。那時她住在北溝沿西觀音寺一間破房裏，繼承了賽生前的佛堂香火，靠附近的街坊接濟過活。

（二）蔣乾方本來是寄生於其姊，後來已寄無可寄，有人介紹他到西直門外一家尼庵去看門。我最後看見他的時候，他却說了一句頗有意義的話，他說：「因爲這個世道不好，所以太太（指賽）受苦受難。」

雪窗閒話賽金花

周夢莊

丁丑正月舊歷初三日辛未，余詣東園老人處，酒邊清話，時朔風隕籜，積雪滿庭，相與縱談時事，因以賽金花恣爲美談，老人於是歷擧文卿家事，及狀元娘子往事相告，當時曾筆記之，玆加整理錄後，

洪鈞字文卿，我（東園老人自稱下仿此）徽縣東鄉桂林人，桂林洪氏乃洪皓之裔。洪氏祠堂有匾額一百六十方，代有名人，歙右族也。

文卿之母，乃我北岸吳氏之姑子，北岸在歙縣南三十五里，桂林在歙縣東十數里，北岸拒桂林四十里，中隔小阜嶺，嶺之西北則桂林，嶺之東南則北岸，山明水秀，惟北岸不通皖浙往來之孔道。徽州府去杭州府三百六十里。

洪文卿因紅巾之亂屢遷，迨清室同治中興，曾文正督兩江，坐鎮秣陵，歲甲子行科擧。清科擧春日禮闈，例在三月，秋闈例八月，因秣陵初克復，秋試展期十月。是科文卿鄉薦，與吳大澂、吳大衡、吳文桂、陳名珍，爲同年；甲子解元乃揚州江璧。頭場四書題首爲「葉公問政」兩章，中庸及孟

子題忘之，試帖五言八韻，題乃「桂樹多榮」，得風字，以詩題出「文選」曹子建「朔風」詩。越三年歲在戊辰，洪文卿與吳大澂兄弟等四人，公車北上，路出揚州仙女廟，時其族人洪藎臣榷關稅，餞之於孔家涵。是年文卿捷南宮，又與吳大澂等同登進士，廷試文卿臚唱一甲一名，授職修撰，吳大澂等亦得入翰林。歲己巳，文卿乞假南旋，回鄉掃墓。適北岸吳氏祠堂重修落成，舉行典禮，文卿乃吳甥，禮合助祭，遂請其題紅，吾族乃具賀儀五百兩關紋。迨回京銷假，迂道江蘇揚州屬之東臺，以東臺寓有同族洪分司，（分司美其名曰分轉，言其為都轉分座也，鹽運使稱之曰都轉，）分轉之子一為芷軒，一為蘭軒，與文卿為堂兄弟；芷軒因籌足資斧，以壯行色。

文卿之堂叔洪千里，先父曾延之司理吳德隆布店，文卿過伍祐，書聯贈句曰：「蓮葉東南臨水檻」，「柳條西北看山樓」，江北無山，蓋指余里中之故園也。文卿入都後，朝考膺選，放江西學憲，有「江右典試錄」行於世。清季懸牌小試，即自文卿始。越三年陛見，加兵部侍郎銜，出使俄羅斯。著有「元史輯補」，是書擇精語詳，元元本本，見所未見，聞所未聞，贈余一部，同里宋祖畲茂才愛之，遂移贈焉。

文卿自俄國回里銷差，復使德意志，賽金花即相隨赴柏林。其事知者稔矣，姑不贅言。惟舊所聞洪狀元娘子者雖未詳，然亦稍知一二。歲乙未正月二日，蘇州洪狀元府電至，因文卿子兆東（洛）捐館後絕嗣，家務糾紛，桂林故鄉族人麕集至，議似續未決，電其族長洪小芝參酌，小芝時在上海蜚英書局任經理（蜚英書局乃李文齋創辦）。余亦主筆政三年矣。小芝得電後，中道徘徊，不欲往；余曉以宗祧大禮，不能不去。於是小芝赴蘇州，乃議定以洪濤續兆東後。濤字春藻，光緒戊子正科舉人。戊子秋，春藻始與余締交。其族人洪昭則名恩宋，亦文卿之族長，春藻之受業師也，以文虎著名，亦與余友善，故洪家歷史能述之。

乙未秋，狀元娘子不願守樓，乃分以巨資，另居滬上，狎客但呼之曰狀元夫人。事聞於小芝；小芝惡之，無可奈何，舉以告余。余訝之，以爲不確。一日余走三馬路天主堂租界，東南隔路有洋房數間，乃英人之別業也，樓下乃捷徑，赴四馬路者，老上海之熟路，余既在上海久，出入皆由此，惟夜間閉塞，清曉開通。洋樓上有一麗人憑欄，友人指樓上謂余曰：「此狀元夫人也。」余應之曰：「眼花障霧，看山能明。」遂去。烟巾紫玉，海上青琴，交臂失之。友人嘲余無眼福，余惟有目笑存之。

方洪姬之賃居上海也，狀元府多道學先生，不達世情，近於迂闊，承祧之子春藻乃寒士，與余友徐丹甫善。徐丹甫乃難蔭。清代科舉章程，凡難蔭所在地方，皆得預考。丹甫名受庚，其兄受慶，以難蔭順天府鄉試膺薦，遂捷南宮，入翰林。丹甫工詩，性豪放；春藻祇能文，性拘謹。

說者謂文卿父子，皆優待洪姬，父子相繼而逝，洪姬爲羣雌粥粥所嫉，憂讒畏譏，不遑寧處，故願離析，得二萬金下堂求去。

余乙未秋杪游靜安寺，啜茗蝦蟇聽經處，時女藝員演劇，友人見招李彩虹袖聚於戲場，友人謂余曰：「汝欲觀狀元娘子，某座衣服麗都者卽時人所謂狀元夫人。」余遠視之，光搖銀海眩生花，但聞人稱其美而已。既而往鬥蟋蟀於申園，黃標紫標，盈千盈萬，賭興皆豪，雖曠達者不能效髯蘇之高見，勝固欣然，敗亦可喜。洪姬亦參觀在其側，與余座近，茶博士送茗椀來，適小芝至，余恐其饒舌，令人難受，故詐小芝談要公而出，自此而後不復見矣。或云洪姬北嚮，往來京津，行縱不定，後為聯軍解北京上而公卿下而民衆之厄。夫人面溫如玉，舌妙如環，一言九鼎，賽金花亦賢矣哉！

清同治戊辰至光緒乙未，二十有八年，文卿圭眷獨隆，宦途利達，屢掌文衡，叠爲星使，何其榮也！不圖壽命不永，尋子洛亦殂。嗚呼！富貴浮雲，功名朝露，言念及此，感慨繫之！

或謂賽金花卽李藹如之後身云。按藹如，江蘇銅山人，係敏達公後裔，有傾城色，負豪俠氣，知詩書，精劍術，好飲酒，愛古玩。咸豐朝遭寇亂，隨母避居山左，墮入青樓，轉徙烟台。自視頗高，遇大腹賈蔑如也；貌莊寡言笑，雖豔如桃李，而冷若冰霜。蘇州洪文卿者，其父賣酒爲業，遭髮逆之亂，亦偕母避居山左，適同鄉潘葦如觀察登萊青，延文卿爲記室，至烟台，文卿愛狹邪遊，遇藹如，彼此一見傾心，各訴流離顚沛，聲淚俱下。藹如母女憐其才，解囊資助其母者屢矣。未幾文卿擧於鄉。明年藹如屢促其應禮部試；文卿每以無資對。藹如湊集四百金，囑文卿之友轉交，蓋其母未悉也。數日後，藹如與文卿遇諸途，藹如面責其非，試期已迫，逗留不去，是何居心？答助重金未曾收到，已爲友人乾沒遠遁。於是藹如憤甚，將衣服首飾，質銀二百，促其就道。在藹如始終成全者，欲其努力一發。臨行時立盟刺臂，對天祝告曰：「生我者父母，成我者藹如也，斷不作負心人。」去後，藹如覓屋另居，杜門謝客，靜盼佳音。忽聞捷報傳來，藹如母女，喜形於色，復接文卿來函，稱藹如「賢妹夫人粧次」，稱其母曰「岳母」，益堅信其對天祝告之不誣也。藹如赴各廟許愿，果能大魁天下，敬謹祀謝，以答神庥。後文卿居然大魁；報至烟台，文武各員，咸來道賀，藹如寓處，車馬擁塞，驚訝四隣。藹如又赴各廟酬神演戲，諸色人物，均以「狀元夫人」呼之，較之畢秋帆尙書之李桂官，更有甚焉。素與藹如母女善者，莫不咄咄豔羨，或不善者，忌嫉之心生焉。豈料文卿二月之久，音信杳然，藹如疑信參半，不寐者累夕，特遣蒼頭赴都，並將平日文卿所心愛玉器古玩，聊以相贈，文卿置之不覆。蒼頭回訴各情，藹如同母入京，直抵江蘇會館，由值年吳引至懶眠胡同水月禪林下榻。訪文卿，始終匿不見面。藹如赴都察院控告，亦礙難判斷，婉言相勸，派人調處。時藹如族兄名芬字香谷者，科第起家，曾任浙江知縣，赴部引見，適逢其事，當路囑排解，文卿已有悔心，而藹如匪石難轉，毅然不允，曰：「其情可惡，其理難容。豺狼心性，烏能載福？昔李桂官非婦人身，畢尚書之鍾情，至老不衰，傳爲佳話。當日見其焚香告天時，『斷不作負心人』，今竟作負心人！尚何言哉！」文卿贈以川資，藹如揮之於地，隨母旋烟台。平日之不善者，冷語譏刺。一日母女皆閉閣投繯而死，悲夫！悲夫！

昔霍小玉事情，與此頗相類，然無情而有情，黃衫俠客，因小玉病篤，挾李益至，猶能一面，其瀕危時云：「君是丈夫，負心若此；我原女子，薄命如斯！」小玉逝後，李益爲之營葬，其意拳拳，較之文卿薄倖，不啻天淵。余昔有哀李藹如詩云：

錯認青帘賣酒家，天生麗色豔於花。始離終合成佳話，汧國夫人是李娃。

鑄史鎔金紅線俠，凝歌漫舞綠珠才。山盟海誓成虛哄，那有金泥捷報來！

好因緣變惡因緣，媧后難爲石補天。誰使姑恩歌一曲？傷心彈斷合歡絃。

鼠牙雀角情難見，螓首蛾眉怨已深。精衞石知填恨海，可憐倒挂兩怨禽。

可愛者不可信——也談賽金花瓦德西公案的真相

蔡登山

賽金花真有其人，但她的暴享盛名，卻是完全因為一部小說和兩首長詩而獲取的。一部小說是指曾樸（孟樸）的《孽海花》；兩首長詩是指樊增祥（樊山）的前、後《彩雲曲》。但是不管小說或是詩歌，它們都是文學作品，不等同歷史或傳記，其中自有想像誇張的情節。但世人多昧於事實而不察，而後來據之而演繹的戲劇、電影更是踵事增華、加油添醋，背離事實也就越來越遠了。「可愛者不可信，可信者不可愛」，而其中言之鑿鑿的「賽金花與瓦德西的情史」，更可說是「彌天大謊」。

其實與曾樸同時期的小說家包天笑在〈關於《孽海花》〉（原載《小說月報》第十五期，引自《釧影樓筆記》，一九四一年十二月出版）文中就說：「在《孽海花》一書中，曾孟樸曾寫過賽金花熱戀瓦德西一段文字，其實並無此事。孟樸也承認沒有這事，不過為後來伴宿儀鑾殿的張本，在隨使德國的時候，留下一條伏線，那也是小說家的慣技。」對此楊雲史（圻）在一九三六年十二月八日給張次溪的信也說：「文人至不足恃，《孽海花》為余表兄所撰，初屬稿時，余曾問賽與瓦帥在柏林私通，兄何知之？孟樸曰：彼兩人實不相識，余因苦於不知其此番（指庚子年事）在北京相遇之由，又不能虛構，因其在柏林確有碧眼情人，我故借來張冠李戴，虛構事蹟，則事有線索，文有來龍，具有可鋪張數回也。言已大笑。」這就是曾樸寫賽金花早年和瓦德西在柏林一段戀情的自供。至於他說賽金花「在柏林有碧眼情人」，也未必真有其事。

包天笑又說：「但是伴宿儀鑾殿，也實在沒有這事，因為中國人當時守舊心理，以為一個漂亮女人，和外國人辦交際，就說是有染了。據賽金花講，那不過是聯軍進京以後，老百姓都關起大門，不賣一些東西給洋軍吃，於他們的軍食上很有影響。於是他們來託我了，我說，這事好辦。你們要不惜小費，不專門揩油，怎麼不好辦呢？當時我就去敲開了老百姓的門，告訴他們，你們要是不賣給洋兵吃，他們就要搶了。現在他們肯多給價，譬如雞蛋，當時不過值兩三分錢一枚，我就給他們一毛錢一枚，老百姓自然都肯拿出來了。雞蛋肯拿出來，別的東西，自然也都拿出來了。」

京劇大師齊如山在〈關於賽金花〉文中說：「在光緒庚子（一九〇〇）辛丑，一年多的時間，我和賽金花，雖然不能說天天見面，但一個星期之中，至少也要碰到一兩次，所以我跟她很熟，她的事情，也頗知一二。」在談到認識賽金花的經過時，他說：「那年前三門外，東至東便門，西至西便門，南至珠市口大街，都歸德國軍隊居住，一次我騎著馬出前門，大遠的看見，由南邊來了三個軍官，一個中國女人，正不知為何人，走近了，三位軍官都很熟，彼此招呼，他們就給指引，此位是洪夫人（案：賽金花曾嫁給洪鈞為「狀元夫人」），我趕緊回答說，知道知道，其實我以前並未見過她，且不知她在北京，但我想著，一定是她，她對我卻非常的顯著親近，並告訴我，她的住址，在石頭胡同，約我前去談談，而且說了兩三次，這是我第一次認識她，過了幾天，恰有一位軍官，跟我打聽她的住址，很想去拜會她，所以我就一同去了，房子並不闊綽，也還齊整，跟我說了很多的話，大致是請我常去，並且說您認識的德國朋友多，只管請這裡來坐，並有兩個十六七歲的姑娘，倒茶裝煙，我當時看看那種情形，並不像使喚丫頭，以為情形不對，詳細一調查，居然是一個妓院的性質，她殷殷的請我去，有兩種意義，一種是她的德國話不夠，請我幫她忙，一種是完全給她拉買賣，後來我又去過一次，方知果然是那麼回事，於是就沒有再去，凡有德國官員求介紹者，永遠請家兄竺山，同他們去，才知道價錢，喝一次茶，是八塊錢，過夜是二十塊錢，此外還有點賞費。」

而丁士源的《梅楞章京筆記》中則記載他帶賽金花入中南海「遊覽」的經過，頗為詳細。據周乾康的資料說，丁士源（一八七八－一九四五），字聞槎，浙江烏鎮人。年輕時在沈亦昌冶坊為徒，得坊主沈和甫舉薦，入上海育才館習英文。畢業於武備學堂，得肅親王善耆相助，留學英國攻讀法律。歷任北京崇文門海關監督、陸軍部軍法司長，武昌起義時任清陸軍大臣蔭昌的副官長。民國成立後，任湖北江漢關監督兼外交特派員，北洋政府時，任段祺瑞的少將侍從官，京綏、京漢兩路局長等職。偽滿期間，出任第一任駐日公使。仕宦三十多年，「不置恆產，一生唯好讀書，接濟家鄉親族。生前曾在烏鎮造六間日式樓房，知名於當地。」著有《梅楞章京筆記》和《世界海軍狀況》兩部專著。學者茅海建在《世界海軍狀況》序中說：「丁士源曾留學英國，後在練兵處任職，赴荷蘭海牙參加過海陸軍事務國際會議，熟諳英、美、法、德、日、俄、意、奧等二十餘國海軍狀況，此書論述列強海軍種種問題，是較早親自掌握情況，放眼世界，重視東亞海上力量佈局的著作。」

一九〇〇年八月，八國聯軍進佔北京，殺人無數。後來，聯軍總司令瓦德西元帥委任德軍軍法處長格耳為北京知府（市長），入駐中南海。丁士源是代表中國政府辦理大批死屍掩埋事宜的負責人，由錢塘鍾廣生、瀏陽沈藎協助其工作。《梅楞章京筆記》云：「德國格知府翻譯，係廈門海關三等幫辦葛麟德，嗜好甚多。每至賽金花南妓處吸阿芙蓉，故石頭胡同各妓寮，如有被德兵侵擾者，必告賽轉懇葛麟德寬恕或查辦。是時，丁士源與王文勤之子，日赴賽寓酬應。賽曰：『葛大人，吾等空相識月餘，前懇君攜赴南海遊覽。君雖口諾，而終未見諸實行。』葛曰：『瓦德西大帥於南海紫光閣辦事，軍令森嚴。吾輩小翻譯不能帶婦女入內。』語至此，葛遂詢丁曰：『聞閣下曾入內謁瓦帥數次，昨日又謁參謀長，為辦理掩埋善事，閣下或能攜彼入觀。』丁曰：『可。惟賽花必須男裝。』賽聞之大喜，遂昵丁進行。丁曰：『余須先觀汝男裝有否漏洞，然後再定。』賽遂散髮編辮，頭戴四塊皮帽，擦去脂粉，著一灰鼠袍，金絲絨馬褂。裝竟，丁、王兩人，覺其頗似一青年男子。乃曰：『裝似矣，蓮步將如何。』

丁、王乃慫恿賽購緞子快靴一雙，以飾其蓮翹。賽遂命窯伙即往買靴前來，用絨布兩大塊分包兩足。穿靴後，試行步履，頗覺自然。丁謂賽如能騎馬，即可作為跟人帶入。賽異常高興，即請試乘丁、王兩人帶來之跟馬。於是葛、賽、丁、王四人乃分乘四馬遊行石頭胡同，覺並無破綻。遂約於翌晨十時同往，賽即留丁、王、葛三人同宿彼處。次晨，起床，葛回打磨廠辦公處。丁、王乃攏馬夫及賽由丁在前分乘四騎出石頭胡同，經觀音寺，越前門至景山三座門。守門美兵，詢丁曰：『何處去？』丁對以謁瓦元帥。美兵即任四騎入門。經團城時，法國水兵守門者，又詢以何處去？丁對如前。法兵亦任之入。過金鰲玉蝀橋時，賽於第三騎大呼曰：『好景緻，好看。』丁曰：『勿聲。』迨至南海大門告守門德兵以謁瓦帥。兵曰：『今晨瓦元帥已行外出。』丁曰：『參謀長在否？』兵謂亦與瓦元帥同出。因之不克入內。及退歸賽寓，已鐘鳴一下。午餐後，丁、王分別返寓。」

而當時住在丁士源家的鍾廣生和沈藎，見丁士源返家很遲，說他必有韻事，丁只好把他將賽金花女扮男裝騎馬同往南海的經過，一一向他們說明。他們各自回到房間，鍾、沈兩人各戲寫一篇短文，一寄上海《遊戲報》主筆李伯元，一寄《新聞報》張主筆，說賽金花被召入紫光閣，和瓦德西如何如何，繪聲繪影，活靈活現。而這「瓦賽艷史」，也成就了曾樸的《孽海花》等一系列書的故事來源。而實際「沒見著」的真相，卻一直到了一九四二年《梅楞章京筆記》由滿鐵大連圖書館出版，才首次公布。丁士源在書中說：「妄人又構《孽海花》一書，蜚語傷人，以訛傳訛，實不值識者一笑。」但整個局勢卻已「弄假成真」，成為定局矣。

此次雖沒見著瓦德西，但後來賽金花和德國的軍官混熟了，她還是進了中南海。對此，齊如山在〈關於賽金花〉文中說：「一次同一軍官到南海，……且領著到閣中看看，一進門，便見賽金花同兩個軍官在裡面，我同她說了幾句話，忽見瓦帥由南邊同一軍官走來，與賽在一起的軍官，很露出愴惶之色，商量躲避之法，我便出來，瓦帥見我是一個中國人，問我同行之軍官，我是何人？軍官代答，並說我說極好的德國話，我便對之行一敬禮，瓦帥也很客氣，問往德國去過麼？對以沒有，他問在那兒學的德文，當即告彼（案：齊如山是北京同文館畢業生），又說了幾句話，我就走了。又一次在瀛台，又遇到賽同別的兩位軍官，我跟賽正說話，又遠遠的見瓦帥同站崗的兵說話，這兩位軍官也露出不安之色，其一說，瓦帥不會進來，後瓦帥果然走了。這兩次賽金花都沒敢見瓦帥，所以我測度她沒有見過瓦帥，就是見過，也不過一二次，時間也一定很暫，至於委身瓦帥，那是絕對不會有的。在說那樣高級的長官，也不敢如此胡來，我這話也不是武斷，我所見過與賽金花一起的軍官都是中少尉階級，連上尉階級都沒有。……因此我想老跟一群下級軍官來往的人，不會與最高統帥隨便起坐，且外國的統帥，與中國前些年的統帥不同，中國統帥下邊的副官，都是他的私人，可以隨便給他介紹妓女，外國的副官則絕對不是這樣的情形，當的都是國家的差使，這樣的私事，他決不敢作。中國人認為瓦帥的屬員，可以給他介紹拉攏者，大致是看慣了舊日中國的情形，所以才有這樣的思想。」

齊如山還舉出一個有力的證據來證明賽金花不會和瓦德西有特殊關係，他說，那時候他在北京做些買賣，賽金花也辦些貨物交給德國軍隊的糧台總管，她求齊如山向那個總管翻譯，講些好話，請他照收了。因此假如她的德語講得稍微通順達意，而又是所謂瓦帥的「枕邊人」，那她還不指著那個總管的鼻頭，叱他全部照收如儀嗎？何勞要齊如山幫她關說呢。

一九〇一年四月十八日深夜，中南海儀鑾殿失火，瓦德西倉皇從行舍的窗子裡跳出，魏紹昌說他赤身只挾帶了德皇頒給他的「帥笏」。後來穿的軍服靴子都是營中的官佐借給他的。這次大火中，德軍的一名參謀長燒死，儀鑾殿全部燒光。這把大火也為謠言大加其油，因為瓦德西狼狽逃出火場是當時眾所周知的事實，於是好事之徒便把「帥笏」想像為賽金花的肉體，變成瓦德西抱著賽金花穿窗而出了。也許這個繪聲繪色的謠言特別聳人聽聞，當即吸引了不少騷人墨客，紛紛為此吟詩賦詞，清末名士樊樊山所作的《後彩雲曲》，尤負盛名，傳誦一時。其中有「誰知九廟神靈怒，夜半瑤台生紫霧。火馬飛馳過鳳樓，金蛇舕舚燔雞樹。

此時錦帳雙鴛鴦，皓軀驚起無襦袴。小家女記入抱時，夜度娘尋鑿壞處。撞破煙樓閃電窗，釜魚籠鳥求生路。一霎秦灰楚炬空，依然別館離宮住。」之句，論者諛之為「詩史」，比之為吳偉業之《圓圓曲》。怎知史實並不如此，樊山作此詩，也不過是憑空想像罷了。寫有《花隨人聖盦摭憶》的黃秋岳就曾問樊山怎見得瓦德西裸體抱賽金花，從火焰中躍窗而出？樊山說：「想當然耳。」齊如山說有次跟樊山談天，他偶問到《後彩雲曲》，樊山趕緊說，遊戲筆墨，不足以登大雅之堂，窺其意，似不欲人再說，大有後悔之意。齊如山認為「儀鑾殿失火，確有其事，但是極小的一件事情，這樣的火，若在別處，實在算不了什麼，大家也就不值得注意了。因為適在瓦帥住所，故當時北京城內就都知道了，再說，這樣高級的統帥，住所內外，整夜都有站崗巡邏之官兵，一經有火，當然就立刻可以發覺，那能等到詩中說的那樣厲害呢。」同時期的詩人冒鶴亭在〈《孽海花》閒話〉也說：「乃儀鑾殿起火，樊雲門作《後彩雲曲》，遂附會瓦德西挾彩雲，裸而出。俗語不實，流為丹青，因是瓦德西回德，頗不容於清議，至發表其剿拳日記，以反證明。彩雲即不與瓦德西接，原不得謂之為貞，但其事則莫須有也。」

又過了三十年後，人老珠黃的賽金花再度「爆紅」。瑜壽（著名報人張慧劍）的《賽金花故事編年》一書中說：「一九三三年（民國二十二年癸酉）賽金花七十歲，在北京。因為此時生活太窮苦，請求北京公安局免收她住屋的房捐大洋八角。有人替她寫了一個呈文，歷述她在庚子八國聯軍時代怎樣救過人，以強調她有免捐的資格。這個呈文，偶然被一個報館記者拿去登報，立刻震動了北京社會，並且傳播到全國各地，賽金花再度成為一個新聞人物了。」那是被北平《小實報》的記者管翼賢發現，立即前往賽家採訪，在報上大加炒作。隨後各方名人絡繹不絕去看她，猶如欣賞出土的古玩；連在上海的「性學博士」張競生都寫信與她談風論月。一時大批「賽金花訪談記」出爐，包括劉半農、商鴻逵師生採訪整理的《賽金花本事》、曾繁的《賽金花外傳》，都是這時期的產物。

但大眾興趣所在，仍然是那一段瓦賽情史。在這件事情上，賽金花本人的敘述顛三倒四，自相矛盾。例如她對劉半農與商鴻逵自述身世時，完全未提及在歐洲是否與瓦德西相識；而在曾繁採訪她之後所寫的《賽金花外傳》中她就明白表示二人是老相識：「他和洪先生是常常來往的。故而我們也很熟識。外界傳說我在八國聯軍入京時才認識瓦德西，那是不對的。」在有些訪談中，賽金花全盤否認「瓦賽情史」：「我同瓦的交情固然很好，但彼此間的關係，確實清清白白；就是平時在一起談話，也非常地守規矩，從無一語涉及過邪淫。」她強調的是她的俠義行徑：八國聯軍在北京城中肆意殺人，她便向瓦德西進言，稱義和團早就逃走，剩下的都是良民，實在太冤枉。瓦德西聽後下令不准濫殺無辜，因此保全了許多北京百姓。奇怪的是，有的時候她又會誇耀瓦德西乃是裙下之臣。如《羅賓漢》的記者遜之採訪她時，她便說：「時瓦德西知余下堂，向余表示愛情，余愛其人英勇，遂與同居三四月之久。」

對此，香港掌故大家高伯雨（林熙）也曾在一九三四年間，多次去北京居仁里看過賽金花，並接濟過她。據高伯雨說，後來她對我也熟落了，彼此之間不太拘禮，談話也不太過客套了，她才坦白地對我說，她只見過瓦德西一面而已，和他沒有什麼關係。當時高伯雨就指出《申報》的「北平通訊」所載她對記者的談話，其中有該記者問她在宮裡住過幾天，她答在儀鑾殿一共住了四個月，瓦德西走時，要帶她一同往德國，她不肯，他又叫她，宮中的寶物可以隨便要，她也不敢。高伯雨問她，對記者所說的，難道完全是撒謊的嗎？她微微一笑，似是同意，歇了一會才答道：「可不是嗎？」高伯雨問為什麼要這樣呢？她答得頗有道理，她說：「人們大都好奇，報館的人和讀報的人更甚，如果我對他們說真話，他們一定不信，還以為我不肯老實說，我只好胡謅一些來打發他們，滿足他們的好奇心。同時又可以博取人家對我同情，幫幫我忙。像先生您既不是新聞記者，又不是賣文餬口的人，我怎好向您說假話呢？」。賽金花萬萬沒想到後來高伯雨成為掌故大家，也賣文為生數十年，而就在賽金花死後二十多年，他公佈了這段談話。

再有一事，賽金花說八國聯軍攻陷北京沒幾天，她就遇到德國兵來騷擾，她用德國話對付，德兵大為驚奇。接著她談起認識他們的總司令瓦德西，德兵回去報告，第二天瓦德西便派車來接她了。根據史料記載，八國聯軍是在八月十五日攻陷北京的，而據瓦德西所寫的《瓦德西拳亂筆記》（王光祈譯）觀之，瓦德西從德國授命出發，遲至十月十七日才到北京，因此北京攻陷後沒幾天，瓦德西還在往中國的海上，何能相見呢？賽金花的說法是不攻自破，一派胡言的。

另外，徐一士兄弟在《凌霄一士隨筆》中說：「報載賽金花談話，謂克林德之被殺，我國願立碑以紀念之，克妻猶不滿，賴其勸告瓦德西，使向克妻解釋至再，始不復爭。此賽金花與克林德碑之關係也。」賽金花在答覆《申報》記者的訪談說：「李鴻章與各國議和不妥，即因克林德夫人要求太苛，僅僅立一石碑她不答應，我乃從中拉攏，對她說，此碑在中國只有皇帝家能立，平民是不許的。……克林德夫人經我這一說，始慨然允諾。」對此，齊如山提出他的看法，他說：「我相信賽金花沒有見過瓦德西，就是偶爾見過一兩次，她也不敢跟瓦帥談國事，第一她那幾句德國話，就不夠資格，就說她說過，瓦帥有這個權，可以答應這些事情麼？瓦帥確是各國聯軍（也有德海軍陸戰隊）的總司令，但這種總司令，是那一國的官級高，那一位就擔任此職，並非因德國公使被害，而德國的權力較大也，所以由天津往北京攻的時候，總司令是英國人，瓦帥到的很晚，到京約一個月之後，德國陸軍才到，才換他為總司令，這種總司令，仍不過只管軍事，至一切國事的交涉，仍須由各國公使秉承各本國政府的意旨進行，或主持，瓦帥怎能有權答應這種請求呢？在庚子那一年，賽金花倒是偶爾在人前表功，她倒是沒有說過求瓦帥，她總是說跪著求過克林德夫人，所以夫人才答應了她，她這話，卻沒有對我說過，她也知道，我知道她的底細，我想她沒有見過克林德夫人，我雖不能斷定，但以理推之，卻是如此，因為她庚子年在北平，不過一個老鴇子的身份，一個公使夫人，怎能接見這樣一個人呢？再說我也常見克林德夫人，總沒碰見過她，……就說，假如賽金花可以求克林德夫人，試問一個公使夫人，有權答應這件事情麼？她丈夫雖然被害，他不過可以要求關於自己的賠償，至於真正國際的事情，萬非她可以主持。」

而曾娶李鴻章兒子李經方（實為李鴻章六弟李昭慶之子，後過繼給李鴻章）的女兒李道清為妻的楊雲史，所作的〈靈飛事蹟〉說李鴻章沒有託賽金花向瓦德西進言的事，他說：「至謂李文忠公躬造娼門求靈飛（案：賽金花），乃得減賠款兩萬萬，而和約且以成。欲證其說，雖辱宗國誣名賢而弗恤，其陋謬違理多類此。」因為當時楊雲史和他的父親楊崇伊父子兩人都在李鴻章幕中，楊雲史說：「當庚子七月，文忠奏調先大夫隨辦和議入都在文忠幕，余則為文忠公長孫婿，父子皆居文忠邸，時侍左右，寧有不知耶。」當可證明。而再退一萬步說，賽金花不能講流利的德語，又怎能在克林德夫人跟前再三解釋立碑為最光榮之事呢？這種解釋之詞，一定要把說詞講得溫和有禮，有條不紊，動聽非常，如此始能打動對方而放棄成見，一般的外交家都還不一定能做到，試問賽金花的德語有此造詣否？

蘇曼殊《焚劍記》裡記述：「庚子之役，（賽金花）與聯軍元帥瓦德斯（西）辦外交，琉璃廠之國粹，賴以保存。……能保護住這個文物地區，不使它遭受搗毀破壞，也應算她作了一樁好事。」林語堂的《京華煙雲》裡也有這樣的話語：「北京總算得救，免除了大規模的殺戮搶劫，秩序逐漸在恢復中，這都有賴於賽金花。」他們的這些說法，難免都受到「傳言」的影響而誇大了賽金花的功勞。其實賽金花的事絕沒有後來文士及詩人所描述的那麼傳奇和誇大。「紅顏禍國」或「紅顏救國」，很多都是文人的想像罷了。「瓦賽情史」也是起諸於小報文人的編造，經小說、詩歌、戲劇、電影的渲染，成了人們津津樂道的話題。而當事者更是順水推舟，捏造誇張所謂口述自傳，於是造成一段讓人信以為真的鐵案，但它終究不過是個「彌天大謊」，這是讀史者不可不辨的。

史地傳記類　PC0307

《孽海花》與賽金花

著　　者／拙　軒、金松岑、冒鶴亭、紀果庵、胡　適、郁達夫、商鴻逵、崔萬秋、曾孟樸、曾虛白、瑜　壽、趙景深、劉文昭、劉半農、蔡元培、蔡登山、鄭君平、錢基博、魏如晦（依姓氏筆畫排序）
編　　者／蔡登山
責任編輯／陳佳怡
圖文排版／楊家齊
封面設計／王嵩賀

發 行 人／宋政坤
法律顧問／毛國樑　律師
出版發行／秀威資訊科技股份有限公司
114台北市內湖區瑞光路76巷65號1樓
電話：+886-2-2796-3638　傳真：+886-2-2796-1377
http://www.showwe.com.tw
劃撥帳號／19563868　戶名：秀威資訊科技股份有限公司
讀者服務信箱：service@showwe.com.tw
展售門市／國家書店（松江門市）
104台北市中山區松江路209號1樓
電話：+886-2-2518-0207　傳真：+886-2-2518-0778
網路訂購／秀威網路書店：http://www.bodbooks.com.tw
國家網路書店：http://www.govbooks.com.tw

2013年4月BOD一版
定價：400元

國家圖書館出版品預行編目

《孽海花》與賽金花 / 胡適等著. -- 一版. -- 臺
北市 : 秀威資訊科技, 2013.04
面；　公分
BOD版
ISBN 978-986-326-097-4(平裝)

1. 章回小說　2. 文學評論

857.44　　102005391

讀者回函卡

感謝您購買本書，為提升服務品質，請填妥以下資料，將讀者回函卡直接寄回或傳真本公司，收到您的寶貴意見後，我們會收藏記錄及檢討，謝謝！

如您需要了解本公司最新出版書目、購書優惠或企劃活動，歡迎您上網查詢或下載相關資料：http:// www.showwe.com.tw

您購買的書名：＿＿＿＿＿＿＿＿＿＿＿＿＿＿＿＿＿＿

出生日期：＿＿＿＿年＿＿＿＿月＿＿＿＿日

學歷：□高中（含）以下　□大專　□研究所（含）以上

職業：□製造業　□金融業　□資訊業　□軍警　□傳播業　□自由業

□服務業　□公務員　□教職　□學生　□家管　□其它＿＿

購書地點：□網路書店　□實體書店　□書展　□郵購　□贈閱　□其他

您從何得知本書的消息？

□網路書店　□實體書店　□網路搜尋　□電子報　□書訊　□雜誌

□傳播媒體　□親友推薦　□網站推薦　□部落格　□其他＿＿＿＿

您對本書的評價：（請填代號　1.非常滿意　2.滿意　3.尚可　4.再改進）

封面設計＿＿　版面編排＿＿　內容＿＿　文／譯筆＿＿　價格＿＿

讀完書後您覺得：

□很有收穫　□有收穫　□收穫不多　□沒收穫

對我們的建議：＿＿＿＿＿＿＿＿＿＿＿＿＿＿＿＿＿＿

＿＿＿＿＿＿＿＿＿＿＿＿＿＿＿＿＿＿＿＿＿＿

＿＿＿＿＿＿＿＿＿＿＿＿＿＿＿＿＿＿＿＿＿＿

＿＿＿＿＿＿＿＿＿＿＿＿＿＿＿＿＿＿＿＿＿＿

請貼
郵票

11466
台北市內湖區瑞光路 76 巷 65 號 1 樓
秀威資訊科技股份有限公司 收
BOD 數位出版事業部

（請沿線對折寄回，謝謝！）

姓　　名：＿＿＿＿＿＿＿＿　年齡：＿＿＿＿　性別：□女　□男

郵遞區號：□□□□□

地　　址：＿＿＿＿＿＿＿＿＿＿＿＿＿＿＿＿

聯絡電話：(日)＿＿＿＿＿＿＿＿ (夜)＿＿＿＿＿＿＿＿

E-mail：＿＿＿＿＿＿＿＿＿＿＿＿＿＿＿＿